U0541491

卡夫卡百年典藏

失踪者

DER VERSCHOLLENE

〔奥〕卡夫卡 著
徐纪贵 译

Franz Kafka
DER VERSCHOLLENE

目 录

一　锅炉工 …………………………………………… 1
二　舅舅 ……………………………………………… 36
三　纽约近郊的乡村别墅 …………………………… 52
四　向拉姆塞斯行进 ………………………………… 92
五　在西方旅馆 ……………………………………… 122
六　罗宾逊事件 ……………………………………… 151
停车的地方肯定是…… ……………………………… 197
"起来！起来！" ……………………………………… 259

续写片段
（1）布伦内尔达出行 ………………………………… 272
（2）卡尔看见…… …………………………………… 278
（3）他们乘车…… …………………………………… 300

译后记 ………………………………………………… 301

一　锅炉工

当卡尔·罗斯曼所乘坐的海轮放慢速度驶入纽约港时，他发现那照耀着自由女神塑像的阳光忽然间变得更明亮了。那座高耸的塑像，他已经观察了很久，她的那只握剑指天的手臂，犹如刚刚才抬起一般，而她的全身都沐浴着自由之风。

这个十七岁的青年，之所以被可怜的父母打发到美国来，是由于他受到一名女佣的诱惑而同她生了一个孩子。

"这塑像真高。"他内心里自言自语着。虽然他根本没有想到此刻该下船了，却身不由己地被那些从他的身旁蜂拥而过的越来越多的行李搬运工一步步挤到了甲板的边缘，紧挨着栏杆。

在航行途中曾有过点头之交的一个年轻人走过他的身旁时，对他说了一句："怎么？难道您不想下船吗？""我已经收拾好啦。"卡尔回答道，他那笑吟吟的脸上，洋溢着一个强壮青年的自豪感，他将箱子提起来一甩便放到了肩上。然而，当他看见这个年轻人一边晃动着手杖一边随着人流渐渐远去时，他才发现自己把雨伞忘记在下面的船舱里了。于是他恳求那人帮忙照看一下箱子，停在原地等他。虽然那人脸上露出不怎么高兴的神色，他却环顾了一眼四周，匆匆选了一条自以为便捷的途径，急急忙忙返身向下面的船舱挤过去。到了下面他却感到一阵后悔，因为他所选择的这一条本来以为可以缩短行程的通道，此时却关闭了——想来是为了方便全体乘客下船吧。于是他只得穿过无数的小客舱、一条又一条七弯八拐的走廊和一层接一层的短楼梯，还穿过了一间闲置着一张办公桌的空房子。尽管他走得十分辛苦，但是到头来却是名副其实完完全全地迷了路——因为这条通道他只走过一两次，并且每次都是随大溜而行。此时，走投无路的他，因为看不到一个人影，只听见头上千百人没完没了地走动的脚步声和远处传来的已经停车的机器最后一阵喘息般的轰鸣声，于是他干脆停住了忽东忽西瞎闯的脚步，想也没有想便顺手在身边的一扇小门上敲了起来。

"门是开着的。"里面有人大声应道，卡尔终于松了一口气，把房门推开。

"您为何使劲擂我的门？"一个巨人对卡尔不屑一顾地问道。

天花板上有一个透光孔，从上面一盏早已用旧的电灯洒下来一束昏黄的光，照射着这间小得可怜的斗室。室内有一张床，一个柜子，一把椅子，加上这个巨人，相互紧紧地挤在一起，犹如库房里堆放的货物一般。

"我迷路了，"卡尔说，"航行途中我根本就没有发现，这艘船真是大得不得了。"

"您这倒是说对了。"那人不无自豪地说，同时却并没有停止摆弄一只小箱子上的锁。他两手并用，一次又一次按压，想把锁锁上。

"那您就进来呀，"那人又说，"您总不能一直站在门外吧？"

"我会妨碍您吧？"卡尔问道。

"您哪会妨碍我呀！"

"您是德国人吗?"卡尔还想弄确实,因为过去他常常听人说起,在美国,爱尔兰人特别爱威胁新移民。

"对,我是德国人。"那人回答。

卡尔仍在犹豫。此时那人却一下子抓住门柄,连门带人将卡尔关进门内。

"我不能容忍别人从过道向我的寝室里观望,"那人说罢,又开始摆弄自己的箱子,"每个人路过都要往屋里瞧瞧,对许多人来说,这都是一种考验。"

"不过现在过道里并没有别人呀。"卡尔说。由于室内空间狭小,他只得紧缩着身体倚在床柱子上,感到很不自在。

"现在确实是没有别人。"那人说。

"说的就是现在嘛,"卡尔心里想,"同这人真难沟通。"

"您干脆躺到床上去吧,那样您倒能有更多的空间。"那人说。

于是卡尔便往床上爬,接着便因为自己没有能够顺利地翻身上床而笑了起来。但是刚刚在床上躺下,他便叫道:"糟糕,我简直把我的箱子忘到九霄云外去了。"

"箱子忘在哪儿啦?"

"上面甲板上。托一位熟人照看的。只是没有记住他的姓名。"他从母亲为他出远门缝在上衣衬里的暗袋里,摸出来一张名片,"布特鲍姆,他叫弗兰茨·布特鲍姆。"

"您急需这箱子吗?"

"那当然啰。"

"那您为何要将它交给连名字都没有记住的人呢?"

"我把雨伞忘在这下面了,便跑下来取,又不想拖着箱子下来。不料我却在这下面迷了路。"

"您是孤身一人？没有人陪您？"

"是的，一个人。"也许我应该依靠此人吧——卡尔的脑子里闪过这个念头——那我就找到了一个更好的朋友。

"而现在您的箱子也丢掉了。雨伞就更不用说了。"他坐到椅子上，仿佛此时才对卡尔的事产生了一点儿兴趣。

"我却相信，箱子是不会丢失的。"

"有信仰①才有幸福嘛。"他边说边用手使劲地挠着又黑又浓的短头发，"在船上，是换个港口就换一种风俗。若是在汉堡，您那个布特鲍姆有可能会替您守着箱子，而在此地，极有可能连人带箱子都消失得无踪无影啦。"

"我现在必须立刻上去看看。"卡尔一边说一边左看右看，为的是找到下床的方法。

"您别动。"那人却一边说一边用手按住他的胸部，毫不客气地将他往床里推。

"您为何不让我下去？"卡尔生气地问他。

"因为毫无意义。"那人说，"过一会儿我也要走，然后咱俩一道上去。要么就是箱子已被偷走，反正无法可想了，即使您伤心哭泣，哭到您有生之年结束也不能把它哭回来；要么那人仍在守着您的箱子，那他肯定是个大傻瓜，当然会继续照看着；也可能他是个守信用的人，自己离去，却让箱子放在原地不动，那我们等到船上的人都走了之后再去找，还更容易找到呢。您的雨伞也

---

① 此处原文 glauben 是多义词，可理解为相信、信任、信仰等。（本文脚注均为译注）

是这样。"

"您对这船很熟悉吧?"卡尔有点儿怀疑地问道,因为他隐隐约约地觉得,这种在人走光了的船上更容易找到自己的东西的说法虽然令人信服,却仿佛掩盖着害人的陷阱一般。

"我是船上的锅炉工嘛。"那人说。

"原来您是船上的锅炉工。"卡尔一听,高兴得叫起来,仿佛这是一个超出自己期望的最好的消息。他用双肘支撑着上身,凑近锅炉工端详着:"在我和几个斯洛伐克人同住的客舱的前面,正好有一个舱口,往下看就能看见机舱。"

"不错,那里正是我干活儿的地方。"锅炉工说。

"我一直都对技术很感兴趣,"卡尔若有所思地说,"要是我没有被迫到美国来,我将来一定会成为工程师的。"

"您怎么会被迫到美国来呢?"

"唉,别提了。"卡尔边说边把手一挥,犹如想把这个故事抛开一般。与此同时,他笑吟吟地注视着锅炉工,仿佛要请求他谅解自己没有把被迫来美国的真实原因和盘托出。

"肯定是有某种原因啰。"锅炉工说,但是卡尔不明白他用这种腔调说话,究竟是要自己把原因讲出来呢还是不讲出来。

"我现在也可以当锅炉工,"卡尔说,"对于我的父母来说,不管我现在干什么,他们都是无所谓的。"

"我的岗位将会空缺出来。"锅炉工说,他完全是有意识地将双手插进裤兜,把穿着皱巴巴犹如皮裤一般的铁灰色裤子的腿一举便搭到床上。

卡尔只好缩身再往墙壁靠。"您要离开这条船?"

"是的，我们今天就要离船而去。"

"这是为什么呢？难道您不喜欢在船上工作？"

"这个嘛，说起来，关键是各方面的关系问题，喜欢不喜欢并不总是决定性的因素。不过，您说得也对，我的确不喜欢在船上工作。看起来，您也并非下定决心要当锅炉工，但是正因为如此，您才会感到当锅炉工是最轻松的活儿。所以我劝您，一定不要当锅炉工。假如您原来想在欧洲上大学，那么为何不可以在此地上大学呢？美国的大学好得多嘛。"

"这是可以考虑的，"卡尔说，"但是我差不多是身无分文，怎么上大学？我曾经看过关于某个人物的传记文章，讲他白天在商店里打工，晚上学习，最后当了博士，记得还成了市长。但是，为此必须有极其坚强的毅力，对不对？我怀疑自己缺乏毅力。而且我绝对不是一个优秀的学生，对于离开学校我确确实实丝毫不感到难受。此地的学校或许更严格一些吧。英语我也几乎一窍不通。况且此地对外来移民是怀有偏见的，我认为。"

"这些您都已经知道啦？那好，真不错。您可以算作是我的盟友啦。您想想看，我们是在一条德国船上，专跑汉堡至美国的航线，为何船上却并非全是德国人呢？为何船上的高级机械师是个罗马尼亚人？他名叫舒巴尔。这真是不可思议。这个无赖，他竟敢在一条德国船上虐待我们德国人，您可不要以为——"他激动得上气不接下气，一只手像举起火炬一般，"我只是为了吐吐怨气而已。我知道，您并无任何影响力，您自己也不过是个可怜的小伙子，但是现在这世道真是太坏了。"

他用拳头在桌子上咚咚咚地擂，一边擂一边盯住自己的拳头不转眼。

"我在许多船上都干过,"他一口气报出了二十个船名,船名首尾相连,仿佛是一个词儿一般,使卡尔听得糊里糊涂的,"我的表现出色,受到夸奖,船长们认为我是个合他们口味的工人,我甚至在同一条商船上接连干了好几年,"他起身站着,犹如这是他毕生事业的顶峰一般,"而在这条棺材般的船上,一切都被规定捆得死死的,毫无乐趣可言——在这里我是个废物,在这里我是舒巴尔的绊脚石,我成了个懒汉,我只配被他抛弃,我承蒙他们的恩典而领取工资。您明白吗?我自己却一点儿也不明白。"

"您可真不该这么逆来顺受的。"卡尔激动地说。在他的心里,刚才还觉得这条船——停靠在地球上人们尚不了解的一片大陆的海岸边的这条船——在摇晃,而此时此刻,这不稳定的感觉几乎已经全部消失,在这个锅炉工的床上,他感到一切是那么地熟悉。"您已经去找过船长了吗?您已经到船长那里讨回公道了吗?"

"哎呀,您走吧,您还是走了好。我不想把您留在这里。您并没有认真听我说话,就想给我出主意。我怎么可能去找船长讲理嘛。"锅炉工疲乏地坐下,两手支撑着脸庞。

"我无法给他出个好主意。"卡尔在心里自言自语。他觉得,他最好还是去找回自己的箱子,而不是在这里给别人出什么馊主意。当他同父亲永别之时,父亲把箱子交给他,曾经以开玩笑的口吻问他:你能把这箱子保管多久呢?而此时这只珍贵的箱子或许已经是确确实实地丢失了。此时他唯一感到自慰的是,即使父亲设法打听,也毫无可能获悉他眼下的这种处境。轮船公司只能够告诉父亲一条消息,就是他已经到达了纽约。但是卡尔感到可

7

惜的是，箱子里的东西他几乎一件也没有用过，虽然他早就有必要——例如说，换换衬衣了。结果他却是在不该节省的地方节省了；而今正当他在自己的奋斗历程的起点，需要衣着整洁地亮相时，却只能穿着脏衬衣出场了。这可真是前景美妙啊。本来丢失箱子也不该成为如此倒霉的事，因为他穿在身上的这套服装要比放在箱子里的那套好，箱子里的那一套只是应急的备用服装，是母亲在他动身前夕赶着亲手缝好的。这时他才想起来，箱子里还有一根意大利维罗纳香肠，是他的母亲作为额外的补给加装在他的箱子里的，一路上他只吃掉了很小一截，因为他在航行途中根本没有胃口，在夹层统舱里分发的汤就已经足够他把自己的肚子灌得饱饱的了。而此时，他却希望手中有这么一根香肠，以便把它奉献给锅炉工。因为对于这号人，只要塞给他一点儿什么微不足道的小东西，就很容易将他拉拢过来了。这种诀窍，卡尔是从父亲身上悟出来的。他的父亲过去就是通过分送雪茄烟的办法，将那些与他的业务有关的低级职员统统笼络住的。但是现在，卡尔随身所带的可以赠送的就只有钞票，而因为他的箱子很可能已经丢失了，所以他暂时还不打算动用这些钞票。思绪至此，又勾起了箱子问题，他真感到不可理解，为什么在航行途中一直慎之又慎地保管着的箱子——为这箱子他一路上几乎没有睡过一个安稳觉——竟然如此轻率地让人提走呢！他回忆起，有五个深夜，他一直怀疑那个睡在他的左面隔着两个铺位的矮小的斯洛伐克人——那人的眼睛死死地盯住卡尔的箱子，也不知道他的脑子里在转着什么样的坏念头。他始终在窥测时机，只要卡尔撑不住而终于合眼打个小盹儿，他可能就要用一根长长的棍子把箱子拖到自己的面前——他在白天始终摆弄着这根棍子，练习各种动作。观其外表，他显得清白无辜，可是夜幕刚刚落下，他便不时地从铺位上抬起身子，用忧伤的目光盯着卡尔的箱子。这种情景卡尔看得一清二楚，因为舱内不是这里就是那里总有人怀着离乡背井的移民焦躁不安的心情燃起一点儿小火（尽管船上的规章是禁止这么做的），就着火光仔细阅读移民旅行社的那些很难读懂的说明书。如果在近旁有这么一点儿亮光，卡尔就敢于闭眼睡一会儿，但是如果亮光较远，或者四周一片漆黑，他就不得不睁着眼睛不睡啦。神经这么紧张，他被弄得疲乏不堪。而事到如今，看来他那时也是白费精神了。这个布特鲍姆，但愿有朝一日能够碰见他。

此时外面远处响起细碎的犹如小孩子行走的脚步声，打破了一直笼罩着的宁静气氛。脚步声越来越近，越来越响，听起来像是一队男人迈着稳健的步伐行进过来了。显然他们在这狭窄的过道里是单列行进，听起来像是有武器碰撞的叮叮当当之声。此时躺在床上的卡尔，本来已经快要抛开关于箱子和斯洛伐克人的思虑而迷迷糊糊进入梦乡了，却一下子惊醒，便推推锅炉工，要他注意，因为过道里队伍的领头人好像是正走到了这间寝室的门外。

"这是船上的乐队，"锅炉工说，"他们在上面演奏完了，现在回寝室包装行李。这会儿是一切都结束了，我俩可以走啦。走吧。"他抓住卡尔的手，在这最后一刻还要取下床上方墙上的圣母像，塞进自己的上衣袋里，然后提起箱子，同卡尔一道匆匆离寝室而去。

"现在我要去办公室向那些先生们表明我的态度。此时那里已经没有外人了，我们不必有任何顾虑。"锅炉工用异样的语调重复

9

着这句话,一边走一边将脚伸向侧面去踩一只老鼠——这只老鼠正从他的面前穿过,他这一踩,反而迫使它更快地溜进刚好跑近的那个洞里去了。他的动作迟缓,因为他的腿虽然长,但是却太沉重了。

他俩穿过一间厨房,只见里面有几个姑娘身着又湿又脏的围裙,正在大木桶里清洗炊具和餐具。锅炉工把其中一个名叫琳妮的姑娘唤到身边,弯过手臂搂住她的腰部,带着她走了一小段,而那姑娘却一直娇嗔作态,不停地扭捏着身躯,力图挣脱他的搂抱。"现在我要去领工资了,你想一道去吗?"他问她。"我干吗要那么劳累呢?你把钱给我送来不是更好吗?"她答道,接着一下子就从他的臂弯里溜走了。"这个英俊少年你是从哪儿搞来的呀?"她又大声问了一句,却并不想听到回答。听得见那些姑娘们全都停下了手里的活儿大笑起来。

他俩继续朝前走,旋即来到一扇门前。这门的上方有一块由一组镀金的微型女性形象支撑着的小小的楣饰。在船上装饰这种东西,显得真是有些浪费。卡尔记得,他从未到过这一带,很可能在航行期间只允许头等舱和二等舱的旅客进入,而现在全船大清扫时,才把起分隔作用的门全部拆走了。他俩也确实碰见了一些男人,他们扛着扫帚,纷纷同锅炉工打招呼。见到这种忙碌景象,卡尔感到惊奇。他一直在夹层里食宿,当然对此知之甚少。沿着通道还有电线,也一直听得见隐隐约约的铃声。

锅炉工毕恭毕敬地在门上敲了几下,听见里面有人答应"进来"时,他做了个手势示意卡尔不必害怕,尽管进去。卡尔跟随他进门,但却停在门口。从这个房间的三个窗户向外望,看得见海浪起伏。此时看见波涛欢快地涌动，卡尔竟然还会怦然心动，仿佛他并没有经历过只能看见大海的这漫长的五天一般。一艘艘巨型海轮穿梭来去，它们的沉重身躯劈波斩浪而过。眯着眼睛看，那些船只似乎纯粹是由于重力作用而晃动着。它们的桅杆上挂着的又窄又长的旗幡，虽然由于船在行驶而绷得很紧，却忽左忽右地飘动着。从不远的海面上驶过的军舰上，仿佛响起了礼炮声，那军舰上大炮的钢铁长管反射着阳光，虽然它的行驶还算平稳，但是并非保持着水平的状态，一尊尊大炮犹如摇篮中的婴儿一般，随着波浪的起伏而晃荡着。站在门口向窗外看，只能望见远处的小船和小艇，它们成群结队地驶入大船之间的空隙里。在这一切的后面是纽约，卡尔注视着那边摩天大楼上的千百个窗户。只有站在这个房间里，你才明白自己身在何处。

在一张圆桌旁边坐着三位先生，其中一位身穿蓝色制服，是船上的高级官员，另外两位穿着黑色的美国制服，是港务局官员。桌上的文件堆积如山。那位高级官员手拿着笔在文件上划，然后将文件递给两个港务局官员。这两名港务局官员忙着阅读文件，作摘录，将文件放入公文包内，其中一个几乎一直不停地将自己的上下牙磕碰出声的官员有时还要口授几个字，让同事记录下来。

靠窗有一张写字台，一位瘦小的先生背朝着门口坐在旁边，从面前与他的头顶一般高的又粗又重的书架上取下对开本大书翻看着。他的旁边还有一只打开的钱箱——乍一看里面是空的。

另一个窗户旁没有家具，很方便向外眺望。在第三个窗户旁边却站着两位正在低声交谈的先生。其中一位倚在窗户旁，他身上也穿着船上的制服，把玩着自己的剑柄。与他对话的另一位却是面向窗口，有时还伸手去翻看对方胸前悬挂着的一排勋章。他没有穿制服，却有一根细杆儿竹手杖，因为他是双手叉腰，故而竹手杖看起来也像是一把佩剑。

卡尔还来不及细看这一切，便见一个仆役向他俩走来。仆役问锅炉工有何贵干，问话时他的眼神表明，锅炉工与这个办公室根本没有任何关系。锅炉工的答话同他的问话一样低声细语，他说他要同总会计师谈一谈。仆役听后，以独特的方式做了一个手势表示不行，但是却踮起脚尖围着圆桌绕了个大圈儿，走到那位正在翻阅对开本大书的先生的背后。而那位先生听了仆役之言，最初显然是感到不解地愣住了，过了片刻才扭头来看这个想同他谈一谈的人，随后十分严肃地先对锅炉工，接着又对仆役挥手示意，要他们出去。于是仆役转身回到锅炉工的身边，像说什么机密话一般低声说道："快出去！"

锅炉工听了此话之后，低头看了卡尔一眼，仿佛卡尔是他自己的心灵，可以听取他无声地倾诉自己的苦难一般。眼见锅炉工遭受如此委屈，卡尔想也没有想，便径直横穿过房间，不小心还把高级官员所坐的椅子轻轻碰了一下，而那仆役则弯着腰跑过来，张开双臂犹如要抓什么怪物一般。不过卡尔却抢先跑到总会计师的身旁，紧紧地抵靠在写字台的侧面，以防仆役将自己拖走。

这么一来，办公室里所有的人当然都活跃起来啦。坐在桌旁的高级官员一蹦而起，而那两名港务局官员却平静地注视着这一幕，靠窗相对而立的二位此时则变成了并肩而立，一齐看着室内。此刻那仆役自知已无资格介入此事，因为高贵的先生们都开始关注事态了，于是他便知趣地退回原地。锅炉工站在门口聚精会神地观察着，他准备一旦需要立即上前声援卡尔。总会计师终于坐在椅子里大幅度地向右扭转了身子。

卡尔此时从自己的上衣内袋里掏出护照。事已至此，他已经不怕这些人知道自己的上衣有内袋了。他把护照打开放在桌上，却没有开口作自我介绍。而那总会计师却仿佛并不重视这本护照似的用两个手指头将它弹到一边去。于是卡尔将护照又重新收进衣袋里，仿佛这一放一收手续便办好了。"请允许我说一句，"接着他开口说道，"我认为锅炉工先生受到了不公正的待遇。这船上有个名叫舒巴尔的人逼他陷于困境。而他在许多船上干过，他能向各位报出那些船的名字来，对他的工作，他们都很满意，认为他干得很好，工作勤奋，然而真正令人难以理解的是，为何在这条船上他就让人讨厌了呢——在这条船上干活，并不比商船上更难嘛。之所以他不能晋升又得不到理应得到的赞扬，只能归因于有人对他恶意诽谤。而我只不过是讲出了此事的一般情形，他的具体苦衷还是由他本人来向各位倾诉吧。"卡尔之所以要对在场的全体先生说这一番话，是因为他们确确实实都在注意地听，还因为这些人全部相加，想来是能够抵得上一个主持正义的人士的，比总会计师单枪匹马扮演公道人要好。而且卡尔还颇有心计地不让听众知道，他也是不久之前才认识这个锅炉工的。不过，倘若不是因为他从现在所站的位置初次看见了那位带着一根竹手杖的先生并且被他那一张红脸膛弄得困惑而惶然的话，他原本还可以把话说得精彩得多的。

"他的话句句是真。"锅炉工不等别人问他便说道——不仅无人问他，甚至还没有人看他一眼哩。

此时，幸好那位胸前挂着勋章的先生显然已经决定要倾听锅炉工的申诉了，因而锅炉工的操之过急才没有酿成大错。到这一刻卡尔才明白了，这位先生正是船长。他伸手招呼锅炉工："过来吧！"他的口气斩钉截铁一般。此时卡尔心里毫不怀疑，事已至此，就全凭锅炉工本人的表现了——因为他是有理的嘛。

所幸的是，此时锅炉工的举止表明，他是一个阅历丰富、处变不惊的人。他以堪作表率的冷静神态，从自己的小箱子里一下子就取出一小卷纸和一本笔记簿，犹如不言而喻之事似的，对总会计师根本不看一眼，便走到船长面前，将这些证明材料放在窗台上。于是总会计师不得不亲自凑过去。

"此人是个有名的牢骚客，"他解释道，"他在会计室比在机器房的时候还要多。他把舒巴尔这位好好先生都气疯了。听着！"他转身对锅炉工说，"您也太狂了。您常常被人从出纳室里轰走，因为您所提的要求根本没有道理，毫无道理，一点儿道理都没有，活该被撵出门！您又常常从那儿跑到总会计室来！人们无数次好心好意地规劝您，舒巴尔是您的顶头上司，您作为他的部下，就该服从于他嘛！而现在您竟敢来到这里，趁船长正在这里的时机，不羞不臊地骚扰他，还恬不知耻地带来这个小伙子作为代言人，教唆他讲出您想讲而不敢讲的荒唐无聊的责难之语。这个小家伙我还是第一次在船上见到哩。"

卡尔竭力按捺住自己不要冲上去。但是没有料到船长此时却插言道："我们还是听听他要说什么吧。这个舒巴尔现在也确实背着我越来越自行其是了呀，不过我这样说可并非要给您撑腰哟。"

末尾这句话是对锅炉工说的——他没有及时为锅炉工说话,也是极其自然的,不过,看来事情已经转入正轨啦。于是锅炉工开始讲述起来,而且一开头就克制住自己的感情,他尊称舒巴尔为"先生"。卡尔站在此时已无人理睬的总会计师的写字台旁边,心情畅快,高兴得把桌上称信的台秤一次次地往下按。

"舒巴尔先生是没有道理的!舒巴尔先生优待外国人!舒巴尔先生惩罚锅炉工,让他到机器房外面去打扫厕所,这肯定不是锅炉工该干的活儿!舒巴尔先生究竟是不是个能干的人,真值得怀疑,精明干练只是虚假的表象,事实上并非如此。"

在锅炉工诉说时,卡尔聚精会神地凝视着船长,仿佛自己是锅炉工的亲密同事一般——他之所以流露出这种神态,完全是因为害怕锅炉工用词不当的叙述会引起对自身不利的后果。尽管如此,人们还是听不明白,锅炉工喋喋不休的讲述,究竟想要表达什么意思,虽然船长那直视锅炉工的眼睛表明,他这次一定要把锅炉工的讲述从头至尾倾听完毕,但其他的先生们都已经不耐烦了,锅炉工的声音也很快失去了震慑全场的威力,使在场的某些人听了不免暗暗地为他担心。首先是穿便装的那位先生用自己的竹杖敲地板——尽管响声很轻。其余的先生们当然是东张西望地转移了注意力,而港务局的先生们显然是想赶快干完自己的工作,于是又重新拿起文件来看——虽然还有那么一点儿魂不守舍的神态。那位高级官员又回到自己的桌旁,总会计师自信已经稳操胜券了,于是讥讽般地长吁了一口气。而在这整间屋子里弥漫着的漠然气氛中,唯一与众不同的是那名仆役,他对这个被大人物们踩在脚下的可怜汉子的苦难心怀同情,神色严肃地向卡尔点点头,仿佛要以此表达什么意思一般。

在此期间,窗外的海港上依旧是一片繁忙的景象。一条平板货船贴近驶过,船上精心码放而绝不会滚动的大桶堆积如山,差不多将阳光完全挡住,使室内瞬间暗了下来。一些小型摩托艇随着挺立在舵轮后面的人双手的动作而笔直地驶过,发出轰隆的响声,要是此时有闲暇,卡尔真可以仔仔细细地观望一番。奇形怪状的物体或东或西自动地从不平静的水面冒出来,随即又被淹没,使观看者无比惊奇。水手们划着从蒸汽机驱动的海轮上放下来的小船,浑身是汗。小船上坐满了乘客,他们仿佛是被迫坐在船里似的静默无声而又满怀着期待——虽然其中也有几个人忍不住要扭头观看不停变换着的海景。无休止的运动,焦躁不宁的情绪,从不平静的物体传递给无依无靠的乘客,传递给奋力劳作的水手们。

尽管大家全都在催促他赶快讲,提醒他说话要清晰,表述要准确,可是锅炉工究竟是怎么啦?他虽然说得汗流浃背,先前在窗台上放了一下的那一沓纸,早已因为他的双手不住地颤抖而拿不稳,他脑子里种种责难舒巴尔的话一齐从四面八方涌到口边,他觉得其中任何一条都足以将这个舒巴尔置于死地,但是他说给船长听的,却完全是前言不搭后语,毫无逻辑性可言。手拿竹杖的先生早已在对着天花板小声吹起口哨。港务局的先生们把高级官员又拉到桌边,他们的神情表明,他们再也不会把高级官员放开了。总会计师显然是慑于船长不动声色地静听锅炉工的讲述而忍住没有向锅炉工发难——他本来是很想如此的。仆役则急切地盼着船长发出关于锅炉工的指令。

此时卡尔再也不能继续袖手旁观啦。于是他不慌不忙地向那群人走去,一边走却一边迅速地思考着,如何尽可能恰如其分地介入此事。眼下确实已到了最后关头,再过一瞬间,他俩就完全可能被人家一脚踢出办公室了。有可能船长确实是个好人,况且卡尔觉得,正是在此时此刻,船长特别应该显示自己是一个公正的上司。不过话又说回来,他毕竟不是一件可以任人摆弄的工具——而锅炉工此时之所以想把船长当作这么一件工具,当然是由于他怒火中烧而欠考虑的缘故。

于是乎卡尔对锅炉工说道:"您应当讲得简洁一些,明确一些,像您这种讲法,是不可能令船长先生感到值得倾听的。要是他知道所有的机器操作工和听差的名字甚至教名,那么他就可能在您提到其中任何一个人的名字时立刻联想到这是哪一个人了。您还是将您要告状的事排排先后次序吧,先讲最重要的,然后由重到轻按顺序逐个往下讲其他事,也可能后面大多数的事都没有必要提及了。您讲给我听时不是都说得很清楚的嘛。"他口里这么说,心里却略觉歉意——既然在美国可以偷走别人的箱子,偶尔撒个谎也是可以的啰。

要是这样撒个谎就能助他一臂之力那就好啦!现在是否为时已晚了呢?虽然锅炉工一听到熟悉的声音,便立即中断了自己的讲述,可是他却因为男子汉的自尊心受到了伤害,回忆起往昔的遭遇太可怕了,眼下又面临着特别的困境,所以泪水盈眶,此刻根本无法清楚地认出卡尔来。事情既然已到了这一步,卡尔便缄默无语地呆立在这个此刻哑然失声者的面前,他明白了,事情既已如此,怎么可能使锅炉工突然改变讲述的方式,因为看起来他已经感到,尽管刚才把要讲的都和盘托出了,却丝毫没有得到认可，仿佛他刚才什么都没有讲过似的，现在又不能强迫在场的先生们把全部内容再听一遍。在这样的时刻，卡尔这个家伙——自己的唯一追随者，却还要教训自己，但这教训不仅没有产生应有的效果，反而使他明白了，自己是彻彻底底地输了。

卡尔心想，要是我早些介入就好啦，我不该只顾自己向窗外眺望，于是他在锅炉工面前低下了头，两手贴在裤缝上，表明一切希望都成了泡影。

但锅炉工却误解了卡尔的意思，他怀疑卡尔在心里暗暗地谴责他，而且很想把谴责之意吐露出来，于是他开始同卡尔争吵起来，这便把他的行为推到了登峰造极的地步。而坐在圆桌旁的先生们，面对这毫无意义的闹哄哄的场面，早已愤怒到了极点，因为他们的重要工作受到了干扰。总会计师渐渐地觉得对船长的忍耐性难以理解，心中的怒火眼看就要爆发。而那个仆役又完全回到自己老板的阵营里，他用恶狠狠的目光打量着锅炉工。拿竹手杖的先生——连船长都时不时地要对他友善地瞥上一眼——已对锅炉工失去了兴趣，甚至可以说是厌恶透了，此时他掏出一个小小的记事本，显然是在忙着他自己的完全与此无关的事情，他的双眼在记事本和卡尔之间来来回回地看。

"知道，我知道，"卡尔一边说一边吃力地抵御着现在已转而针对他自己而来的锅炉工的叫骂，虽然在争吵的气氛中，他的脸上仍然挂着一丝朋友式的微笑，"您是对的，是对的，我绝不怀疑。"出于害怕挨揍的心理，他极欲抓住锅炉工那双挥来挥去的手，当然最好是把他推到角落里去，对他悄悄地说几句安慰话而不让旁人听见。但是锅炉工已经气愤得无法自制了。卡尔的心里此时甚至开始感到了某种慰藉，他觉得，如有必要，锅炉工完全可以凭借自己绝望时的无敌之力，将在场的全部七个男子都震慑住。不过，只要向写字台上瞥一眼，就可以看见安着许多按钮的电开关板，只要有一只手按一下，就能够把整条船连同其挤满了敌对人群的全部通道变为征讨叛乱的大本营。

此时那位对这一切毫无兴趣的手拿竹杖的先生向卡尔迈了一步，用一种不是特别响，但是足以盖过锅炉工的叫喊声而让人听见的声音问道："您究竟叫什么名字？"

在这个瞬间，仿佛有人正等在门外趁着他这一句话而敲了几下门。仆役朝船长请示般地看了一眼，见船长无声地点点头，于是便走到门边，把门拉开。门口站着一位身穿陈旧服装的中等个儿的先生，从外表看来，他并不适合于在机器旁边干活，但这正是他——舒巴尔。倘若不是因为卡尔从在场所有人的眼里看出某种满足的神色——连船长也不例外，那他定会由于锅炉工流露出满足的神态而感到惊讶。锅炉工此时紧握双拳，仿佛这双手握拳的姿态便是他的生命中能够付出的一切，是他身上仅存的最重要的东西。此刻在其中凝聚了他的全部力量，包括能够面对众人岿然屹立的力量。

而此时仇敌却穿着节日盛装轻松活泼地来到这里，臂下夹着一本公文夹，里面可能正是锅炉工的工资表和工作证哩，他流露出毫无惧色的表情，首先想要弄清楚在场的每个人情绪如何，于是便逐个地观察他们的眼色。这七个人全都是他的朋友，因为即使船长刚才曾经对他有所指责，或许那实质上只是为了庇护他，但此时见锅炉工企图嫁祸于他，船长反而显得对舒巴尔没有丝毫的责怪之意了。对待锅炉工这号人，再怎么严厉都不为过，假设一定要谴责舒巴尔的话，那就是他过去没有及时地粉碎锅炉工的刚愎自用，以至于这家伙今天竟敢跑到船长面前来耍威风。

此时人们或许也能够推测，锅炉工与舒巴尔之间的对立情绪，在较高层次的道德法庭面前应该产生的效果，也能在这些人的眼前产生，因为即使舒巴尔善于乔装打扮，他也绝不可能将这种假象坚持到底的。只要将他的恶劣行径哪怕是曝光一瞬间，让那些先生们都看看，这就够了——而卡尔此时正想这么办。他已经大致揣摩出了这里每位先生的机敏、弱点、心境，就这个意义而言，至此他消磨在这里的时间也不算是白过了。要是锅炉工抢占了更好的位置就对了，可是看起来此人完全没有什么战斗力。假如此时有人捉住舒巴尔送到他的面前，他很有可能会用自己的铁拳砸开他所仇恨的这个脑袋瓜，犹如敲开薄壳核桃一般。可是他已是力不从心，连跨几步走到舒巴尔面前去的力气都没有了。为何卡尔未能预料到，舒巴尔肯定会来到这里，即使不是主动前来，也会是应船长之召而来，这原本是很容易就可以料到的嘛。为何他同锅炉工没有在一道前来此处的途中仔细商量出一个作战计划，而是像刚才所发生的那样，简简单单毫无思想准备地见门就进呢？难道锅炉工在这里可以像在法庭反复询问时那样开口讲话，回答"是"或"否"吗？因为即使是这种询问，也是在最有利的情况下才有必要出场的呀。他两腿分开站在那里，膝盖微弯，头颅稍稍昂起，大张着嘴巴，让空气急速地出出进进，仿佛胸腔里并没有设置对空气进行加工的肺脏一般。

此时卡尔却感到自己是如此的浑身是劲，头脑清晰——若是在家乡或许永远也不会出现这种心境。要是他的父母此时能够看见，他如何在异国他乡的一群高贵人物面前捍卫一个好人——虽然他此时尚未取胜，却已做好了一切准备去最终地制伏对方——他们会修正自己对这个好人的看法吗？他们会接纳他回到他们中间去并且夸奖他吗？他们会一遍又一遍地看着他那驯顺的眼睛吗？这时在心里竟然冒出此类无法确切回答的问题，而且又是在这种最不恰当的时刻，真是莫名其妙！

"我之所以来到这里，是因为我猜测，锅炉工想要告发我干了某些卑鄙的勾当。厨房的一位姑娘告诉我，她看见他往这里走。船长先生，各位先生们，我已做好了准备，凭我的这些文字材料，必要时还可以听取一些无先入之见的未受他人影响的证人——他们正站在门外——的证词，他们的证词，定能将归罪于我的任何指控驳斥得体无完肤。"舒巴尔如此这般地说了一番。

当然，这是一个男子汉的明白无误的宣言，从听众们脸上表情的变化来看，完全可以相信，他们在经历了一段长时间的吵闹之后，又第一次听到了正常人的言谈。他们当然没有注意到，这一番冠冕堂皇的演说之中竟然也存在着漏洞。在他的宏论中，为何第一个想起来的词组就是"卑鄙的勾当"呢？难道告发他首先就是因为他干了卑鄙的勾当，而不是因为他抱着民族的偏见吗？为何厨房里一位姑娘看见锅炉工朝办公室走来，舒巴尔便立刻明白了其中的含意？莫不是因为他心中自感理亏而变得敏感了？他为何立即带来了证人，却又称之为无先入之见的未受他人影响的呢？骗人的把戏，完全是骗人的把戏，而那些大人先生们为什么会容忍骗局，并且还认为他的行为是正确的呢？为什么从他听到厨房姑娘报信之后，无疑又等了很长一段时间才来到办公室呢？难道不是他有意等着锅炉工把大人先生们搞得精疲力竭，致使他们渐渐失去明辨是非的判断力——而害怕这种判断力的人主要就是舒巴尔本人。肯定他早已站在门外，专等到合适的时刻才敲门——由于那位先生提了一个无关主题的问题，于是舒巴尔便认为，锅炉工已经完蛋了，随即敲门而入，难道不是这样的吗？

这一切显而易见，舒巴尔的表演也产生了违反他本意的效果，可是对那些大人先生们，还得以不同的方式晓之以理，要用更为浅显易懂的说法。他们需要别人将自己振醒。所以卡尔呀，你得赶快，至少要抓紧时机，抢在那些证人拥进来把眼前这一切淹没之前哟。

然而，正好此时船长向舒巴尔递了个眼色，这家伙立即退向一旁——因为显然还要等一会儿才轮得上谈他的事哩。他靠近仆役，两人便低声交谈起来，交谈中，他不是斜眼瞟一下锅炉工和卡尔，就是做出各种手势，表明他稳操胜券的自信心。看起来，舒巴尔正在为下一轮发表演说而预做准备哩。

"您想不想对这位年轻人提问呢，雅可布先生？"船长在满堂鸦雀无声之中很有礼貌地问那位拿竹手杖的先生。

"当然想问。"他一边回答一边微微弯了一下腰，对别人注意到了自己而表示感谢。接着他对卡尔又问了一遍："您究竟叫什么名字？"

卡尔此时认为，尽快回答这个固执的提问者插进来的问话是有利于解决主要问题的，于是他不按自己的老习惯亮出护照——因为他还得先花时间将护照找出来——而是简简单单地回答："卡尔·罗斯曼。"

"啊呀呀。"被称作雅可布的先生只吐出这样的几个字,便像是根本不敢相信一般,微笑着倒退了两步。连船长、总会计师、船上的高级官员,甚至仆役,都因为听到了卡尔的姓名而清清楚楚地显示出极其惊讶的表情。只有港务局的先生们和舒巴尔流露出冷漠的表情。

"啊呀呀,"雅可布先生一边重复这感叹之语,一边迈着略显僵硬的步履向卡尔走来,"我是你的舅舅雅可布,你是我亲爱的外甥呀。整个这段时间里我一直都在猜测。"这末一句是说给船长听的,然后他才拥抱卡尔,还亲了一下他的脸,卡尔却只是默不作声地予以接受。

"那您姓什么呢?"卡尔觉得对方已经把自己放开了,这才开口反问道——他的问话虽然很客气,但完全是毫不动情的腔调。他竭力推测,这样一种新情况,究竟会对锅炉工造成什么样的后果。看来,舒巴尔眼下从这件事中是无利可图的。

"年轻人,您可要明白,您是多么地幸运呀。"船长说,因为他认为,卡尔的反问有损于雅可布先生的尊严。而雅可布先生则站到窗户边去了,显然是不愿意让别人看见他那激动的表情,他甚至还用手巾遮住自己的脸。"这位告诉您他是您的阿舅的先生,就是枢密院顾问爱德华·雅可布呀。现在您所面临的,与您迄至此刻所怀的期望完全不同,这可意味着辉煌的前程哟。您一定要看清楚这大好的机遇,在最初的一瞬间就得把它抓住。"

"虽然我有一位舅舅雅可布在美国,"卡尔转向船长说道,"可是如果我没有弄错,枢密院顾问先生只是姓雅可布而已。"

"正是如此。"船长满怀希望地说道。

"可是,我的舅舅雅可布,即我母亲的哥哥,他的教名是雅可布,而他的姓则应该与我母亲娘家的姓相同,也就是姓本德迈耶嘛。"

"我的先生们!"卡尔的话刚刚说完,枢密院顾问便倏忽一下子从窗户边转过身来,同时大叫了一声。除了港务局官员,其他人全都开口大笑起来,一些人像是受了感动,另一些人则看不出是为了什么。

我所讲的,根本就没有什么好笑的嘛,卡尔心想。

"我的先生们,"枢密院顾问把这个称呼重复了一遍,"诸位违背了我的和你们自己的意愿,参与了一幕小型甥舅相认戏的演出,所以我向各位介绍一下背景情况也不会是多余之举——我相信,只有船长先生(他这声称谓得到了鞠一个躬的回报)一个人完全明白个中究竟。"

"现在我真得认真地听清楚每个字啦。"卡尔在心里对自己说,当他斜眼一瞥,发现锅炉工正开始恢复元气,不禁高兴起来。

"我在美国逗留的漫长岁月里——作为全心全意当美国公民的我这么一个人来说,此处用'逗留'一词是很不合适的,总之,我多年来一直是与我在欧洲的亲戚们远隔重洋天各一方地生活着,其原因嘛,首先是与此处无关,第二呢,只有下了很大的决心才能启齿吐露真情。我甚至很怕那不得不向我亲爱的外甥讲述真情的时刻来临,因为到那时,我不得不公开他的父母及其家人的有关情况。"

"他正是我的舅舅,毫无疑问,"卡尔听见此话,心里自言自语着,"很可能他把自己的姓改过了。"

"我亲爱的外甥被他的父母——实事求是地说,就是被其父母撵出了家门,犹如一只惹人生厌的宠物猫,被主人扔到了门外。我丝毫不想美化我的外甥的所作所为,为此他受到了惩罚。美化丑事可不是美国的方式——然而只要一提及他所犯下的罪孽,就等于是表达了足够多的谢罪之意。"

"这倒是值得听听的呀,"卡尔心里想,"可是我并不希望他在这里将此事公之于众。况且他也不可能知晓此事嘛。他从何而知呢?不过看起来,他确实是已经知道了全部情况。"

"原来是因为,"舅舅继续说道,他的身体微微倾斜着支撑在竹手杖上,这样的姿势,倒确实使——在一般情况下人们必然会以不必要的严肃来对待的——这样一件事情的严肃性削弱了不少,"因为他受到一个名叫约翰娜·布鲁默的女佣的诱惑,她大约有三十五岁了。我原本不想用受到诱惑的说法伤害我的外甥,不过,要找到另外一个同样恰当的词语,的确是很困难的呀。"

此时已经走近舅舅的卡尔,却一下子转过身来,为的是观察在场的众人听到舅舅讲出此事之后,脸上有何表情。谁也没有发笑,全都神情严肃而耐心地听着。毕竟人们不会嘲笑刚刚亮相的枢密院顾问的外甥呀。人们更可以说,即使其中的锅炉工对卡尔确有些许嘲笑之意,那也是因为:第一,这是他恢复了生命活力之后的愉快心境的反映;第二,卡尔先前在舱房里不提此时已为众人所知晓的这件事,而想要将它作为一桩特别保密的隐私藏在心底,所以锅炉工略加嘲笑也是情有可原的。

"于是这个姓布鲁默的女人,"舅舅继续说道,"同我的外甥生了一个孩子,一个健壮的小男孩儿,他在受洗礼时得到了雅可布之名,无疑是由于想到与我同名的人很少,而当我的外甥肯定是顺便提到我的姓名时,这个姓名在那女佣的心里却留下了很深的印象。我要说,这是幸事一桩。因为他的父母为了避免承担抚养费,或者为了避免别的什么麻烦,为了避免像他们自己的丑闻一样四处传扬——我得强调指出,我既不了解那里的法律法规又不知悉他父母的其他情况,我只收到过他们从前写给我的两封乞求施舍的信,这两封信我虽然没有回复,但是却一直保存着,这两封信便是整个离别期间我与他们之间的唯一的,也是有来无往的书信联系——他的父母为了逃避支付抚养费,为了免于丑闻流传,便把他们的儿子我亲爱的外甥遣送到美国来,不负责任地只为他配备了很少的日用品,这是看得见的事实——如果不考虑时下美国这里仍然存在着的昌盛繁荣,这小伙子就得靠他自己谋生了,要不了多久,他就必然会在纽约港的某一条小胡同里堕落而潦倒。前天我收到了一封信,是那个女佣写给我的,经历了许多曲折终于送到我的手里。她在信中讲述了整个事情的来龙去脉,包括对我的外甥的个人描述,并且很明智地提到了这条船的名字。如果我愿意,我也可以向各位透露这封信的内容,把信中的某几段念给大家听。"他从衣袋里掏出两张密密麻麻地写满了字的大信笺,用手挥了挥,"这信必能引起公众的兴趣,因为它是带着一种有点儿简单而又出于善意的机智写成的,并且包含着对她孩子的父亲的深深的爱情。但是我不想超出需要向各位透露更多的内容,更不想破坏我的外甥与我相会时也许会产生的感情。如果他愿意,完全可以在已为他准备好的房间里安安静静地独自看信,从中获取教益。"

但卡尔对那个女佣却没有什么感情。此刻在他的脑海里，犹如长河一般日益远去的诸多往事纷至沓来，他仿佛看见她坐在厨房里的橱柜旁边，胳膊支在橱柜的台面上。每当他到厨房里来为父亲取一杯水，或者转达母亲的一条指令时，她便盯住他看。有时她正以特别令人反感的姿势趴在橱柜的台面上写信，也会盯住走进来的卡尔，似乎想从他的脸上捕捉某种灵感一般。有时她用手蒙住双眼，别人怎么叫她都不答应。有时她在厨房隔壁自己那间狭小的卧室里下跪，对着一个木头十字架祈祷——在这种时候，刚好经过门外的卡尔，会透过微开的门缝观察她，难免觉得有些羞怯。有时她在厨房里东奔西跑，遇到卡尔挡住了去路，她便像女妖似的大笑着急速后退。有时当卡尔走进厨房之后，她便把厨房的门关上，握住门的把手，直到他恳求放他走才松开手。有时她拿些他根本没有索要的东西，一声不吭地硬塞到他的手上。有一次她却唤了一声"卡尔！"，当卡尔由于这出乎意料的呼叫声而惊诧不已之时，她竟拉住他，同时脸上做出怪相，轻轻叹息一声，将他拽进自己的小卧室里，随即把门闩上。她紧紧地搂住他的脖颈，差点儿使他透不过气来。她一边请求他脱光她的衣服，一边自己动手脱光他的衣服，并把他按在她的床上，仿佛从现在起，她再也不许任何人碰他，她要永远永远地抚摩他，照料他。"卡尔呀，我的卡尔。"她呼唤着，仿佛只要他躺在自己的面前，便证明自己拥有了他一般，但他却视若无睹，躺在这一大堆显然是她特意为他铺好的热烘烘的被单褥子上感到很不舒服。然后她也挨着他睡下，要他讲讲自己的隐私，但他哪有什么隐私可言，她便半开玩笑半认真地装作生气的样子，使劲地摇他，又要倾听他的心跳，还把自己的胸脯送过来让卡尔也听她的心跳，然而卡尔却并不愿意。她将自己的赤裸裸的肚皮紧贴在他的身上，一边还用手伸进他的双腿之间去掏摸，卡尔感到十分厌恶，脑袋在枕头上使劲乱晃，然后她用自己的肚皮对着他接连按了好几下，他觉得她已经变成了自己身体的一部分，或许这便是他当时之所以极想大喊救命的原因吧。她反反复复地要求以后再相会，然后才放开了他，他终于哭泣着回到自己的床上。这便是全部经过，而他的舅舅却借此编出了一个耸人听闻的故事来。她一直惦念着他，并且把他要到美国来的消息向舅舅作了预报。她这么做是很不错的，有朝一日他定要酬谢她。

"那么现在，"参议员①高声说道，"我要你开诚布公地讲一讲，我究竟是不是你的舅舅。"

"你是我的舅舅，"卡尔一边回答一边吻他的手，他便吻了一下卡尔的额头作为回礼，"遇见了你，我非常高兴，可是如果你以为我的父母只说了你的坏话，那你就搞错了。然而即使不考虑这一点，在你刚才的一大篇叙述中也包含着好几个错误，这就是说，我认为实际上事情的经过同你所讲的并非完全一致。你身在此地也确确实实不可能对此事做出恰如其分的评说，此外我也相信，假如在场的诸位先生在一件与他们的确没有多少关系的事情的细节方面听到了少量的不符合事实的叙述，也并不会造成特别严重的损害。"

---

① 参议员，与前文的"枢密院顾问"系同一人。

"说得好。"参议员说,他把卡尔领到显然特别关注此事的船长面前说,"我这个外甥有点儿了不起吧!"

"我很荣幸,"船长边说边鞠躬,他的鞠躬动作只有经过军事训练的人才做得出来,"参议员先生,结识了您的外甥。对于我这艘船而言,能够成为这样一次重逢的场所,是特别荣耀的事情。可是这一路坐在夹层里,肯定是很糟糕的,谁能料到是什么样的人坐在我们的船里一道航行哩。举例而言,有一次,匈牙利某位顶尖级贵族的长子就坐在我们船上的夹层里航海,他的姓名和旅行的原因可惜我都记不得了。过了很久我才听说了此事。我们只能尽量使夹层中的乘客在旅途中更轻松一点儿,比其他的,例如美国航海公司的客轮上要好多了。不过我们始终没有能够把这种海上旅行变成一件快乐的事情。"

"这对我毫发未损。"卡尔说。

"没有对他造成损害!"参议员一边大笑一边重复了卡尔的话。

"只不过我的旅行箱恐怕已经丢了。"这一来他才想起先前所发生的该处理而尚未处理的事。他环顾四周,看见所有在场的人全都原地不动,出于敬重和惊奇而鸦雀无声,一个个都注视着他。只有那两名港务局官员,从他们那既严峻而又自满自足的脸上所流露出来的表情,完全可以推测,他们正为在这么一个不合适的时间来到此处而感到后悔哩。此时放在他们面前的怀表,很可能比这办公室里所发生的以及有可能将要发生的一切更为重要吧。

令人感到奇怪的是,船长说完之后,第一个站出来表达慰问之意的竟然是锅炉工。"我衷心祝贺您。"他边说边同卡尔握手,他这举动也是某种认可的表示。当他转向参议员,正想对他也说一句祝贺话时，参议员却故意避开，仿佛锅炉工的这种意图逾越了自己的权利范围，于是锅炉工便立即放弃了这个打算。

而其他人此时也都看明白了现在该干什么啦，他们立刻上前围着卡尔和参议员，乱成了一团。于是乎，卡尔竟然受到了舒巴尔的祝贺，他也接受了祝贺，还对舒巴尔的祝贺表示感谢哩。在重新恢复安静之后，作为最后一批，港务局官员们也上前说了两个英文词儿，给人造成了可笑的印象。

参议员正在兴头上，他要彻彻底底充分享受这愉快的场面，将那些次要的情况存入自己的和别人的记忆库里去，对此所有的人都不仅自然而然地予以容忍，而且十分乐意地接受了。于是他便告诉大家，他事先已经把女佣信中所描述的最容易让人辨认出来的卡尔的特征抄录进自己的笔记本中，以便万一需要时可以利用。所以，当锅炉工先前吵吵闹闹而令人难以忍受之时，他便掏出笔记本来，无非是为了转移自己的注意力，就像是做游戏一般，将女佣所写的——当然不可能像侦探那么准确——对卡尔的印象同眼前他的实际模样摆在一起进行对照。"我就是如此这般地找到了自己的外甥。"他所吐出的最后一个音节很特别，仿佛是想要大家再祝贺他一次似的。

"那么现在锅炉工怎么办？"卡尔不理会舅舅的最后一段讲述，而是问了这么一句。他认为，既然自己一步登上了这个新台阶，那就可以怎么想就怎么说了。

参议员说："锅炉工将会得到他应得，而船长先生认为他可以得到的待遇。我认为，关于锅炉工，我们已经说得够多，甚至过多了。我这观点，相信在场的每一位先生肯定都赞同。"

"在事关公道与否的问题上,这可不是什么中肯之言哟。"卡尔说道。

他站在舅舅和船长之间,自以为处于这种位置或许就可以左右此事的决策了。

尽管如此,锅炉工却好像是对自己已经不抱什么希望了。他的双手插进裤腰的皮带里,由于他激动不已地动来动去,使得这皮带连同花衬衫的条纹一起暴露在人们的眼前。他根本顾不了这些,他已经倾诉了自己的所有苦衷,人们也该瞧瞧他这一身破烂行头,然后就该把他这个人也撵走啦。他推测,最后这一桩善举,理应由此处等级最低的仆役和舒巴尔这两个人来执行,然后舒巴尔就可以安享太平而再也不会像总会计师所说的那样陷于绝望之境啦。船长将可以只安插罗马尼亚人上船工作,使船上处处都讲罗马尼亚语,那样子也许真的会一切变得更好。再也不会有个锅炉工到总会计室里来吵闹了,人们将会相当善意地将他的最后一次大吵大闹保留在记忆之中,因为正像参议员强调指出的那样,这场吵闹为认出外甥间接地提供了机会。况且这个外甥事先多次想得到锅炉工的帮助,因而对于他在甥舅相认这件事上的功劳事先早已表示了万分的感谢;现在锅炉工根本无意再向他提什么要求了。另外,就算他是参议员的外甥,他也远远不是一个船长呀,而船长最后开口讲出来的,准是令人不愉快的凶言恶语。——既然锅炉工有这样的看法,他也就竭力控制住自己不要去看卡尔,但是很可惜,在这间敌人的办公室里,他的目光简直就找不到别的可以停留的地方。

"不要误解了实际情况,"参议员对卡尔说,"也许此事确实涉及是否公道的问题，但同时又涉及严肃纪律的问题。而在此处，这两者，尤其是后者，都得以船长先生的判断为准。"

"原来如此。"锅炉工嘟哝道。听见了并且听懂了此话的人，都莫名其妙地笑了一笑。

"此外，刚刚抵达纽约，船长先生必然公务繁忙，我们已经大大地妨碍他的公干了，所以现在已是我们非下船不可的最后时刻，以免由于我们不必要的介入而把这么一件两个机器操作人员发生龃龉的区区小事搞成什么了不得的大事。我完全理解你，我亲爱的外甥，为何要如此行事，不过正因为如此，我有权尽快地把你从这儿领走。"

"我马上派人放下小艇送您走。"船长说这话时，没有流露出对舅舅之言有一丝一毫的异议，这使卡尔觉得很奇怪——因为舅舅所说的，无疑可以被人视为自我贬低之语。而总会计师则迅即奔到写字台旁，抓起电话便向小艇班工长传达船长的命令。

"时间确实紧迫，"卡尔在心里自言自语，"但是，若不得罪众人，我将一事无成。现在我当然不能离开舅舅，他刚刚把我找到嘛。船长固然彬彬有礼，但也仅此而已。一说到纪律就不会顾及是否有礼啦。舅舅所言，肯定是他的心里话。我不想同舒巴尔讲话，甚至后悔刚才与他握了手。而其他人又全都是草包。"

他一边这么想着，一边缓步向锅炉工走去，把他的右手从腰带中拉出来，像一件玩具似的用自己的手把玩着。"为什么你不说话？"他问，"为什么你要忍受这一切？"锅炉工的额头皱起，仿佛在思考，究竟应该如何表达自己的想法。同时他还向下盯着他自己的和卡尔的手。

"船上任何人都没有受到你所受到的这种不公正待遇,这种情况我知道得很清楚。"卡尔的手指在锅炉工的手指缝中动来动去,锅炉工的双眼泪光闪闪地环视四周,仿佛他欣逢喜从天降,并且任何人都不能因此而怪罪于他。

"你得勇敢自卫,坦言实情,否则人们根本弄不明白谁是谁非。你得答应我,按我的劝告行事,因为我有种种理由担心,我再也无法助你一臂之力啦。"说着说着,卡尔哭了起来,他边哭边吻锅炉工的手,把这只皲裂的、差不多毫无生气的手拉过来贴在自己的脸上,仿佛这是人们不得不放弃的一件珍宝。此时参议员舅舅也来到他的身旁,毫不用劲地轻轻拉着他往外面走。"看来锅炉工使你着迷了,"他一边说一边隔着卡尔的头向船长投过去一个意味深长的眼色,"正当你感到被人抛弃之时,却遇到了这个锅炉工,你现在怀着感激之情,同他依依难舍,这的确是值得夸奖的。但事情不可做得太过分了,就算是为了我吧,要明白你的地位呀。"

门外响起喧哗之声,只听见有人在呼喊,甚至还听见仿佛是有人拼命撞门的响声。一名水手闯进来,他显得有点儿不修边幅,腰间还围着一条女围裙。

"外面都是人。"他大声说道,又弯起臂膀向左右推搡几下,犹如他仍在人群之中往这边挤过来似的。最后他总算恢复了常态,还准备给船长敬个礼,却突然发现了自己身上的女围裙,他一边扯下围裙,将它扔到地上,一边喊道:"真讨厌,他们给我拴了条女围裙。"接着他便啪地一下子并拢双脚,敬了一个礼。

有人要笑,可是船长却厉声说道:"这很不错。外面是些什么人？"

"是我的证人们。"舒巴尔边说边向前跨了一步，"我谨向您表示道歉，因为他们的行为很不得当。当人们结束了海上航行之后，有时候是要疯狂一阵子的。"

"那您就把他们全叫进来！"船长下令之后，立即转身对参议员亲切而急促地说道，"多谢您，尊敬的参议员先生，请您同您的外甥先生跟着这名水手出去吧，他送您去坐小艇。参议员先生，我也不必再说什么与您本人直接结识使我感到多么愉快多么荣耀之类的话了。我只希望很快就又有机会能够同您，参议员先生，继续刚才被中断了的您我之间关于美国船队现状的讨论，然后或许再次像今天这样令人愉快地被打断啊。"

"眼下有这么一个外甥我就感到心满意足啰，"舅舅大笑着说，"而对于您的好意，我要向您表示我由衷的谢意，愿您幸福。当然也并非不可能，咱们——"此时他亲情洋溢地将卡尔搂住，"或许在下次欧洲之行途中就会更长时间地相伴啦。"

"那真要让我欣喜欲狂啰。"船长说。

两位先生握手告别，一声不吭的卡尔也只好将自己的手伸给船长，却又急速收回，因为船长此时已被大约十五个人围住了，这些人在舒巴尔的率领下，虽然有点儿诚惶诚恐的神态，却又在进门时弄出很大的响声。那水手请求参议员允许他在前面开道，然后便将众人排开，让参议员和卡尔能够轻松地从两道鞠躬的人墙之间走出去。这些平时心地善良的平凡人，此时看起来却是把舒巴尔同锅炉工之间的争执当作一件趣事，即使是到了船长的眼前，他们仍然认为这事很可笑。卡尔发现，厨房的姑娘琳妮也夹在其中，她对他快活地眨眨眼睛，腰间围着被那水手扔掉的围裙，因为这正是她的围裙。

他俩跟着水手离开了办公室，拐弯走进一个小通道，没走几步便来到一个小门旁，一出此门，就是一段通向下面小艇的短梯，小艇已为他俩备好。领路的水手一纵身便跳进小艇里，小艇里的水手们起立敬礼。痛哭流涕的卡尔此时还在梯子的最上一级，参议员叫他下去时要当心。参议员用右手托起卡尔的下巴，紧紧搂住他，一边还用左手抚摩着他。他俩便这样一步一步地缓缓下去，相互紧搂着跨进小艇中。参议员为卡尔挑了一个好位子与他相对而坐。参议员示意开船，水手们便将小艇从大船边撑开，立即开始用尽全力划桨。离开大船几米远，卡尔便意外地发现，自己这一侧正好是总会计室的窗户。三个窗口全都挤满了舒巴尔的证人，他们友好地致以祝愿，挥手作别，以至于舅舅一遍又一遍地表示感谢。一名水手耍把戏似的，抛出一个飞吻却并没有怎么影响到划桨的均匀动作。看起来，锅炉工真的已经离去了。卡尔的眼睛盯住舅舅，两人的膝盖几乎靠在一起，他的心里不禁生起重重疑虑——此人究竟能否像锅炉工那样对待自己呢？而舅舅却将自己的视线移开，望着他们所乘坐的小艇周围回旋翻滚的浪涛。

二　舅舅

不久之后，卡尔在舅舅家里就习惯了新的环境。舅舅待他也是亲切和蔼而又百依百顺，他没有遭遇过一次值得铭记的痛苦经历——就像大多数人在外国生活之初都会遇到的那种苦涩经历。

卡尔的住房在这座大楼的第六层，下面五层连同地下的三层，全都为舅舅的贸易公司所占用。当他清晨从自己的小小卧室中走进起居室时，穿过两扇窗户和一道阳台门射进屋子里来的阳光总使他感到吃惊。假设他作为一个一贫如洗的青年移民登陆这个国家，他只能住在什么地方呢？人家也许根本不允许他进入美国，而会将他遣送回家乡去，根本不会询问他是否已经无家可归了——舅舅对移民入境法十分熟悉，认为这是极有可能发生的。因为在此处你不能指望遇到有同情心之人，在这方面，卡尔过去读过的关于美国的资料中所讲述的完全是事实。看来，只有幸运儿才能在此地处处是冷漠面孔的社会环境中真正找到幸福。

室外那个狭窄阳台的长度同整间屋子的宽度相等。在这里，远不如卡尔家乡那么视野广阔，顶多只能望见比一条街道宽不了多少的街景——夹在两排刀劈斧砍一般整齐划一的楼房之间通向远方的街道，在雾蒙蒙的远处，一座大教堂的轮廓好似一个庞然大物拔地而起。无论是在清晨黄昏还是在深夜的睡梦里，这条街道上总是车水马龙川流不息。从楼上看下去,那一个个变形的人物形象和各种各样车辆的顶盖,仿佛组成了相互掺和的不断变换形状的大杂烩,而这个大杂烩又生成了野性更足,由噪声、尘土和种种气味所构成的光怪陆离的另一个大杂烩,这一切通通被强大的光线攫住并且穿透。光线则一次又一次被众多的物体击碎、带走,又被努力地引过来,使得被炫惑的眼睛把光线看成一个个实体。仿佛在这条街的上空,悬着一块掩盖一切的巨大玻璃板,每时每刻都有人拼尽全力将它击碎似的。

舅舅本着谨小慎微的处世原则,规劝卡尔暂且不要过分认真地干什么琐碎之事。卡尔当然应该多了解,多观察,但不可作茧自缚。一个欧洲人来到美国的最初几天,好比是一个人脱胎换骨而新生的过程,如果想要比从天堂降落尘世更快一些适应此地的环境——这样说是为了使卡尔不至于产生恐惧心理——那就一定要明白,最初的印象总是没有多少根据的,一个人不可因此而搞乱了将会获得的总体印象——因为他正是要借助于总体印象在此处将自己的生活继续下去呀。舅舅本人知道,有些新来的移民,举例而言,他们不是依据这条正确的原则行事,而是成天站在阳台上,犹如迷途的羊羔一般向下望着街道发呆。这样一来,肯定会心烦意乱!这样形影相吊无所事事,瞪眼瞧着纽约这儿忙忙碌碌的白昼景象,就一个浪游之人来说,是可以允许的,而且说不定还可以劝他——当然并非毫无保留的——如此这般地消磨时光哩。但是就一个将要长期留在此地的人而言,这样做就是一种自甘堕落的行为——在这种情况下,尽可以使用这个词儿,即使有点儿夸张也无妨。而当舅舅来探望卡尔时——他每天只来一次,并且都在不同的时刻——凡是看见卡尔这么无聊地站在阳台上,他确确实实总是生气地拉长着脸。卡尔很快就发现了舅舅的这种态度,于是便尽可能戒掉了这站在阳台上俯视的嗜好。

不过这也并非是他在此地所发现的唯一乐趣。在他的起居室里,有一张高档的美国式写字台,这种写字台是他的父亲多年以来梦寐以求,在各种各样的拍卖会上多方寻觅,意图以自己能够支付的便宜价格买到,却由于财力微薄而一直没有能够如愿以偿的。当然,这张写字台同那些在欧洲拍卖会上四处亮相的所谓美国写字台是没有可比性的。例如这张写字台上方设有数以百计大小不同的格子,即使是美国总统用它来存放文件,也可以为每一种文件找到一个合适的格子,而且除此之外,侧面还设有一个调节机构,只要摇动曲柄,便会随心所欲地按需要将格子拼成不同的组合。格子侧面薄薄的竖板缓慢下落,成为提升起来的格子的底板,或者成为新提起来的格子的顶板;只要把曲柄摇动一圈,写字台上小格子的组合便会变成另外一种,与前一种完全不同,而且随着你摇动曲柄的快慢,格子的组合变换可以缓慢进行,也可以飞快地进行。这是一种最新的发明,它使卡尔不禁联想到在家乡的圣诞节市场上观看过的让孩童们惊讶不已的生动的耶稣诞生戏——身着冬装的卡尔也经常站在观众群里。他目不转睛地看着老艺人摇动曲柄,同时观察着随之而变换的剧情,一会儿是三位圣王步履蹒跚地向前行走,一会儿是星辰闪烁,一会儿又是耶稣降生于简陋的马厩中时的艰难情景。而他总是觉得,站在他身后的母亲并未十分认真地观看剧中的情节,他将她拉拢来,用自己的背部紧抵着她,一次又一次大声地呼叫着要她看那些幕后的动静，或许是一只小兔子，在前面的草丛里一会儿像人似的前半身竖起来，一会儿又打算溜走，母亲只得用手蒙住他的嘴巴，但是很可能又沉湎进她先前那种心不在焉的状态中去了。这张写字台当然不是为了让人回忆起此类往事而安放在此处的，但是在发明的历史中，肯定存在着某种不明显的与卡尔的怀旧之思中类似情感的关联性。而舅舅则与卡尔不同，他根本不赞赏这种写字台的结构，只是为了给卡尔买一张正规的写字台，而眼下这类写字台通通都设有这种新装置，因为其优点是，用不了几个钱便可以将它加装在旧写字台上。尽管如此，舅舅还是规劝卡尔，尽量不要乱动调节机构；为了加强这一规劝的效果，舅舅还告诉他，这种装置很容易搞坏，要重新修好得花很多钱。不难看出，从另一个角度来理解，这规劝纯粹是借口，因为这种调节机构其实是很方便安装的，而舅舅却并没有这么去理解。

不用说，在最初几天里，卡尔经常同舅舅交谈，有一次也说到，他在家乡时曾经弹过钢琴，虽然弹得并不多，但是喜欢弹，当然，在初学期间所凭借的，仅仅是母亲教他的基本常识。卡尔心里很明白，讲述此事实际上等于是想要一架钢琴，不过他已经做过充分的了解，知道舅舅根本不需要考虑节省。尽管如此，他的这个请求也没有马上就得到满足，但是过了大约八天，舅舅用一种几乎可以说是自言自语式的厌恶的腔调告诉他，钢琴已经运来了，如果他愿意，可以去照看着搬运工把钢琴抬上楼。这当然是一件轻松的任务，可是实际上，这照看的任务却并不比搬上楼的活儿轻巧许多，因为这幢楼房里本来就有一部运送家具的宽大的升降梯，即使是把家具车推进去也不显得拥挤，钢琴就是用家具车推进这部升降机里,然后运到卡尔的住房里去的。虽然卡尔也可以与钢琴和搬运工们乘同一部升降梯,但是因为旁边紧挨着还有一部载客的升降梯是空着的,于是他便跨进客梯,借助于一个把手掌握着客梯,使之与货梯总是处在同一高度,并且目不转睛地透过玻璃窗看着此时已成了他自己的私有财产的漂亮乐器。

当钢琴安放在他的起居室里,他击键弹出了几个音符之后,不禁欣喜若狂,难以自制,只得停止弹奏而跳将起来,手背在屁股上,隔着几步远,喜滋滋地观赏着钢琴。起居室里的音响效果也很不错,使他住进这么一个钢筋铁骨的楼房里最初所产生的微微不愉快的感觉顿时烟消云散。事实上,这么一座从外观上看起来是采用了许多钢铁构件的楼房,在楼内的房间里你却丝毫感觉不到有什么钢铁构件,任何人都无法在其内部设施中挑出任何一个从某种意义上说会破坏最完美的舒适宜人的布局的小小不足之处。

起初卡尔热衷于弹钢琴,对于在入睡之前这样弹一会儿有可能直接影响到周围的美国式环境,他毫无愧疚之感。诚然,当他在开启的窗户前,迎着窗外传进来的噪声,弹起一首家乡流行的古老的士兵歌曲时,那声音的确有点儿特别。这是士兵们晚上在兵营寝室里躺下之后眼望着外面昏暗的操场所唱的歌曲,从一个窗户到另一个窗户此起彼伏地唱着——可是当他随后俯视下面的街道时,却没有发现任何变化,他意识到,这只是一个单靠人力本身无法使之停止运转的巨大无比的循环的一小段,看不明白有些什么力量使这一切不停地循环运动着。舅舅容忍他弹奏钢琴,没有说过一个不字,尤其是因为卡尔也很少事先不预告便自得其乐地弹钢琴，他甚至还为卡尔找来了美国进行曲，当然还有美国国歌的乐谱，但是他的行为肯定不是仅仅出于爱听音乐，因为有一天他以正儿八经的语气问卡尔：你是否还想学拉小提琴或者吹圆号？

当然，对于卡尔来说，学英语才是首要的和最重要的功课。清晨七点钟，当高等商贸学校的一位年轻教授来到卡尔房里时，看见他不是坐在桌旁做练习就是在房内走来走去背单词。卡尔清清楚楚地意识到，要学会英语，无论怎么分秒必争地努力都不为过，而且在这方面，他的最好机会就是，通过自己的迅速进步，使舅舅感到格外的高兴。而且事实上，这个目标很快就达到了，他同舅舅用英语交谈，最初仅仅局限于说些问候告别话，不久之后，他俩用英语谈话的内容就越来越多，这样一来，连一些比较隐秘的私人情感也开始涉及了。有一天晚上，卡尔第一次用英语朗诵诗歌给舅舅听，这首美国诗描述的是一次火灾，舅舅听了感到十分满意。此时他俩都站在卡尔起居室的窗口，舅舅眼望着窗外那漆黑的夜空，听着挺立在自己身旁双眼凝视着前方的卡尔口中艰难地吐出复杂的诗句，由于对诗句产生了共鸣，他还缓缓地节奏均匀地拍着巴掌。

随着卡尔的英语越来越好，舅舅便越来越乐意把他介绍给自己的熟人，只是在安排这类会见时，每次都要让那位英语教授临时性地靠近卡尔。介绍给卡尔的第一位熟人是一个身段柔软得令人难以置信的瘦高个儿的男青年。一天上午，舅舅以非同寻常的奉承一般的礼节把他引进卡尔的房间。他显然是那许许多多百万富翁家的公子们中间的一个，从父辈的立场看来，他们是教养很差的一群，他们打发光阴的生活方式是如此地糟糕，以至于一个正常人只要观察一下这类年轻人任何一天的生活，就不能不感到痛惜。而此人仿佛是明白或者揣测到了这种情况，又仿佛是他要尽自己的能力应付这种情况，于是在他的嘴巴和眼睛周围便一直挂着不消退的幸福微笑，似乎对于他自己、他所面对的人和整个世界来说，这幸福是实实在在不容否认的。

在舅舅的绝对赞同下，卡尔与这位名叫美克的年轻人商定，每天清晨五点半钟一道去骑马，或者在骑术学校，或者在户外。起初卡尔虽然迟迟不肯答应，因为他从未骑过马，想要先学一学再说，但是经不住舅舅和美克的竭力劝说，加之听他们说，骑马只是一种娱乐，是有益于健康的体育锻炼，完全算不上是什么艺术活动，于是他最后还是答应了。但是这样一来，他清晨四点半就得起床，这常常使他很难受，因为他白天必须长时间地专心致志地学习，所以晚上总是睡不够，不过只要一走进浴室，他的遗憾心情很快就烟消云散了。在整个浴缸的上方，悬着一张布满喷水孔的网，网的长宽尺寸和浴缸相同——在他的家乡，像他这样一个中学生，即使家庭富有，也不可能拥有这种淋浴装置，而且归个人独占——他躺在浴缸里，能够放松肢体，张开双臂，随心所欲地让那温水、热水，再一次温水，最后是冰凉的水流，喷洒在自己的身上，有时是部分喷水，有时又是整个面积喷洒。他仰卧其中，好像还在继续享受着睡眠的乐趣，他特别喜欢闭着双眼，任一滴滴坠落的水珠砸在眼皮上，然后破碎四散，流经面部向下而滚进浴缸里。

当舅舅的厢体高耸的汽车把他送到骑术学校时，英语教授已经等在那里，而美克则总是要晚一点儿才来——他当然可以无忧无虑地晚一点儿来，因为气氛活跃的真正意义上的骑马运动只有他在场时才会开始。那些马匹不是要在他跨进跑马厅时才会摆脱似醒未醒的状态而扬起前蹄吗？马鞭不是也要在此时才会发出更响的噼啪声而响彻整个跑马厅吗？在跑马厅内四周的走廊上，不也是要到此时才会忽然出现一个个头面人物、观众、马匹管理员、骑术学员或者其他各色人等吗？而卡尔则利用美克到达之前的这点儿时间，做一些适应性的学习骑马最初步的入门练习动作。有一个高个子给卡尔上这节练习课，他很高，几乎用不着把手臂抬起，便能摸到最高一匹马的背部。这节课几乎总是在一刻钟之内结束。上这种练习课，卡尔的收获不是特别大，但是他却能学会许多英语的抱怨词语，他在进行这种练习时，上气不接下气地对着英语教授脱口而出，而教授则总是倚靠在同一个门柱上，大多数时候显得极其困乏。不过，一当美克到达，对于骑马练习的全部不满便几乎统统消失。高个子教师被请出去，不一会儿，在这仍然半明半暗的跑马厅内，人们所听见的只有马儿奔驰的嘚嘚蹄声，所看见的几乎只有美克高扬的手臂，他在向卡尔发指令。这种消除睡意的娱乐性活动半个小时之后便停止了，美克急急忙忙地与卡尔告别，有时候，如果他对卡尔的骑马练习特别满意，他就用巴掌拍拍卡尔的脸，然后便匆匆地抢在卡尔之前，奔出跑马厅的大门，一溜烟就跑得无影无踪了。随后卡尔便带上教授，一道乘汽车返回去上英语课，多数时候是绕道行驶，因为要从那条直接从舅舅家通向骑术学校的拥挤不堪的街道驶回去，将会损失太多的时间。当然，这种英语教授陪同的办法不久便停止了，因为卡尔心里不免有所自责,每天麻烦这位疲倦的人陪同去骑术学校真不应该,更何况他同美克之间用英语交流也很容易,于是他请舅舅免除了教授的这一义务。舅舅稍作考虑之后也同意了他的请求。

过了相当长的一段时间,舅舅才决定允许卡尔稍稍窥探一下自己的贸易公司,虽然卡尔已经多次请求看看了。这是一家从事代理和转运业务的贸易公司,卡尔记得,在欧洲或许根本就没有见过这类贸易公司。这类贸易公司所从事的是一种中介业务,并非将生产商的产品直接转手卖给消费者,或者转手卖给中间商,而是将一切商品和初级产品转运给大型的企业联合体并在企业联合体之间进行转运。所以这是一种规模庞大的集采购、仓储、运输和销售于一体的贸易公司,不得不维持着与客户不间断的极其准确无误的电话和电报联系,其电报大厅不是比家乡城市里的电报局小而是更大。卡尔当年曾经同一位熟悉电报局的同学手牵着手在电报局里穿行过一次。在这里的电话厅里,无论朝哪个方向走动,看见的全是电话间的门,无数的门此开彼关不停地动着,嗡嗡之声不绝于耳,令人感到心烦意乱。舅舅打开其中离得最近的一扇门,看得见沐浴着电灯光的那名员工,他对门的响声充耳不闻,头上套着一条钢带,将听筒压在耳朵上。他的右手放在小桌子上,像是十分沉重。只见他的手指捏着铅笔匀速而飞快地动着,仿佛不是人的手。他对着话筒说话,语言十分简洁,甚至常常听得出来,他想说什么不同的意见,想问得更仔细一些,但是他所听见的对方的某些话却逼着他在尚未来得及讲出自己的看法之前,便低下双眼做记录。舅舅轻声告诉卡尔,此人也用不着讲话，因为同一条信息，他在记录，同时有另外两个同事也在记录，并且随后进行校核，尽可能消除错漏之处。当舅舅和卡尔跨出门向外走时，一个实习生刚好钻进门来，一转眼便拿着这里写好的记录条又溜出了门。大厅中间的通道上，匆匆来去的人们川流不息。谁也不招呼别人，省略了互致问候的礼节，每个人都跟着前头的人的步伐，眼睛看着地板，因为想要尽快地向前走，或者只是瞥一眼手中所拿的记录条上写的个别词语或数字。由于大家都步履匆匆，像跑似的，于是那些字条便翩翩起舞一般飘动着。

"你的成就真是不小哇。"有一次在公司里穿行时，卡尔赞叹道。这个公司真大，若想把整个公司巡视一遍，哪怕每个部门都只是看一看，那就得花许多天的时间。

"你要知道，这一切全是三十年前我自己建立起来的。当时我在港区有一家小小的贸易公司，一天能卸五箱货，就算多的了，我就可以心满意足地回家了。今天我拥有港口第三大货栈，你看那个店铺，就是我的第六十五组装卸工的饭堂和工具间。"

"这简直算得上是奇迹嘛。"卡尔说。

"这里一切都发展得如此神速——"舅舅没说完便打住了。

有一天快到用餐时，舅舅来找卡尔，本来卡尔以为会像平时那样又是独自吃饭，但舅舅却要他马上换深色西装一道进餐，因为有两位生意上的朋友要来做客。当卡尔在旁边房间里换衣服时，舅舅坐到写字台边，翻阅他刚刚写完的英语习题，然后在台上拍了一巴掌，大声叫道："真不错哇！"这一声赞扬，无疑使卡尔的换装更为顺当，不过他现在对于英语，也确确实实是相当有把握的了。

他来到美国后第一个夜晚所获得的对舅舅的餐厅的印象，仍留在记忆里。而今天,当他随舅舅走进餐厅时,两位高大肥胖的先生立即起立向他们致以问候。一位客人名叫格林,另一位名叫帕伦德——卡尔是后来在席间交谈中才弄清楚他俩的名字的,因为舅舅一般都是很简略地介绍熟人,总是让卡尔通过自己的观察弄明白必须知道的或者有兴趣知道的。席间他们所交谈的,都是一些与自己密切相关的商务,这对于卡尔来说,可以称之为很有用处的商务术语课,而他们却将卡尔当成个孩子,让他一声不吭地努力吃自己的饭,首先就是要吃好吃饱。他们的谈话结束之后,格林先生才俯身转向卡尔发问,显然是努力把英语讲得尽可能清楚易懂。他问的是来美国之后最初印象如何之类的一般性问题。在周围死一般沉寂的气氛中,卡尔详尽作答——还用眼角余光对舅舅瞥了几眼,为了表达感激之意,他使用了一种略带纽约特色的俗语。他的另一句话竟然引得三位先生全都笑得东倒西歪的,卡尔害怕自己犯了什么大错误,可是没有,按帕伦德先生对他说的,他的这一句话甚至可以说是恰如其分的。这位帕伦德先生显得对卡尔很有好感,当舅舅和格林先生又回到生意话题时,帕伦德先生却让卡尔把座椅移近自己的身边,先是询问他的姓名、出身、旅途如何等等,最后终于让卡尔歇一口气,他自己则是又笑又咳地急急忙忙地讲述他自己和女儿的情形。他说,他是同女儿一起住在纽约之外不远处的一座"小小的庄园"里,但他只是晚上在庄园里过夜,因为他的职业是银行家,所以白天必须在纽约工作。他立即十分热情地邀请卡尔出城去看看他的庄园,像卡尔这么一位刚出炉的新美国人,肯定有必要偶尔离开市区到纽约之外去散散心啰。卡尔马上请求舅舅允许他接受邀请,舅舅也显得很高兴地同意了，却并没有确定日期，而且也没有如卡尔和帕伦德先生所期待的那样，哪怕只是考虑一下究竟何日去。

可是到了第二天下午，卡尔便被叫到舅舅的一间办公室里去——仅仅在这座大楼里，舅舅便有十间不同的办公室。他看见舅舅和帕伦德先生寡言少语地半躺半坐在带圈的扶手椅里。

"帕伦德先生，"隐身在弥漫房内的朦胧晦暗之中几乎辨认不出来的舅舅说道，"帕伦德先生来了，是要把你带回他的乡村别墅去，如我们昨天所说的。"

"我还不知道今天就要去哩，"卡尔回答道，"否则我已经做好准备了。"

"假如你还没有做好准备，那我们最好还是推迟拜访时间。"舅舅表示。

"要做什么准备嘛！"帕伦德先生高声说道，"一个年轻人，总是时刻准备着的。"

"他可不是这样的人，"舅舅转身对着他的客人说道，"不过他总得回自己的房间去一下，可能这会耽误您啦。"

"时间尽够了，"帕伦德先生说，"我预先就估计到会拖延时间的，所以今天关门要比平常早一些。"

"你看吧，"舅舅说，"你要去拜访，现在就已经给人家添麻烦了。"

"我很抱歉，"卡尔说，"可是我马上就回来。"他已经抬腿准备跑出去了。

"您可不要太急，"帕伦德先生说，"您丝毫没有给我添麻烦，正相反，您的来访，只会使我感到高兴。"

"那你明天早上的骑术训练就要耽误了,你已经告诉人家取消它了吗?"

"还没有哩,"卡尔说,此时,令他高兴了片刻的这次拜访开始变成一种负担了,"我又不知道——"

"那你怎么还要去呢?"舅舅又问道。

友善的帕伦德先生此时介入进来帮助他了。"我们途中在骑术学校停一下,会把这事安排好的。"

"这样当然是可以的。"舅舅说,"不过美克可要白白地等你了。"

"他不会白等我的,"卡尔说,"他反正是要去的嘛。"

"那又怎么样呢?"舅舅说话的腔调使人觉得,他认为卡尔的答话没有丝毫的说服力。

又是帕伦德先生说出了决定性的话:"但是克拉拉(也就是帕伦德先生的女儿)也在等他呀,而且是今天晚上,她总得比美克优先吧?"

"那当然,"舅舅说,"那就快跑回你的房间去取东西吧。"他边说边用手仿佛是无意识地拍打了几下圈手椅的扶手。卡尔已经跑到门口了,舅舅又提出一个问题使他退了回来:"明天早上你总该回来上英语课吧?"

"哎呀!"帕伦德先生惊讶不已地高声说道,同时尽自己那肥胖躯体之所能在椅子里转过身来,"难道他就不可以至少明天在外面待一个整天吗?我后天早晨就把他给您送回来好了。"

"这绝对不行。"舅舅答道,"我不让他的学习秩序被搞乱。以后在他进入本身就很正规的职业生活之前,我会很乐意地允许他接受如此友好的而且令人感到荣幸的邀请,在外面待较长时间的。"

"这真是自相矛盾的说法！"卡尔心中想。

帕伦德先生顿时流露出沮丧懊恼的神态。"待一个晚上和一夜几乎算不上是一次访问呀。"

"我也是这个意思嘛。"舅舅说。

"一个人就得来者不拒，"帕伦德先生说，又大笑起来，"喂，那我等您哟！"他朝着卡尔的背影大声说道，由于舅舅没有再说什么，卡尔便跑走了。

他不一会儿就做好了出门的准备，当他再跑回来时，发现只有帕伦德先生一个人还在办公室里，舅舅已经离去。帕伦德先生十分愉快地拉着卡尔的两只手摇晃，仿佛要尽可能地弄明白，卡尔现在确实要与他同行了。卡尔因为急匆匆地跑了个来回而满头是汗，他也拉着帕伦德先生的双手摇晃，他高兴的是可以出门郊游了。

"舅舅对我外出没有生气吧？"

"哪会呢！他刚才说那些话并非是当真的。他不过是时时刻刻都想到您的学习罢了。"

"真是他亲自告诉您，他刚才说那些话并非是当真的？"

"是——的，是——的。"帕伦德先生拖长了声音说，以此证明他不可能说谎。

"非常奇怪的是，虽然您是他的朋友，他却很不想同意我去拜访您家。"

尽管帕伦德先生对此不愿意坦率承认，一时之间却也不知道该如何解释更好，直到他俩坐在帕伦德先生的汽车里，穿行在暖

49

烘烘的晚风之中时，还各自在心里把这件事情想了很久，虽然他俩一上车就谈到了其他的话题。

他俩紧挨着坐在车里，帕伦德先生讲述时总是握住卡尔的手。凡是有关克拉拉小姐的情况，卡尔都想听，仿佛他已经等不及走完这段长长的旅程，仿佛借助于帕伦德先生的讲述可以早一些到达他家似的。在那些他尚未在晚上乘车穿过的、犹如处在旋风里时刻改变着方向的纽约大街人行道和车马道的上空，一浪赶一浪的噪音，并不像是人的嘈杂声，却仿佛是一阵又一阵乱糟糟的混响。在这种情况下，当卡尔竭力倾听帕伦德先生说话时，他所注目的就只是帕伦德先生那件斜挂着一条静止不动的金链条的深色背心。他俩乘车驶过几条街道，看见那些显然是唯恐迟到了，因而快步奔跑的或者坐在疾驰如箭的车辆里的观众，急急忙忙地向剧院赶去。他们驶出市区，穿过城乡过渡地带来到郊区。到了这里，他们的汽车又总是被骑马的警察指挥着开进侧街，因为正在罢工的金属工人的游行队伍挤满了大街，交叉路口只允许非过不可的车辆通行。然后他们的车驶出较阴暗的回声沉闷的小街，横穿过一条与这些广场差不多一样宽大的街道，在其两端，一眼望不到头的远处，人行道上挤满了碎步向前移动的人群，他们齐声歌唱的声音比个人独唱的声音还要统一和谐。在空荡荡的车行道上，看得见左一个右一个骑在伫立着的马背上的警察或者是扛旗帜的人，要不就是街道上空写着字的标语布或者一位被工作人员和卫士围住的工人领袖，或者是一辆没有来得及撤出的电车停在那里，车厢里既无乘客又无光亮，司机和售票员坐在平台上。还有一小群一小群的好奇者——他们并非真正的游行示威者——站在远处观看,尽管他们并不明白此时所发生的究竟是什么事情,却不离开自己的位置。但卡尔却是心情舒畅地靠在帕伦德先生搂住他的手臂上,他深信不久就会到达一座灯光明亮的、被围墙护卫着的,还有看家狗守门的乡村别墅,作为受到热情欢迎的宾客,他感到万分的愉快。尽管他由于瞌睡渐渐袭来,不再能够明白无误地或者至少是连续不断地听清楚帕伦德先生所讲的一切,他还是时不时地振作一下自己,揉揉眼睛,以便窥探一下,帕伦德先生是否察觉到自己正处于昏昏欲睡的状态,因为他无论如何都要避免自己的昏昏欲睡之态被人发现。

三　纽约近郊的乡村别墅

"我们已经到了。"当卡尔尚未脱离似睡非睡的迷糊状态而醒过来之时，他忽然听见了帕伦德先生说话的声音。汽车停在一座乡村宅院的前面。这宅院同纽约周围一带富翁别墅的样式相同，但是又高又大，远远超出了只住一家人所必需的规模。由于灯光仅仅照亮了这座楼房的下半部，人们根本看不清楚它究竟有多高。楼房的前面，一片栗树林的无数枝叶沙沙作响，其间有一条短路通向楼房的露天台阶，格栅大门已经敞开。当卡尔困乏不堪地下车时，才发现这次行车的时间相当长。在栗树林荫道的昏黑空间里，他听到一个姑娘的声音在自己身旁响起："雅可布先生现在终于来啦。"

"我姓罗斯曼。"卡尔边说边握住向自己伸过来的一只姑娘的手，现在他才看出了这姑娘的全身轮廓。

"他是雅可布的外甥，"帕伦德先生解释道，"他自己名叫卡尔·罗斯曼。"

"这没有关系，反正他来到这里我们就高兴。"姑娘说道——对于她来说，叫什么名字是无所谓的。

虽然如此，当卡尔夹在帕伦德先生和姑娘之间向楼房走去时，他还是问了一句："您就是克拉拉小姐吗？"

"是的,"她一边回答一边将自己的脸转过来对着他,此时从楼房那边射过来的灯光照在她的脸上,虽然不算明亮,却使人可以依稀看见她的模样,"不过我可不愿意在这黑咕隆咚的地方作自我介绍。"

卡尔心想,莫不是她已在格栅大门旁等了我们很久?他一边朝前走一边渐渐清醒过来。

"而且我们今天晚上还有另一位客人哩。"克拉拉说。

"这是怎么回事儿!"帕伦德先生气恼地大声说道。

"是格林先生来了。"克拉拉说。

"他什么时候来的?"卡尔仿佛怀有某种预感似的惶惶然问道。

"刚到一会儿。难道你们没有听见他的汽车在你们前面行驶的响声?"

卡尔抬头仰望帕伦德,想知道他对此有何看法,可是他却将两手插在裤兜里,只是行走的脚步加重了一些。

"住的地方离纽约太近了没有好处,免不了要受到干扰。我们家一定要搬远些,即使我回家需要乘车走到半夜也无所谓。"他们走到露天台阶前停下来。

"可是格林先生已经很长时间没有来过了呀。"克拉拉说,显然她同父亲的想法完全一致,但是为了安慰他,便这么说了一句。

"他为何偏偏要今天晚上来呢?"帕伦德说,他那吐出恼怒之语的厚厚的下嘴唇,肌肉松弛下垂,说话时动的幅度很大。

"可不是嘛!"克拉拉说。

"也许他不久就会离去吧。"卡尔说道,同时心里却觉得奇怪,为何他现在同这些直到昨天都还是素不相识的人竟然如此地心心

53

相印。

"啊，不会的，"克拉拉说，"他同爸爸有大生意要做，可能需要谈很久，因为他已经开玩笑一般地吓唬过我，声称假如我要做个彬彬有礼的女主人，就得一直旁听到天亮呢。"

"这不是麻烦了吗，他竟然要在这里待通宵。"帕伦德大声说道，仿佛这样一来终于大难临头了。"我看最好是，"他说，此时他的头脑里产生了新的念头，于是语气也变得亲切了一些，"依我看最好还是请您罗斯曼先生重新上车，让我马上送您回舅舅家去吧。今晚从一开始就给搅乱了，谁知道以后您的舅舅先生何时再把您交给我们款待呢。但是，如果我今天把您及时送回去，他以后就不会拒绝把您交给我们了。"

于是他拉起卡尔的手，打算立即把卡尔领上汽车，可是卡尔却不动弹，而克拉拉请求让卡尔留下来，因为她和卡尔根本就不会受到格林先生的搅扰。帕伦德先生最后发觉，自己临时做出的这个决定也并非是不可更改的。况且此时，恐怕是决定性的——大家突然听到格林先生的喊声从台阶的最上一层传下来："你们在哪儿呀？"

"来吧。"帕伦德说着便拐弯向露天台阶上走。卡尔和克拉拉跟随着他，这两个年轻人此时在灯光照射下彼此打量着。

"她有两片红嘴唇。"卡尔不出声地自言自语，同时联想到帕伦德先生的嘴唇，他的嘴唇幻化成女儿脸上的这两片漂亮的嘴唇。

"晚餐之后，"她说，"如果您认为合适，咱俩就到我的房间里去，使我们至少可以摆脱这位格林先生，反正爸爸要同他谈生意嘛。而我很想听您弹钢琴，因为爸爸已经告诉我了，您的钢琴弹得很不错，不过很可惜，我对音乐一窍不通，虽然我本来是很喜爱音乐的，却从来没有碰过我的钢琴。"

卡尔完全同意克拉拉的建议，虽然他很乐意把帕伦德先生也拉进他俩这一伙里来。但是，当他们一级级登上台阶时，已经熟悉了帕伦德的身影的卡尔，便看见格林的形象也渐渐地呈现在自己的眼前。面对这高大的形象，卡尔今天晚上力图吸引帕伦德先生离开此人的任何希望都成了泡影。

格林先生急不可待地迎接他们，仿佛要补上损失了的许多时间似的，他拉起帕伦德的手，将卡尔和克拉拉向前推，让他俩先进餐厅。餐厅里，倾斜地摆放在桌上的绿色饰带，是用新鲜树叶编成的，其间插着一朵朵鲜花，呈现出一派热烈的节日气氛，无形中加倍地突出了起骚扰作用的格林先生不请自来所引起的遗憾情绪。卡尔坐在桌旁静候，在其他人落座之前，他愉快地推想着，那通向庭园的宽大的玻璃门将会一直敞开不关，因为他闻到一股浓郁的香气随风而入，犹如飘进庭园中的一座亭子一般。当他正在如此遐想之时，不料格林先生却气喘吁吁地忙着将玻璃门关上，他弯腰把最下方的闩插上，又举手插进上方的闩，一切动作都像个年轻人似的利索，以至于当仆役急急忙忙赶到时，已经没有必要动手了。格林先生在餐桌旁一坐下来，头几句话就是表示他对于卡尔竟然获得了舅舅的许可来此拜访感到吃惊。他把盛满汤的匙一下又一下地送进口中，同时一会儿向右对克拉拉，一会儿向左对帕伦德先生解释，为何他感到吃惊，舅舅是如何看管卡尔的，舅舅对卡尔的爱又是如何深得过了分，仿佛超出了人们可以称作舅舅之爱的程度。

"他不但不满足于在这里管闲事,而且还要介入我同舅舅之间。"卡尔一想到这一点,那黄灿灿的汤一口都吞不下去了。不过他并不想让人家察觉自己的情绪受到了烦扰,于是又开始默默地将汤往自己的肚子里灌。进餐的速度很慢,犹如受罪一般。只有格林先生,顶多加上克拉拉,显得活跃一些,并且一有机会便短促地笑上几声。而帕伦德先生,则只是在格林先生有几次提及生意上的事时才加入交谈。但即使是这种交谈,他也是快进快出,格林先生不得不过一会儿又出其不意地将他扯进谈话里去。况且格林先生强调指出,从一开始他就无意进行这一次没有预约的拜访。此时,专心倾听的卡尔预感到某种危险即将来临,以至于克拉拉不得不提醒他注意,他的面前有一盘烤肉,他正在吃晚饭。卡尔认为,即使是生意上的事特别急,那么今天在城里至少也该把最重要的问题商定,次要一些的可以留待明天或者以后去处理。而格林先生确实在贸易公司关门之前早早就到了帕伦德先生的办公室,可是没能碰见他,于是格林先生被迫先往自己家里打电话,说今晚要在外面过夜,然后就出城来了。

"那就该我请您原谅啦,"卡尔大声说道,并且不待别人开口答话,他又接着说道,"因为今天帕伦德先生提前离开自己的贸易公司是由于我的缘故,对此我感到十分抱歉。"

帕伦德先生用餐巾把自己的脸大部分蒙住,克拉拉虽然对卡尔笑脸相迎,但这并不是一种同情的微笑,而是要想对他产生某种影响。

"你道什么歉嘛,"正在用锋利的刀刃分割一只鸽子的格林先生说,"完全相反,我很高兴在这种舒适宜人的场合中度过夜晚时光，而不必独自在家里用晚餐，因为照料我用餐的女管家是如此地老迈，从餐厅门口到我的餐桌边这一小段路对于她都是很艰难的，要观察她走这段路，我得靠在椅子上看很久。刚刚在不久之前，我才得以安排仆役把饭菜一直送到餐厅的门口来，可是从门口到我的餐桌边这一段路，按我对她的理解，却是非她莫属呀。"

"我的上帝呀，"克拉拉喊道，"如此忠心耿耿的服务！"

"是的，在这个世界上确实还有忠诚之人。"格林先生一边说一边把食物送进自己的口里，卡尔此时突然意外地发现，格林先生舌头一卷就把食物拖进去了。他感到恶心欲呕，于是便站了起来。此时帕伦德先生和克拉拉几乎是同时拉住他的手。

"您应当坐着不要站起。"克拉拉说。当他重新坐下后，她对他低声说道："咱俩很快就要一起离开餐厅的。您耐心地坐一会儿吧。"格林先生此时却泰然自若地吃自己的饭，仿佛他这个使卡尔感到恶心欲呕的人反倒是个局外人，而抚慰卡尔自然是帕伦德先生和克拉拉的事。

这顿饭之所以拖得很长，主要是因为格林先生吃每一道菜都很认真，他一直是毫无倦意地接过新送上餐桌的每一道菜，仿佛他真想要彻底摆脱自己那位年迈的女管家的阴影似的。他一再夸奖克拉拉小姐持家有方，显然是为了讨好她，而卡尔却以为他是在攻击她，便竭力削弱他的言语的威力。但是格林先生却并不满足于关注她一个人，而是多次对卡尔显然没有胃口表示遗憾，不过他这样说的时候眼睛依旧盯住自己的盘子。帕伦德先生作为东道主，虽然也很想鼓励卡尔多吃，但他却对卡尔倒胃口的感觉深表关切。事实上，卡尔在整个晚餐过程中都感到的精神压力，使他变得很敏感，以至于他违心地把帕伦德先生的关切之语也当成了不友好的表示。受这种思想情绪的支配，他一会儿完全不适当地吃得又快又多，一会儿又吃累了似的放下刀叉很久不动，成了这班食客中最难伺候的一个，弄得上菜的仆人经常不知所措。

"明天我要告诉参议员先生，您是如何用拒绝进食的办法伤害了克拉拉小姐的。"格林先生说道，他仅仅用摆弄刀叉的特别方式来表达这句话的诙谐之意，"您看看姑娘的脸色吧，她是多么伤心呀。"他一边说一边抓住克拉拉的下巴颏儿。她听之任之，闭目不语。

"你这个小东西呀。"他大叫一声，接着向后一靠，用饱餐后中气十足的声音大笑了一阵，把脸都涨红了。

卡尔竭力琢磨帕伦德先生此时的心理状态，却三思而不得其解。帕伦德先生坐在那里对着自己的盘子看，仿佛盘中发生了真正重要的事情。他没有把卡尔的椅子拉过来靠近自己，开口说话也是针对着大家，而并非专门针对卡尔。与此相反，他却容忍格林这么一个狂食豪饮的纽约老单身汉意图显然地对克拉拉动手动脚，又对自己的客人卡尔揶揄中伤，或者至少是把他当作孩子一般玩耍——谁知道格林吃饱喝足了究竟想干什么。

当格林终于察觉了餐厅里的尴尬气氛之后，他便第一个站了起来，众人也随着他一道站起来，于是晚餐散席。散席之后，卡尔独自走到一边，站在一个被狭窄的白木条分隔为许多小格的大窗户的前面，这些大窗户通向露天台阶，他走近细看，原来这些才是真正的门。开始时帕伦德先生和他的女儿所表现出的而卡尔当时还有点儿不理解的对格林的厌烦态度，现在已不见踪影。他们此时同格林站在一起,还对他频频点头哩。帕伦德先生请格林抽雪茄烟,他吐出的烟雾弥漫了整个餐厅。这种烟很粗,卡尔在家乡时,曾经听父亲说起过,但是从来没有亲眼见过。格林吐出的烟雾,将他的影响带到厅内的也许他永远都不会涉足的角落。就连离得较远的卡尔,也因为烟雾的刺激而鼻孔里发痒。至于格林先生的举止,当卡尔从自己所站之处飞快地瞥了一眼,便觉得他真有点儿失礼。现在他认为,舅舅之所以迟迟不肯答应他来拜访帕伦德家,不能完全排除的原因就是,舅舅了解帕伦德先生性格的弱点,故而他即使无法肯定卡尔在这里做客会受到伤害,但这却是完全有可能的。这位美国姑娘他也不喜欢,尽管他预先并没有将她想象成比真人漂亮得多。自从格林先生同她倾情交谈起来,卡尔甚至对她脸上装出来的优美神态感到吃惊,特别是她那一双无拘无束地灵活转动的眼珠,更是撩人般流光溢彩。他还从未看见过与她此时身上所穿的一样的紧裹着躯体的裙子,轻柔而结实的浅黄色布料上的小褶,显出了绷紧的程度。不过此时卡尔根本没有把她放在心上,他的双手已经抓住了门柄,只要往外一推,就能把门打开,出去上车,或者如果司机睡觉了,那他宁愿独自步行走回纽约,也不去她的房间。

明晃晃的夜空中,一轮圆月俯视着他,这夜色任何人都可以欣赏,卡尔仿佛对空旷的野外毫无恐惧之感。他心里设想着,明天早晨——步行回去几乎不可能在天亮以前到达——该如何让舅舅感到惊喜——这种想法使他在这个餐厅里第一次觉得心里很舒坦。虽然他从未进过舅舅的卧室,也根本不知道他的卧室在哪里,但是他总会打听到的。然后他便去敲门,随着一声毫无热情的

"进来!"而跑将进去,这位他迄今只见过总是衣服穿得严严实实并且从下至上每粒纽扣都扣得十分认真的亲爱的舅舅,此时却只穿着睡衣,上身挺直坐在床上,双眼惊奇地瞪着门口。这事情本身也许并没有什么了不起,但是只要你仔细想一想,这究竟会引出什么样的后果吧!也许他将会第一次与舅舅共进早餐,舅舅坐在床上,他坐在椅子上,早餐摆在他俩之间的小桌上。也许这次共进早餐会演变成一种惯例,他俩由于这种进早餐的方式——甚至可以说这几乎是难以避免的啦——多次地而不再像迄今为止那样,每天只有一次相聚,随之而来的,必然就是更加坦诚的交谈。说到底,完全是因为缺乏这种开诚布公的交谈,他今天才在舅舅面前表现得有点儿不顺从,或者说得更确切些,是桀骜不驯。即使今天他不得不留在这里过夜——令人遗憾的是,尽管此时人家让他站在窗户边而只顾自己谈话,看起来却完全会出现这种结果——那么这次令人不愉快的拜访或许会成为改善与舅舅的关系的转折点,说不定今天晚上舅舅在自己的卧室里也会有类似的想法吧。

他怀着略感自慰的心绪转过身来。只见克拉拉站在他的面前,她说道:"您对我们家一点儿也不喜欢吗?难道您在这里毫无宾至如归之感?来吧,我要进行最后一次努力。"

她领着他横穿过大厅走到门口。两位先生坐在靠边放置的桌子旁,桌上的高脚杯中盛有泡沫不多的、卡尔叫不出名字却可能会有兴趣尝尝的饮料。格林先生一只胳膊支在桌上,他把整个脸凑近帕伦德先生;假如你不认识帕伦德先生,完全可能以为这里正在密谋什么罪恶的勾当,而不是商量生意上的事情。当帕伦德先生的亲切目光追逐着卡尔向门口移动时,格林却根本不把自己的视线转向卡尔——尽管人们都习惯于不由自主地把目光转向与自己相对的人所注视的地方。卡尔觉得,格林的这种态度,流露了他的某种信心,就卡尔或者格林本身而言,他俩之中的任何一个人都应该凭借自己的能力设法解决这里的问题,他俩之间的必需的社会联系将会随着时间的推移,通过二人中某一位的胜利或者灭亡而得以建立。

"他要是有这种念头,"卡尔在心里自言自语,"那他就是一个笨蛋。我确确实实对他毫无企求,他也应当让我享受宁静呀!"

他刚刚走进门外的过道,便想到自己的行为很可能不礼貌,因为他差不多是被克拉拉拖着,双眼盯住格林先生跨出餐厅门的。于是现在他便更为自觉自愿地与她并肩而去。在过道里行走的途中,起初他看见每隔二十步远便有一名身着华丽制服的仆人拿着一盏枝形灯,由于灯架粗重,每个人都不得不用双手抱着。

"至今只有餐厅里拉了电线,"克拉拉解释道,"我们不久前才买下了这座楼房,让人彻底翻修。这么一座式样怪怪的旧房子,凡是能改的地方都得改。"

"原来在美国也有旧房子。"卡尔说道。

"那是当然哟,"克拉拉笑着说,拉着他继续朝前走,"您对美国抱着奇特的看法嘛。"

"您不该嘲笑我。"他气恼地说道。毕竟他已经了解了欧洲和美国,而她却只知道美国。

克拉拉一边向前走一边伸手推开一扇门,脚步却并不停住,她说:"您就在这里睡觉。"

卡尔当然想立刻看看这间房，而克拉拉却不耐烦地差不多是喊叫般说道，还有时间看的，现在只管一道先走走嘛。他俩在过道里来回走了片刻，最后卡尔想，他没有必要一切都以克拉拉之意为准，于是便挣脱了她的手，跨进那间屋子。出人意料的是，由于窗外一棵大树遮住了天光，屋里一片漆黑，它的树梢的硕大形象整个儿地左右摇曳着。听得见鸟雀的啁啾之声。在屋子里，由于月光射不进来，当然是伸手不见五指。卡尔后悔没有把舅舅送给自己的手电筒带来。在这座房子里，手电筒的确不可缺少，要是有几只手电筒，就可以让仆人们上床睡觉去了。他坐到窗台上，向外面张望倾听。仿佛有一只受了惊的鸟儿从这棵古树的枝叶间穿过。从原野的某处，传来纽约郊区火车的汽笛声。除此之外，一切都寂静无声。

可是过了不大一会儿，克拉拉便急匆匆奔进房内。她显然是十分气恼地嚷道："你这究竟是什么意思吗？"她边说边拍打着自己的裙子。卡尔想等她火气小一点儿再给予回答，可是她却迈着大步走到他的面前，大声叫道："您究竟还愿不愿意同我一道走？"她一边说一边故意地，要不就是仅仅出于激动，狠狠地向他的胸部推了一下，使他差点儿从窗口跌倒下去，幸亏在最后一瞬间他及时地从窗台上滑下，落脚在房内地板上。

"我差点儿掉下去啦。"他谴责她。

"很可惜没有掉下去。您为何如此无礼？我倒真想把您推下去哩。"

她真的将他抱住，趁他最初由于愕然不知所措而忘了奋力抵制，凭借她经过体育锻炼而获得的强健体魄将他推着走，差不多已经到了窗口。可是至此他定神略一思索,屁股一扭便挣脱了她的搂抱,反而抱住了她。

"哎哟呀,您把我搞得好痛哟。"她立刻抱怨道。

但是此刻她心里明白,卡尔是不会把她放掉的。他虽然让她能够随意迈步,却跟着她,不放掉她——要抱住她衣裙紧裹的身躯也很容易。

"放了我,"她喃喃道,她的滚烫的脸贴近他的脸,她离他如此之近,要看她很费眼神,"您放了我吧,我给您好东西。"

"她为何如此唉声叹气,"卡尔心里想,"我不可能把她搞痛,我并没有使劲嘛。"

于是他并不将她放开。但是这样心不在焉地静静站立片刻之后,他却感到她对自己的身体施加的力量越来越大,最后她猛然一下子挣脱了他的搂抱,充分利用所赢得的优势把他抓住,用一种不知从哪里学来的格斗技巧中的步法,抵住他的双腿,大口喘着粗气将他推到墙根。此处放着一张双人沙发,她将卡尔按到沙发上,自己的身体却并没有怎么向下弯,她说:"现在只要你能动弹你就动吧。"

"你真是只猫,发疯的猫,"卡尔此时由于愤怒和羞愧而头脑里一片混乱,只能喊出这样的话来,"你疯了,你这只发疯的猫。"

"你说出这种话来可要当心点儿。"她说着便用一只手按在他的身上向脖子推移,开始使劲卡他的脖子,使得卡尔根本无法动弹,只能拼命呼吸,而她同时却用另一只手摸他的脸,仿佛是要试试他的脸皮,接着又把手往回收,渐渐向上抬起,每时每刻都有可能扇他耳光。

"如果我要，"同时她问道，"如果我要因为你对一位女士表现出这种行为而惩罚你，狠狠地打你耳光，打得你魂飞魄散，你以为如何？也许这会有益于你未来的生活之旅，即使这并非美好的回忆也罢。对你我真是于心不忍，因为你还算得上是个漂亮的小伙子，假如你学过柔道，很有可能已经把我打得落花流水的了。尽管如此，尽管如此——你现在躺在沙发上的这副模样，真使我忍不住想要打你耳光。但是假如我真的打你耳光，我可能会后悔的，我现在就感到，我打你耳光差不多也是违心的嘛。当然，我不会只打一个耳光就满足了，我要左右开弓打你，直到把你的脸打肿为止。也许你是个爱面子的人——但愿你是这种人——挨了耳光以后不想继续苟且偷生，而要脱离人间自行消失。可是你究竟为什么要这样与我对着干呢？难道是你不喜欢我？难道是不值得到我的房间里去看看？注意！现在我真的要不预告就扇你耳光啦。如果你今天想要得到解脱，那么从现在起你就该表现得乖一些。我可不是你的舅舅，你不能同我闹别扭。此外我还要提醒你注意，如果我不打你耳光就放了你，你不要以为，从名誉的观点来看，你现在的处境和真正挨了耳光是一回事，如果你有这种看法，那我宁愿现在真打你耳光。要是我把这一切告诉美克，那他会说什么呢？"

一想到美克，她便放了卡尔，而在卡尔的模糊不清的意识里，美克却好像是自己的救星。他觉得克拉拉的手还卡在自己的脖子上，所以又扭了几下，然后才静静地躺着不再动弹了。

她要他起来，他却既不回答又不动弹。她点亮了一支蜡烛，房内有了光亮，天花板上映现出一幅周边呈锯齿状的图形，但是卡尔仍然躺着,头枕在沙发的靠垫上,同克拉拉将他放在沙发上时一模一样,丝毫没有移动位置。克拉拉在房内来回走动,她的裙子绕着她的腿簌簌地飘动着,很可能她在窗户边站了许久。

"气消了吧?"卡尔听见她这么问了一句。

他意识到,在帕伦德先生安排的供他过夜的这个房间里,将是很难得到安宁的。而这个姑娘一会儿跑几步一会儿又站住,口中一直喋喋不休,他对她真是讨厌到了极点。赶快睡,要不就离开此地,是他此时的唯一愿望。他根本不想上床,只想躺在这沙发上。他盼望她离去,然后蹦过去,在她的身后把门闩上,接着再跑回来倒在沙发上。他极想伸展四肢,打个呵欠,可是却不愿意在克拉拉的面前这么做。于是他躺着,凝视天花板,感觉自己脸上的皮肤渐渐失去了活力,一只苍蝇绕着他飞,老在他的眼前闪闪烁烁,而他却并不清楚,这究竟是何物。

克拉拉又走到他的身边,弯腰进入他的视线所及的范围,只要他不是有意地视若无睹,那他肯定能看见她。

"我现在走啦,"她说道,"或许你过一会儿有兴趣来找我。从这间屋子的门开始数,第四道门里面就是我的房间,就在过道的同一侧。就是说你向前走过三道门,然后你所到达的便是我的房门了。我不再下楼去餐厅了,而是待在我自己的房间里。你确实也把我弄得精疲力竭了。我不会专等你来的,但是如果你要来就来吧。你要记住,你可是答应了要弹钢琴给我听的哟。不过,可能我把你也搞得疲乏不堪了,你再也无力动弹,那就待在屋里睡个够吧。我暂时还不会向父亲讲咱俩打架的事;我猜,要是讲了,会使你发愁的。"说完后,她两个纵步便跑出了房门,她刚才所声称的精疲力竭已然无影无踪了。

她刚一出门，卡尔随即坐了起来，这样躺着已经受不了啦。为了稍稍活动一下，他走到门口探望外面的过道。外面可是一团漆黑！他高高兴兴地关上房门，而且还闩上了，接着走到桌子边，站在蜡烛的光亮里。他决定不在这座房子里待下去了，而是下去开诚布公地告诉帕伦德先生，克拉拉是如何对待他的。对他来说，承认自己的失败并没有什么关系，借这个肯定很充足的理由，请求帕伦德先生允许自己乘车或者步行回家。如果帕伦德先生不同意他立即回去，那卡尔至少要请他派一名仆人送他到最近的旅馆去。虽然一般人都不会以卡尔所想出来的这种方式同亲切友好的东道主打交道，但是，像克拉拉这样与一位宾客打交道的，就更少了。更令人气愤的是，她竟然把暂时不将他俩打架之事告诉帕伦德先生的承诺视为友好的表示，简直是恬不知耻。不错，卡尔确实应邀同她摔跤，结果被她这么一个姑娘摔倒，使他感到羞耻，很可能她的生活的大部分内容是学习摔跤技巧吧。原来她的老师是美克。让她把一切都告诉他吧，卡尔知道他是一个明智的人，尽管他从未有机会了解美克的详情。但是卡尔也知道，如果美克教自己，他定会取得比克拉拉大得多的进步；然后他有朝一日会再来此地，极有可能是不请自来，当然一开始要对这个地方进行一番考察——熟悉此地正是克拉拉这次较量中的一大优势嘛——接着他便会逮住这同一个克拉拉，把她痛打一顿，然后将她摔倒在这同一张沙发上。

现在所要做的，只是找到回餐厅去的路，在他刚才心烦意乱之时，也很可能把自己的帽子搁在了餐厅里一个不恰当的地方。

当然他要带上蜡烛,但是即使有亮光相伴也不容易找到该走的路。例如他根本不知道这个房间同餐厅是否在同一层。克拉拉带他过来时总是拉着他走,他根本无法左右观察,而且他当时脑海中还正在一会儿想着格林先生,一会儿又想着举灯架的仆人们呢。总而言之,他此时确确实实回忆不起来,过来时究竟是经过了一层还是两层楼梯,或者根本就没有经过楼梯。他向窗外观望一阵后,推测这个房间的位置相当高,所以便想当然地认为,他俩过来时是走了楼梯的,但是进这座楼房的大门之前,不是要攀登高高的阶梯吗,为何楼房的这一侧不会也是加高了的呢?不过,要是从过道里某一扇门缝哪怕是透出一丝微光,或者从远处传来很轻很轻的声音,那就好办啦。

他看一眼舅舅送的怀表,时间已是十一点钟了,他端起蜡烛,跨出房门走进过道里。他没有关上房门,如果找不到路,至少还可以返回来找到自己的房间嘛,然后遇到特别紧急的情况时,还可以找到克拉拉的房门。为了保险,他用一张椅子将门顶住,以免它自动关上。但是一走到过道里,情况就不妙了,他当然是从克拉拉的房门开始拐弯向左走去,可是迎面吹来一股风,虽然很微弱,却很容易把蜡烛吹灭,于是卡尔只得用手掌护住烛火,而且还不得不多次停步不动,使被风吹得弯了腰的蜡烛的火苗重新竖直。这样行走特别缓慢,路程显得加倍地长。卡尔经过了很长一段墙壁,连一个门也没有发现,根本猜不出墙后面是什么。然后又是一个门接着一个门,他推门试试,好几扇门都是锁死了的,这些房间里显然没有人住。这简直就是房屋的极大浪费,卡尔联想到舅舅曾经许诺带他去看纽约以东的那些寓所,据说在那里的一个小房间里，居住着好几家人，一家人的住处就只是房间里的一个角落，在这种角落之家里，孩子们聚集在自己父母的周围。而此处却有这么多空房间，有人敲门时便响起嘭嘭的声音。卡尔觉得帕伦德先生可能是受了虚伪的朋友的误导，又溺爱自己的女儿，于是便堕落成这种德行。舅舅对帕伦德先生的看法是正确的，只不过他那不施加影响而有意让卡尔自主判断他人的信条，倒是造成卡尔今天来拜访和在这过道上东寻西找的原因。卡尔明天要把这些想法直截了当地告诉舅舅，因为舅舅按照自己的信条，将会乐于以平静的心态倾听外甥对他自己的看法。此外，这信条可能是卡尔对自己的舅舅唯一不喜欢的一点——即使他的这种不喜欢的态度也并非是无条件的。

突然，过道一侧的墙壁到头了，代之而出现的是一道冰凉的大理石栏杆。卡尔将蜡烛移到自己身体的侧面，小心翼翼地弯腰探身向外。漆黑空旷的夜色扑面而来。在蜡烛忽闪忽闪的亮光中，显现出穹顶的一角。如果这里是这座房子的主厅，那么为何进大门时没有穿过这个厅堂呢？这么深的一个大厅，究竟有什么用处呢？站在这上面犹如站在一个教堂的回廊上。卡尔觉得有点儿遗憾的是，不能在这座房子里逗留到明天早晨，否则他很乐于在白天的光亮之中随着帕伦德先生各处走一遍，听他详尽介绍这里面的一切。

好在这段栏杆也并不长，卡尔没有走几步便进入封闭的过道之内。面前的过道出乎意料拐了个急弯，卡尔不由自主地猛然撞到墙上，幸亏他一直不松懈地小心翼翼而又异常紧张地拿住蜡烛，才得以避免蜡烛掉落地上而致熄灭。由于这过道显得似乎没有尽头，也没有一扇窗户可以向外观察，朝上望向下看都没有发现任何动静，于是卡尔不免推测，自己是在同一条环形过道里不停地兜圈子，他希望重新找到自己那未关上门的房间，可是无论是开着的门还是栏杆都没有再次出现。直至此时，他一直克制着自己，没有大声呼喊，因为他不愿深更半夜在别人的房子里大喊大叫，然而他又觉得，在这座没有照明的房子里喊叫，也算不上是什么不恰当的行为，因而打算向过道的两头大喊"哈罗"。正当此刻，却发现从他刚才走过来的方向有一点小小的亮光逐渐移动过来。现在他才得以估计出这段笔直过道的长度，这座房子是一座要塞，而不是什么别墅。卡尔见到这救命的亮光，高兴得不得了，以至于根本忘记了"小心"二字，立即迎着亮光跑去，刚跑几步，他手中的蜡烛便灭了。他不管蜡烛是否熄灭，因为他再也用不着蜡烛照亮了——一名老年仆人提着一盏灯笼迎面走来，他定会给他指点正确走法的。

"您是何人？"仆人边问边将灯笼伸到卡尔的面前，同时也照亮了他自己的脸。他的脸上长着雪白的络腮胡子，丝绒一般的毛卷儿向下蔓延至胸部，使他的表情显得有些僵硬。

卡尔心想，这肯定是一名忠实的仆人，所以能得到许可留这么一部大胡子。他一边这么想一边目不转睛地打量着这部大胡子的长度和宽度，毫不因为他自己也正在受到对方的观察而感觉到有什么不自在。况且他也是立即回答说，他是帕伦德先生的客人，从自己的房间出来，想到餐厅去，却找不到去餐厅的路。

"哦，原来如此，"仆人说，"我们的电灯还没有装好。"

"这我知道。"卡尔说。

"您不想就我的灯把蜡烛点燃吗？"仆人问。

"行。"卡尔边说边将蜡烛递给他。

"这过道里风大，"仆人说，"蜡烛很容易吹灭，所以我提了个灯笼。"

"有罩子的确很管用。"卡尔说。

"哟，您的身上滴了许多蜡。"仆人用蜡烛照照卡尔的外套说。

"我怎么一点儿也没有察觉呢。"卡尔大声说道，他感到很可惜，因为这套黑西装，按舅舅的说法，是他的全部衣服中最合身的一套。回忆刚才的情景，他觉得同克拉拉打架对这套衣服也没有好处。

仆人显得十分殷勤，急忙为他清洁衣服；他一次又一次在仆人面前回旋转身，把身上东一块西一块蜡斑指给他看，仆人便顺从地把它刮掉。

"为什么此处风这么大呢？"卡尔问，此时他俩已经迈步开始向前走了。

"这里面该整修的太多啦，"仆人说，"虽然改建已经开始了，可是进展很慢。现在，或许您也听说了，建筑工人又在罢工。这样进行修建真是太令人烦恼啦。他们已经把墙壁扒开了几个大缺口，却没有把缺口封好，所以整座房子里穿堂风通行无阻。我如果不用棉花塞住耳朵，那真会无法忍受的。"

"那我得大声点儿您才听得见吧？"卡尔问。

"不必，您的声音很清晰，"仆人说，"我们还是说说修建的情况吧，尤其是这一带靠近小教堂——这小教堂将来肯定要同这座房子的其余部分隔开的——这里的穿堂风简直就没有人能够受得了。"

"这过道旁的栏杆外面就是小教堂吧?"

"是的。"

"我刚才就猜到了。"卡尔说。

"小教堂很值得一看,"仆人说,"假设没有它,美克先生肯定不会买下这座房子的。"

"美克先生?"卡尔问,"我还以为这座房子属于帕伦德先生哩。"

"当然属于他,"仆人说,"但是买这房子时美克先生起了决定性的作用。难道您不认识美克先生?"

"哦,认识,"卡尔答道,"但是不知道,他同帕伦德先生有何关系?"

"他是小姐的未婚夫。"仆人说。

"这我还真不知道哩。"卡尔边说边停住脚步。

"这事让您如此惊讶吗?"仆人问。

"我只不过是要搞清楚他们之间的关系。如果不了解这种关系,就有可能犯天大的错误呀。"卡尔答道。

"只是我觉得奇怪,竟然没有人将此事告诉您。"仆人说。

"是呀,确实奇怪。"卡尔不好意思地承认。

"也有可能是人家以为您知道此事吧,"仆人说,"因为这并不是什么新闻。现在我们到了。"

他打开一道门,立即看见有楼梯向下直达餐厅的后门——同刚到达时一样,此时餐厅里依然是灯火辉煌。时间已经过去了足足两个小时,帕伦德先生和格林先生还在餐厅里聊。

正当卡尔想要抬腿跨进餐厅里去时,仆人说道:"如果您需要,我就在此处等您,然后送您回房间去。第一次在这里过夜,总是很难马上弄清楚东南西北的。"

"我不打算再回房间去了。"卡尔口里这么说,心里却弄不明白,为何说这句话时自己会有点儿忧郁之感。

"那也不是什么糟糕的事情嘛。"仆人口中这么说,脸上却流露出略显优越感的笑容,并且还拍拍卡尔的胳膊。很可能他对卡尔的话的理解是,卡尔想要整夜待在餐厅里,同先生们边谈边饮。

卡尔此时并不想作任何解释,况且他考虑的是,这个仆人——卡尔对他比对此处其他仆人更为喜欢——随后还可以向他指点去纽约的路径,所以他说:"如果您愿意在这里等一等,那肯定再好不过了,我感谢您的关照。无论如何我过一小会儿就出来,然后便告诉您,我下一步要干什么。我想我还需要您的帮助。"

"那好。"仆人边说边把灯笼放到地上,然后坐在一个低矮的基座上——这基座上空无一物,很可能也与房屋的改建有关系,"我就在这里等候。"

"您也可以把蜡烛交给我嘛。"当卡尔端着燃烧的蜡烛就要走进餐厅时,仆人又补了一句。

"我真是糊涂了。"卡尔说着便把蜡烛递给仆人,仆人只对他点点头——不知道他这个点头动作究竟是有意为之还是因为要用手抚摩自己的络腮胡子而引起的。

卡尔打开门,引起一阵嘎嘎的响声,但这并非他所造成的,因为这扇门实际上只是一块大玻璃板,如果被迅速推开,并且仅仅拉住门把手,它就要微微弯曲。卡尔原想静悄悄地进门,因而被这响声吓了一跳，赶紧松手让门停住不动。他没有转身去看，却察觉仆人在自己身后小心翼翼地把门关上而没有产生任何响声——这仆人显然是从他所坐的基座上起身下来的。

"请原谅我打扰你们啦。"卡尔对两位先生说，那二位注视着他，瞪大眼睛流露出惊讶的目光。与此同时，他却飞快地对大厅扫了一眼，想看看自己的帽子究竟在什么地方。餐桌已经收拾得干干净净，而帽子也无影无踪——说不定帽子已经被人以令人不快的某种方式送进厨房里去了。

"您把克拉拉扔在哪儿啦？"帕伦德先生问道，看起来他对卡尔的打扰并不介意，因为他立即改变坐姿，完全正对着卡尔。格林先生则佯装成一个不参与的角色，他摸出一个从大小和厚度来看都是特大号的皮夹子，仿佛要从其中许多夹层里找出某一样东西来，但是一边找一边却又细看到手的别的纸片。

"我有一个请求——然而请您不要误解了我的意思。"卡尔一边说一边匆匆走到帕伦德先生的近旁，为了凑得近些，还用一只手撑在靠背椅的扶手上。

"是个什么样的请求呢？"帕伦德先生用坦率的目光注视着卡尔问道，"这个请求当然应该得到满足啰。"他弯臂搂住卡尔，把他拉到自己的两腿之间。

卡尔乐于听之任之，尽管一般而言他觉得自己已经长大了，并不适合于受到这种礼遇。但是正因为受到了这种礼遇，就更难于启齿讲出自己的请求了。

"您对我们这里究竟喜不喜欢呢？"帕伦德先生问道，"难道您不觉得，一个人从城里出来，到了乡下会感到所谓的无拘无束吗?一般说来——"他一边说一边向格林先生瞥了一眼,那目光虽然被卡尔挡住了一部分,却是明白无误的,"一般说来,每天晚上,我总有这种感觉。"

"他这样说,"卡尔心里想,"似乎他不知道这座庞大的房子,没有尽头的过道、小教堂、一间间空房,处处都是黑灯瞎火的。"

"喂!"帕伦德先生说道,"讲您的请求吧!"他还亲切地摇摇一声不吭地站着的卡尔。

"我请求,"卡尔尽量压低声音,但是尽管如此,格林先生就坐在近旁,他也能听见,而卡尔本来是很不愿意当着格林先生的面讲出这个请求的,因为这个请求有可能被人理解为是对帕伦德的一种伤害,"我请求您让我现在,今天夜里就回家去。"

而此时,当最难启齿的话讲出来了之后,其余的话都统统以更快的速度脱口而出,他不需要说谎,连一些他事先根本没有想过的事都一股脑儿讲了出来。

"总之我很想回家。我很乐于再来,因为凡是您帕伦德先生所在的地方我都乐于来。只是今天我不能留在此处。您知道我的舅舅并不是高高兴兴地允许我进行这次拜访的。他对此事的态度,犹如他做一切事情那样,肯定是合乎情理的,而我却有意违拗他的睿智的洞察力,很放肆地硬要他同意我出来。我根本就是滥用了他对我的疼爱。至于他究竟是出于什么考虑而反对进行这次拜访,眼下已是无关紧要的了,不过我十分明白,他的考虑之中,并不包含任何会对您帕伦德先生造成伤害的意思,因为您是我舅舅最好的,最最好的朋友——同我舅舅的交谊之深厚,其他任何人与您比较,都差得很远很远。这也是我为自己不听话的行为感到抱歉的唯一原因，不过这样说并不能充分表达我的歉意。或许您并不很明白舅舅同我之间究竟有什么关系，所以我只想讲出其中最能说明问题的一点。只要我的英语学习一天不结束，只要我对实际商务活动没有充分详尽地观摩完毕，我就只能是完完全全地依赖舅舅的亲情善意——当然作为有血缘关系的亲戚，我也有资格享受这种善意。您切不可认为，我现在就已经能够体面地养活自己了——现在主要还得靠上帝的保佑哇。很可惜，我过去所受的教育，根本就没有什么实用价值。我曾经在一所欧洲的文科中学读完了四年级，但是成绩平平，这意味着，凭这一点儿学历，一文钱都挣不到，因为我们的文科中学在教学安排方面是极其落后的。要是我告诉您我学了些什么，您会笑我的。如果继续上学，读完文科中学再进大学，那才有可能在某种程度上弥补学业的缺陷，最后才算受到了正规的教育，只有受了这么多教育，才能从事某种职业，才有勇气去挣钱。但是很可惜，在这种前后衔接的学习过程的中途，我却被人拽了出来。有时候我觉得，自己所知道的有关美国的知识还是太少了。目前在我的家乡，东一个西一个正在兴办改革的文科中学，其中的学生也要学习现代语言，可能还要学习商业课程，而当我从国民小学毕业时，还没有设置这些课程哩。那时我的父亲虽然也曾想让我学英语，可是第一，我那时根本不可能预知自己将会遭遇什么祸事，以至于需要使用英语；第二，我不得不为升入文科中学学习许许多多的东西，因而我没有特别多的时间来搞别的学科。我讲述这一切，是为了向你们二位说明，我对舅舅的依赖性多强，因而我对他也是承担了义务的。你们定会承认，我处在这么一种关系之中，就不能够容许自己有任何一种哪怕是最微不足道的违背他的意愿的行为。所以，为了迷途知返，纠正我所犯下的错误，我必须马上回去。"

在卡尔的长篇演说过程中，帕伦德先生一直注意倾听，他常常——尤其是当卡尔提及舅舅之时——不让人察觉地将卡尔搂得更紧，有几次还表情严肃而又满含期待地看看格林，而格林却仍然在翻检着自己的皮夹子。但是卡尔却随着自己的演说的进行，越来越清楚地意识到了自己在舅舅心目中的位置，便越来越觉得心绪不宁，以至于下意识地要用力挣脱帕伦德的搂抱。此处的一切都是对他的限制，通向舅舅的路得穿过玻璃门，越过台阶，穿过林荫路，经过乡间小道，穿过郊区而进入那条交通大道，最后才进入舅舅的大楼。他觉得这一切都是紧密地相依相存的，是专门为他准备好的一条畅通平整的路，还有一个洪亮的声音在召唤着他哩。帕伦德先生的善意和格林先生的恶意交织在一起，从这间烟雾缭绕的餐厅里，卡尔什么也不想得到，他只要求人家允许自己告辞。虽然他感到，自己已经下定了决心要对抗帕伦德先生，又准备好了要同格林先生进行搏斗，然而他却分明觉得周围有一种说不清道不明的恐惧正向自己袭来，致使他的两眼犹如蒙上了一层阴影，面前的一切都变得模糊不清了。

他往后退了一步，站在一个与帕伦德先生和格林先生的距离相等的位置。

"您不是要告诉他一件事吗？"帕伦德先生请求似的握住格林先生的手问道。

"我可不知道应当告诉他什么呀！"格林先生说，他终于从皮夹子里取出一封信，放在自己面前的桌子上。

"他愿意回到自己的舅舅那里去，这确实值得夸奖，只要具有普通人的预见能力，便可以相信，他这么做将会使舅舅感到特别的高兴，因为他的违拗行为肯定已经把舅舅气得一塌糊涂了——这是很有可能的。既然如此，那么他留在此处不走当然更好。对于此事很难讲出什么明确的看法来，我俩虽然都是他的舅舅的朋友，但是要在我和帕伦德先生与舅舅的交情之间区分谁高谁低恐怕是一件很难的事，况且我们也无法透视他舅舅的内心世界，特别是在我们此处与纽约之间，还隔着一条几十公里长的路哩。"

"格林先生，"卡尔克制着自己的激动情绪，边说边走近格林先生，"从您的话里我听明白了，您也认为我立即回去最好。"

"可是我绝对没有这样的想法。"格林先生边说边埋头看信，还用两个手指来回抚弄着信纸的边缘。看来他是想用这个动作表示，刚才帕伦德先生的问话是针对他的，他也作了回答，至于同卡尔，他本来就是毫无关系的。

此时，帕伦德先生走到卡尔的身边，动作温柔地将他拉走，远离格林先生，到一扇大窗户前面。

"亲爱的罗斯曼先生呀，"他弯腰凑近卡尔的耳朵说，还像做什么准备似的，用手巾擦了一把脸，然后蒙住鼻子擤了几下，"您肯定不会相信，我本想违反您的心意挽留您。而现在我却并无此意。虽然我无法向您提供汽车，因为我的车停在离此很远的一个公共车库里，这是由于我还来不及在这个一切都处于变动之中的地方修一个自家的车库。况且司机也不在我这里过夜，而是睡在那个车库的附近，究竟何处，我也真不知道。他的义务只是清晨及时开车来接我，却根本没有义务此刻还待在我的家里。但是这一切并不能阻碍您立即回家去,因为如果您坚持要回去,我就陪您马上赶到最近的火车站去,不过车站很远,即使您赶上市郊铁路客车,也不可能比您明天清早同我一道坐汽车回去早多少——我们早上七点钟就开车出发。"

"那么,帕伦德先生,我宁愿坐市郊客车,"卡尔说,"我还根本没有想到可以乘坐市郊铁路客车哩。您自己刚才说的,我坐铁路客车可以比明天清晨乘汽车早一些到达。"

"但是相差的时间极少极少。"

"尽管如此,帕伦德先生,"卡尔说道,"我将永远铭记着您的盛情款待,乐于到这里来,当然前提条件是,尽管我今天的行为不妥而您仍然愿意邀请我来,或许我以后能够更好地解释,今天我争分夺秒想要早一些见到我的舅舅,这对于我究竟为什么如此重要。"仿佛已经得到了离开此地的许可,他又说道:"但是无论如何也不应该由您陪我去。完全没有必要。外面有一名仆人,他乐于陪我去车站。现在只需要找到我的帽子就行了。"

末尾一句话音未落,他迈步穿过餐厅,急于再找一次,看能不能找到自己的帽子。

"我这里有一顶帽子,您看看是否能帮您解决问题。"格林先生边说边从口袋里掏出一顶便帽,"说不定这帽子碰巧适合您戴哩。"

卡尔愕然驻足,他说道:"我不会拿走您的帽子的。我光着脑袋走也完全没有问题。我什么都不需要。"

"这可不是我的帽子。您拿着吧!"

"那我就谢谢啦。"为了不耽误时间,卡尔边说边接过帽子。

他戴上帽子，先是因为帽子完全合适而不禁笑了两声，然后又把它取下来，拿在手里打量着，找了一阵却没有发现什么特别之处，这是一顶崭新的帽子。"它真是这么合适！"他说。

"可不是合适嘛！"格林先生一边说一边朝桌子上拍了一巴掌。

卡尔已经转身向门口走，要去叫仆人，此时格林先生却站了起来——由于吃得很饱，又坐了这么久，他很自然地伸了个懒腰，还使劲拍打了几下自己的胸膛——用一种又像是忠告又像是命令的口气说道："您要走，总得先跟克拉拉小姐道个别吧。"

"是应当告别一下。"帕伦德先生同样站了起来，也这么附和了一句。

听起来，他这话并非由衷之言，他边说边用手轻轻拍打两下裤缝，还反反复复地把上衣的纽扣一会儿解开一会儿扣上——他的上衣按照时下的流行式样做得很短，差不多盖不住屁股，这种打扮使帕伦德先生这样的胖子显得很难看。而且见他这样站在格林先生的身边，任何人都会获得明显的印象，觉得帕伦德先生不是一个健康的胖子，他的整个背部微微弯曲，看起来他那柔软而下垂的肚子，真是一个沉重的包袱，他那苍白的脸上，挂满了忧愁。与之相反，虽然格林先生可能比帕伦德还要更胖一些，但是他的站姿却表明，他是一个肌肉紧绷绷的健壮的胖子，他的双脚军人一般立正并拢，高昂的头颅频频摇晃，活像是一名高大的体操运动员，又像是一位体操教练。

"请您，"格林先生继续说道，"先去克拉拉小姐那里。这肯定会使您感到快活的，况且也很符合我的时间安排。因为在您离开此地之前，我确实要告诉您一些有意思的事情，很可能对于您回去与否也具有决定性的意义哩。不过很遗憾，遵照命令，我在午夜之前不得向您透露此事。您可以想象，这使我深感难受，因为我夜晚就寝的时间被搅乱了，但是我既然接受了委托，就得照办不误。现在是十一点一刻，我还可以同帕伦德先生把我们生意上的事情谈完，而您在场只会影响我们，您可以在上面同克拉拉小姐待一会儿。十二点整您准时到这里来，您将得知您非知道不可的事。"

格林先生，一个本来没有什么关系的粗鲁汉子，当着帕伦德先生的面，以最无礼貌最不值得感谢的方式提出这么一个要求，而与此有关系的帕伦德先生却是既不置可否又不看着他俩，卡尔能够拒绝吗？他只能在午夜时分获知的，究竟是什么有意思的事呢？对于这件使他不能提前三刻钟启程回家的事情，他没有多少兴趣。不过他最拿不定主意的却是，究竟去不去克拉拉的房间，因为她现在已是自己的敌人了。要是现在他的手里有那块舅舅送给他当作镇纸用的铁尺就好了，即使克拉拉的房间是危险重重的虎穴也不可怕。不过此刻绝对不能在这种场合讲克拉拉的坏话，因为她是帕伦德的女儿，况且据刚才所听说的，她还是美克的未婚妻哩。要是她对自己的态度与刚才那种表现稍稍有所不同，他也会因为她有这种双重身份而公开赞赏她了。他正在这么想着，却发现人家并不要求他考虑，因为格林打开门，对那个从基座上一跃而起的仆人说："把这位年轻人领到克拉拉小姐那里去吧。"

"原来人们就是这样执行命令的。"当卡尔被仆人拖着，差不多是跑步前进时，他心里这样想着，而仆人则由于年高体弱而气喘吁吁，他选的这条路到克拉拉的房间特别近。经过自己的房间时，卡尔看见房门依旧开着，他很想进去停留片刻，或许是为了使自己平静下来。但是仆人却不让他进去。

"不，"他说，"您必须去克拉拉的房间。这是您亲耳听见的哟。"

"我进去只待一小会儿好不好嘛。"卡尔说，他想倒在沙发上歇一歇，以便可以快一些挨到午夜。

"请您不要阻碍我执行命令。"仆人说。

"好像他认为，指定我去克拉拉的房间是对我的一种惩罚。"卡尔一边想一边迈了几步，可是又出于抵触情绪而停滞不前。

"走吧，年轻的先生，"仆人说，"您不是已经到这里了吗？我知道，您想今天夜里就走，可是世上不可能万事顺遂，我已经告诉您了，恐怕不太可能今夜离去。"

"肯定能，我想走，就一定要走。"卡尔说，"现在去只不过是同克拉拉小姐告别一下而已。"

"正是如此，"仆人说，而卡尔却从他的脸上看出来，他对自己的话根本不相信，"那您为何不爽爽快快地去告别呢？走吧您哪。"

"谁在过道里呀？"克拉拉的声音从房门内传出来，只见她从旁边一道门探身出来，端着一盏红灯罩的大台灯。仆人匆匆向她走去，报告缘由，卡尔却在他之后慢吞吞地走来。

"您来晚了。"克拉拉说。卡尔先不回答她，而是对仆人低声地，但是——因为他已经了解了仆人的禀性——严厉地命令道："就站在门外等我！"

"我已经想上床睡觉了。"克拉拉说，她把灯放在桌子上，同在下面餐厅一样，仆人在这里也是轻手轻脚地从外面把门关上，

"现在十一点半都过了。"

"十一点半都过了？"卡尔以问话口气重复她的话，仿佛被这一串计时的数字吓了一跳似的，"但是我得立即向您道别，"卡尔说，"因为我必须十二点准时到下面餐厅里去。"

"您有什么紧急商务吗？"克拉拉问，她心烦意乱地整理自己那宽松睡衣的褶皱，她那火红的脸上，一直挂着微笑。卡尔相信自己已经看明白，再也不存在与克拉拉重新发生争斗的危险了。"您弹弹钢琴再走不行吗？这可是爸爸昨天向我许诺、您自己今天答应了的呀！"

"这个时候不是太晚了吗？"卡尔问她。他倒是很乐意向她献殷勤，因为她与先前判若两人，仿佛她已经以某种方式完成了升华，上升到帕伦德还有美克所在的那个层次。

"确实晚了，"她说，仿佛她对音乐的兴趣已经荡然无存，"况且每个声音都会在整座房子里回荡，我相信，要是您弹响钢琴，连睡在顶层的仆人们也会惊醒的。"

"那么我就不弹吧，我希望有机会再来贵府，另外，如果对您不是太麻烦，请您来我舅舅家做客，有机会也看看我的房间。我有一架豪华钢琴，是舅舅送给我的。如果您认为恰当，我把所有我会弹的曲子都弹给您听，可惜曲目不算多，这些曲子也根本不适宜用这种大型乐器来演奏，况且这种大型乐器，也只能是名家高手施展才能的工具。不过，假如您提前通知我您要来访，您就会享受到这种乐趣的，因为舅舅即将为我安排一位著名的教师——您可以想象，对此我是多么高兴——他弹琴的时间当然会安排好，以便您可以在我上课时来，既看我又听他的演奏。老实说，现在时间晚了，不便弹琴，反而使我感到高兴，因为我现在实际上还什么都不会弹——肯定会使您感到万分意外的是，我会弹的曲子极少极少。现在请您允许我告别，毕竟已是睡觉时间了。"因为他见克拉拉此时亲切友好地注视着自己，丝毫不为刚才打架的事而对自己耿耿于怀，他便微笑着补充了一句，同时还把自己的手向她伸过去，"我家乡的习惯说法是：'祝您睡得舒服，做个甜蜜的梦。'"

"请您等一下，"她并不同他握手，却说道，"或许您确实应该弹几下。"她从钢琴旁边的小侧门走进去。

"这是怎么回事？"卡尔心想，"即使她如此友善，我也不能久等呀。"

此时有人在敲通向过道的门，这是那个守候在外面的仆人，他不敢把门完全打开，而是通过掀开的小缝悄悄说道："请您原谅，刚才有人来叫我下去，我不能在这里等您了。"

"您尽管走吧，"卡尔说，他此时自信能独自找到去餐厅的路了，"只要您把灯给我留在门外就行了。现在几点了？"

"快到十一点三刻了。"仆人回答。

"时间过得太慢了。"卡尔说。

仆人本已想把门关上，卡尔却忽然想起，还没有给他小费，于是从裤袋里摸出一个先令——现在他按照美国人的习惯，总是揣几个硬币在裤袋里，叮当作响，而纸币则揣在背心口袋里——递给仆人："谢谢您的优良服务。"

此时克拉拉已经又回到房间里来，她的两手按在自己的梳理得紧绷绷的头发上，卡尔一见她便忽然想到，他不该把仆人放走，因为现在有谁可以领自己去市郊铁路车站呢？转念一想，他又推测，帕伦德先生可能会再派一名仆人来，或许把这名仆人叫进餐厅去正是要吩咐他听我差遣吧。

"请您无论如何弹几下吧。此处极少听到音乐，所以谁也不愿意放弃任何一个机会。"

"看来现在是非弹不可啰。"卡尔说完，也没有多加考虑便坐在钢琴前面。

"您要乐谱吗？"克拉拉问他。

"不要，我还认不完乐谱哩。"卡尔边回答边弹了起来。他弹的是一首小曲，他很清楚，弹这首曲子速度必须相当慢，以便使之易于理解，特别是不熟悉这首曲子的人，但是他却以最令人讨厌的进行曲速度乱弹一气。曲子弹完之后，这座房子里犹如受到拥挤人群的嘈杂声破坏的宁静气氛才得以恢复。听者神情木然地坐在椅子上纹丝不动。

"太好听啦。"克拉拉说——不过她的这句客套话并不表示她恭维他弹得好。

"现在几点钟了？"他问。

"十一点三刻。"

"那我还可以再弹一会儿。"他口中如此说，心里却想着："究竟怎么办呢？不必把我所会弹的十首乐曲都弹一遍，但是有一首我可以尽量弹好。"

于是他开始弹自己所喜爱的那首士兵之歌。他弹得很慢，使听者迫不及待地渴望听到他有意控制住而慢吞吞地弹出的下一个音符。其实他之所以弹得如此之慢，是因为他弹任何一首歌曲都必须先用眼睛找出所需敲击的琴键,并且除此之外,他还感觉到自己的心中正在产生另一首歌曲,那歌曲超出了他所弹奏的这首歌曲的结尾,要演绎出不同的结尾,却又无法找到。

"我什么都不会。"弹完这首歌曲,卡尔这么说了一句,随后便以自己热泪盈眶的眼睛注视着克拉拉。

此时从旁边的房间里传来响亮的掌声。"还有别人在听!"卡尔恍然大悟地喊道。

"是美克。"克拉拉低声说道。接着便听见美克的喊声:"卡尔·罗斯曼,卡尔·罗斯曼!"

卡尔一跃而起,双脚越过琴凳,把门打开。他看见美克在屋里的一张巨大的有顶盖的床上,半坐半卧,被子松松地搭在腿上。除了那蓝色丝绸制作的顶盖呈现出一点儿大家闺秀用品的豪华气派之外,就只是一张简简单单地用沉重的木料制作的棱角分明的床。虽然床头小柜上只亮着一支蜡烛,但是床单之类和美克的衬衣是如此地雪白,以至于烛光照上去反射出来的竟然是刺目的亮光;即使是顶盖,至少其下垂的有点褶儿、没有完全绷紧的丝绸饰边也是熠熠闪光。不过美克身后的床和其他一切都淹没在黑暗之中。克拉拉倚在床柱上,不转眼地盯住美克看。

"向您致敬,"美克边说边伸手给卡尔,"您弹得确实很好,迄今我还只观赏了您骑马的技巧咧。"

"在这两方面我的功夫都是很差的,"卡尔答道,"要是知道您在听,我肯定不会演奏。可是您的小姐——"他没有说完自己的话,又不便采用"未婚妻"这个词儿,因为美克和克拉拉显然已经同床就寝了。

"我就猜到您会这样,"美克说,"所以只好由克拉拉将您从纽约吸引过来,否则我根本不可能听到您的演奏。确实是初学水平,即使是您已经练习过的这些谱曲水平很初级的歌曲,您弹奏时也是犯了几个错误的,但是不管怎么说,我还是很高兴,更不必说我根本不会轻视任何人弹钢琴。不过,难道您不想坐下,在我们这里再待一会儿吗?克拉拉,给他搬一张椅子过来嘛。"

"谢谢您,"卡尔有点儿结巴地说道,"我不能待了,尽管我很乐意在这里待下去。这里面有如此宜人的住房,我知道得太晚了。"

"我改建这座房子一律依照这种方式。"美克说。

此时十二点的钟声响起来了,很快地一声接着一声,前一声尚未消失,后一声便响了起来,卡尔感觉到大钟的运动所引起的空气振动像风一般横扫自己的脸庞。这是个什么村庄,竟然有这等大钟!

"最后时刻到啦。"卡尔一边说一边把手向美克和克拉拉伸了一下,还没有挨上他俩的手便跑到过道里去了。在门外他却没有找到灯笼,不免后悔过早地把小费付给了仆人。他想摸着墙壁向自己开着门的房间走,但是还没有走完一半路程,便见格林先生手中端着蜡烛晃晃悠悠地匆匆走来。在他拿蜡烛的那只手中,还夹着一封信。

"罗斯曼,为何您不下来?为何让我等您?您究竟在克拉拉小姐那里干什么呀?"

"问题真多!"卡尔心想,"现在他要把我抵到墙上啦。"因为他确实是紧贴卡尔的面前站着,卡尔只得背靠在墙壁上。在这过道里，格林的形象显得硕大而又滑稽，卡尔在心里犹如开玩笑似的问自己，莫非他刚才把好好先生帕伦德吞进肚子里去啦。

"您确实不是一个信守诺言的人。答应十二点钟下去却不下去，而在克拉拉小姐的门外游荡。我就同您不一样，答应午夜告诉您有趣之事我便来了。"

他一边说一边把信递给卡尔。信封上写着：

致卡尔·罗斯曼。午夜时分亲手递交，无论在何处找到他。

"我认为，"格林先生在卡尔拆信时说道，"我为了您的事情，从纽约乘车来到此地，毕竟还是值得赞许的啰，您可不该让我在路上追着您的屁股跑下去吧。"

"舅舅来信！"卡尔刚把目光投向信笺便说道。"我正盼着它哩。"他转身对格林先生说。

"您盼不盼它，与我绝对无关。您就往下看吧。"他边说边把蜡烛伸到卡尔的面前。卡尔就着烛光读信：

亲爱的外甥！犹如你在咱俩这一段可惜实在是太短太短的共同生活之中已经看明白的，我完全是个墨守成规的人。这不仅对于我周围的人，而且对我自己来说，都是极其令人讨厌而又难受的，但是我之所以成为今天的我，多亏了我墨守成规。谁都无权要求我否认自己在地球上的存在，谁都无权，即使是你，我的亲爱的外甥，也无权对我提出这种要求，即使你——据我回忆——是敢于当众攻击我的某些人中的第一个,你也无权这么做。我很想用我这一双按着纸写字的手将你抓住举到空中。但是因为暂时还根本没有可能让我这么做,所以发生了今天的事情之后,我非把你从我的身边遣走不可。我强烈地请求你,今后一定不要亲自来探望我,也不要设法与我通信或者通过中间人同我交往。你违背我的意愿,决定今天晚上离我而去,那你就信守这个决定,一辈子都不要改变主意吧,只有如此,才算得上是个男子汉的决定。我挑选格林先生作今天夜里的传信人,他是我最好的朋友,肯定能想出关怀备至的话来对你讲,而我自己眼下确确实实搜寻不出这类字眼。他是一位很有影响力的人物,出于对我的好意,他既会给你出主意,又能以具体的行动支持你迈出自立的最初几步。信写到收尾的这几句之时,我对咱俩的分道扬镳又仿佛感到难以理解了,为了理解这一点,我不得不反反复复地说服自己:卡尔呀,你在家乡可没有干过什么好事哟。假如格林先生忘了把你的箱子和雨伞交给你,那就提醒他吧。愿你幸福无边!

       你的忠实的舅舅 雅可布

"您看完啦?"格林问道。"看完了。"卡尔答道。"您把我的箱子和雨伞带来了吗?"卡尔问道。"就在这里。"格林边说边将卡尔那只旧旅行箱子放在卡尔脚旁的地上——原来他一直将左手提着的皮箱藏在身后。"雨伞呢?"卡尔又问。

  "全在这儿,"格林又是边说边将雨伞从裤子口袋里抽出来,"这些东西都是一个名叫舒巴尔的人——他是汉堡—美国航线上的一名高级机械师——送来的,他说是在船上找到的。有机会时您可以向他致谢。"

"现在我至少又得到了我原有的东西。"卡尔边说边把雨伞放在箱子上。

"但是参议员先生让我告诉您,今后您要多加留意,不要再把这些东西弄丢了。"格林先生说,接着,显然是出于个人的好奇心,他又问道:"这究竟是一只什么样的稀奇古怪的箱子呀?"

"在我的家乡,士兵就是提着这种箱子入伍的,"卡尔答道,"这是我父亲的旧军用旅行箱。它很实用。"他微笑着又补充了一句:"前提条件是,不可将它随便扔在一边不管。"

"毕竟您已经得到了足够多的教诲,"格林先生又说,"而在美国,您肯定没有第二个舅舅了。我还要给您第三样东西,一张去旧金山的地图。我决定指点您走这条路,因为首先,在东方您求职的机遇要好得多,其次,在此地您可能想要去干的一切事,都会有您的舅舅插手,而您又必须避免与他相遇。在旧金山您完全可以不受任何干扰地工作,您就安安心心地从最底层干起,逐步地努力向上爬吧。"

卡尔从这番话里听不出一丝一毫的恶意,而在格林的心里收藏了整整一个夜晚的坏消息已经转达了,因此格林显得再也不是什么危险人物,或许同他讲话可以比同另外任何一个人讲话更加开诚布公了。挑选一个无辜的人来转达这么一个秘密而令人痛苦的决定,即使他是个大好人,只要这个决定还在他的心里装着,他必然会受到猜疑。

"我要——"卡尔希望得到这位富有经验的人的同意,"马上离开这座房子,因为我只不过是作为我舅舅的外甥而受到了接待,作为一个陌生人到这里来是毫无意义的。求求您给我指一条出口,把我领上大路,我会沿着这条路自己走到最近的客栈去。"

"那就快走吧,"格林说,"您给我添的麻烦不少了。"一看见格林迈开大步说走就走,卡尔反而停住了脚步,这样急不可待真令人生疑,于是他抓住格林衣服的下摆,忽然悟出了真相一般说道:"有一点您还得向我解释清楚,您交给我的信,信封上明明写着,我应该在午夜时分收到,无论在何处遇到我。可是当我十一点一刻想要离开此地时,为何您要以这封信为借口挽留我呢?您这么做可是超出了您的任务呀。"

格林开口作答时做了一个手势,仿佛认为卡尔的推理是无稽之谈,他说:"难道信封上写了,我应当不顾自己的死活跟着您追吗?难道信里写了,对信封上所写的应该如此理解?假如我真的没有挽留住您,那我就只能半夜里在大路上把信转交给您啰。"

"不是这个意思,"卡尔坚定地说,"并非完全如此。信封上写的是'午夜后转交'。如果您太累了,也许您根本没有精力追我,要不是帕伦德先生骗我,或者我已经在半夜时分回到舅舅家了,或者说到底您的义务就是用您的汽车把我送回舅舅家——因为我可是强烈地要求过马上回家的呀,但是突然之间,谁也不提此事啦。信封上面不是清清楚楚地写着,午夜正是给我规定的最后期限吗?而我之所以错过了这个期限,责任正在您的身上嘛。"卡尔目光锐利地盯住格林,他清清楚楚地看出来,在格林的心里,由于他的这一企图被揭露了而感到羞愧,同时又由于这一企图获得了成功而感到高兴,显而易见,这两种心情正纠缠不清。片刻之后,格林终于重新打起精神,用一种仿佛是插进卡尔言谈之中的口气——实际上卡尔早已闭口不语了——说道:"别说啦!"格林打开一道小门,将又把旅行箱和雨伞拿起来的卡尔推了出去。

卡尔惊讶地在露天里站着。他的脚下是一架安在房子侧面没有扶手的梯子。他只需要走下梯子,然后稍向右转便可走上林荫路,这林荫路就通向公路。在明亮的月光照耀下,完全不会迷路。在下面的庭园中,他听见狗群的一片吠声,这些没有拴住的狗在树间的阴影里东奔西跑。在四周一片宁静的氛围中,可以清清楚楚地听见这些狗狂奔之后沉重地落在草地上的响声。但是狗群并没有给卡尔添麻烦,他顺利地走出了庭园。他不能确切地判断,纽约究竟在什么方向,他乘车过来时很少注意沿途的景物,要是看清楚了,现在就方便了。最后他在心里自言自语地说,自己也并无必要非去纽约不可,在那里并没有谁在等自己,倒是有一个人肯定不想见到他哩。于是他就随意选了一个方向,迈步上路啦。

四　向拉姆塞斯行进

没有走多久，卡尔便找到了一家小旅店。这只是纽约车辆交通线上离得最近的一个小站，所以供人过夜的条件十分简陋。卡尔要求店主，如果有的话，给他一个最便宜的床位，因为他认为自己从现在起就必须节省开支了。店主听了他的要求，便像对待一个雇员一般，只对他使了一个眼色，要他从楼梯上去。在楼上，一个丑陋不堪的老妪接待他，由于瞌睡被打扰了，她气恼不已，根本不听卡尔所讲的，只顾喋喋不休地警告卡尔要手脚轻些。她把卡尔领进一个房间，在关上房门之前，也没有忘记轻轻地对他嘘了一声。

卡尔刚进去时简直弄不明白，究竟是因为窗帘遮住了窗户呢，还是这房间可能根本就没有窗户，里面黑得伸手不见五指；最后他终于发现了一个小小的天窗，他扯掉遮住天窗的窗帘，熹微的光线射进来。房内有两张床，可是都有人睡在上面。卡尔看见两个没有脱衣服的年轻人在床上酣睡，其中一个甚至连靴子也仍然穿在脚上，可是他却看不出有什么理由要和衣而卧，所以这两个家伙显得真有点儿令人信不过。恰好在卡尔扯下天窗帘子那一瞬间，其中一个酣睡者将自己的手脚微微向上抬起，这样子显得很滑稽，连满腹忧虑的卡尔也忍不住暗暗笑了一笑。

他很快就明白了，自己是没有可能躺下睡觉了——且不说除了两张床就再也没有可以充作卧榻的家具，长沙发、短沙发都没有，况且他也不敢让刚刚才回到自己手中的旅行箱和揣在身上的钱遇到任何危险。但是他又不愿离开此处，因为他没有胆量从客房佣妇和店主的眼皮底下溜过，跑到外面去。毕竟这里不可能比大路上更加危险吧。不过，令人奇怪的是，整个房间里根本见不到任何一件行李，尽管光线黯淡，这一点却是可以肯定的。但也许是，而且很有可能是，这两个年轻人是店里的小工，为了伺候客人，他们很快就得起床，所以便穿着衣服睡觉。当然啰，与他俩同室过夜不是特别荣耀的事情，但是这样就更没有什么危险性了。不过，至少在任何疑点都被消除之前，他是绝对不能够闭着眼睛打瞌睡的。

在一张床旁边的地板上，有一支蜡烛，还有火柴，卡尔蹑手蹑脚地走过去拿起来。他可以毫无顾虑地点燃蜡烛，因为按照店主之意，这房间既属于他又属于另外那两个人，而且他俩已经享受了半个夜晚的安睡，同他比较起来，由于占用了两张床，他俩所得到的好处也是无可比拟的呀。尽管如此，他当然还是尽量小心翼翼地走动和安顿自己过夜的窝，以免吵醒他俩。

起初他想检查一下自己的旅行箱，看看里面装了些什么东西，因为他已经记不清了，况且可以肯定，其中最贵重的已经丢失了。因为舒巴尔经手过的东西，哪有完璧归赵的希望。反正舒巴尔肯定能够从舅舅手里得到一大笔赏钱，另一方面，即使缺少了几样物品，他也可以把责任推到原来受托代为照看行李的布特鲍姆先生的身上。

卡尔打开箱子一看便吓了一跳。在来美国的航海途中，他耗费了许多个小时整理箱子，整理了一次又一次，而现在呢，一切都是乱糟糟地塞在箱子里，以至于锁一打开，箱盖便自动地弹了起来。可是翻看了不大一会儿之后，卡尔却高兴地发现，之所以这么乱糟糟的，只不过是由于人家把他在航海途中所穿的那套衣服塞进了箱子里，而最初装箱时当然并没有把这套衣服装进去。什么都没有丢，连最小的东西都在。不仅是护照，而且从家里带出来的钱，也仍旧在他的上衣暗袋里。所以，加上他现在身上所揣的钱，眼下他真可以算作是一个腰缠万贯的富翁啦。连他刚到时穿在身上的内衣内裤，也洗得干干净净、熨得平平整整地收在箱子里。他立即把表和钱也塞进了历经危难却证明很管用的暗袋里。唯一使人感到遗憾的是，那同样没有丢失的维罗纳香肠却使箱子里的全部东西都沾染上了它的气味。假如找不到什么方法能够消除这种气味，今后卡尔就只好月复一月地随身携带着这种气味四处流浪啦。

他查看压在箱底的几件东西，其中有一本袖珍版《圣经》，还有信笺和父母的照片，正当此时，他头上所戴的帽子却掉在箱子里了。当帽子像原来那样与箱子里别的东西混杂在一起时，他立即认出来了，这正是自己的帽子，是母亲当作旅行帽给他的。但是他出于谨慎，在船上并没有戴这顶帽子，因为他知道，在美国一般都不戴宽檐帽而戴这种便帽，所以他不愿在到达美国之前就把它戴旧。然而今天格林先生却利用这便帽来取笑他。会不会是舅舅让他这么做的呢？想到这里，他出于愤怒而使劲把箱盖关上，无意间弄出了很大的响声。

于是此刻就再也无法挽救啦——两名酣睡的人被惊醒了。开头是其中一个伸懒腰打呵欠，紧接着另一个也做着同样的动作。而与此同时，箱子里的东西几乎全部乱堆在桌子上，如果有贼在场，只需要走近去便可以随意挑选。不仅仅是为了预防这种情况的发生，而且也是为了立即说明真相，卡尔拿着蜡烛走到床边，解释自己有何权利待在房里。他俩仿佛根本就没有料到会听见这么一番解释，因为他们昏睡的脑子尚未清醒过来，还无法开口讲话，只是盯住他看而显得毫不惊诧。他俩都非常年轻，但是沉重的劳动或者是穷困生涯使他俩的脸上过早地颧骨凸现，乱糟糟的胡须围满了下巴，很久没有理过的头发也是乱蓬蓬地盖在头上，由于没有完全清醒，他俩还在用骨节嶙峋的手对凹陷的眼睛揉了又揉。

卡尔想利用他俩眼下的这种虚弱状态，于是便说道："我名叫卡尔·罗斯曼，是德国人。我们现在同室共处，所以请你们也告诉我，你们的姓名和国籍。不过我要先声明一句，我不会要求占用一张床，因为我这么晚才进来，根本就不打算睡觉了。此外，你们也不要对我的漂亮衣服打什么主意了，我是个身无分文前途无望的穷人。"

两人中年纪较小的也就是穿着靴子睡的那一个，他的手脚动作和脸上表情都显示出，他对这一切毫无兴趣，这个时候根本没有心思参与这种谈话，他又倒下去立刻睡着了；另外一个茶色皮肤的人也是又躺了下去，但是在入睡之前，他还软绵绵地伸手说了一句："那一个叫罗宾逊，是爱尔兰人，我叫德拉马齐，是法国人，现在请安静。"他刚把话说完，便鼓起嘴巴，一口气吹熄了卡尔的蜡烛,随即把自己的脑袋落回到枕头上。

"总算把危险暂时赶跑了。"卡尔心里自言自语着返回到桌子旁边。只要他们的睡意不是装出来的,那就平安无事啦。只是因为其中一个是爱尔兰人,使他略感怅然:卡尔也记不清了,在家乡时究竟是在哪本书里读到的,在美国与爱尔兰人打交道要小心。而住在舅舅家里时,他当然有最好的机会研究爱尔兰人为何具有危险性,但是他当时认为自己将会一直受到可靠的庇护,所以就完全错过了这种机会。于是他重新点燃蜡烛,就着烛光把这个爱尔兰人更仔细地观察了一番,而后他却觉得,倒是这个爱尔兰人,显得比那个法国人还要耐看一些。卡尔踮起脚尖隔着一段距离观察,看得很分明,这个爱尔兰人的脸庞甚至有点儿圆鼓鼓的迹象,在睡梦中还呈现出和善的微笑哩。

尽管如此,卡尔却下定决心不睡,他在房内唯一的椅子上落座,将装箱之事暂时推迟,因为还有一整夜的时间可以利用。他信手翻翻《圣经》,却一个字也没有看进去。然后他把父母的合影照拿在手中观看,照片上,小个子的父亲挺身站着,而母亲却沉陷在他前面的圈手椅里。父亲的一只手扶在圈手椅的靠背上,另一只握成拳头,放在他身边那张作道具用的小桌子上的一本翻开的图画书上。原来家里还有一张卡尔与父母的合影,在那张照片上,父母双双用严厉的目光盯住他,而依照摄影师的吩咐,他得盯住照相机。不过那张照片他出门远行之前却没有得到。

于是他更加认真地观看这张照片上的人,想从各个角度去捕捉父亲的目光。但即使他移动蜡烛的位置,以便从不同的角度细看照片,父亲还是没有变得生动一点儿,他那覆盖着上唇的一横浓密的胡须也简直不像是他的真胡子。这张照片拍得不好。相反，母亲拍得好一些，她的嘴巴扭歪了，仿佛是遭遇了痛苦似的，又仿佛是在强装笑颜。卡尔认为，任何人看了都必定会觉得这照片特别引人注目，以至于当他过一会儿再看时，就觉得这种印象清晰极了，几乎达到了令人反感的程度。为何看了这么一张照片，便会如此深信不疑地觉得自己体会到了照片上的人隐而不露的感情呢。他把自己的目光从照片上移开了一会儿。当他的目光又回到照片上时，母亲的手却引起了他的注意，她的手搁在椅子扶手的前方，向下悬垂着，离镜头特别近。他思考着给父母写信好不好——在汉堡时，他俩确确实实是这么要求他的，而且父亲最后还以极严厉的口吻叮嘱他写信回家。那时，当母亲在一个令人恐惧的夜晚，在窗口前告诉他，要送他去美国时，他当然是在心里默默地以不可改变的决心发誓，永不写信给他们，但是一个没有多少处世经验的少年所发的这种誓言，在此地的新环境里，又算得了什么呢。这无异于他当时发誓，到了美国，两个月之后便要当上美国民兵的将军，而事实上他却不得不在纽约郊外的一家旅店里的阁楼上，同两个痞子共居一间陋室，并且只能承认，这种环境才是他的真正归宿。他微笑着端详父母的脸，仿佛可以从他们的脸上看出来，他们是否还有权要求得到自己儿子的消息。

这么看着看着，不一会儿他就感到自己确实是困倦极了，通宵不眠恐怕是做不到的了。照片从他的手上滑下，接着他便把脸伏在照片上，凉悠悠的照片贴在他的脸庞上，使他觉得很舒服，他很惬意地睡着了。

清晨有人搔他的夹肢窝，他便醒了。这是那个法国人干的，他竟敢做出这种强加于人的动作。而那个爱尔兰人也已经站在卡尔所占的桌子旁边，两人都注视着他，他们流露出来的兴趣，同卡尔在头天夜里对他俩的兴趣一样浓厚。卡尔对他俩起床时没有吵醒自己毫不奇怪。他俩肯定是轻手轻脚地起床——而这绝非出于恶意，又因为他睡得很死；况且他俩穿衣很随便，显然洗脸也很随便，不会引起什么响动。

于是他们正正规规合乎礼仪地互相问候。卡尔得知，他俩是钳工，在纽约已经很久没有工作可干了，所以处境每况愈下。为了证实这一点，罗宾逊掀开自己的上衣，可以看见里面没有穿衬衣，当然，从紧贴在上衣后背上的软塌塌的衣领，也可以看得出来这种困境。他俩打算到距离纽约有两天路程的小城市巴特福德去，据说那里有空缺的职位。他俩并不反对卡尔一同前往，还答应有时候帮他提提箱子，另外，如果他俩自己找到了工作，还可以帮他找个学徒工的位置。只要那里有工作，这是轻而易举之事。不管卡尔同不同意，他俩善意地劝他脱下漂亮的衣服，因为穿着这身衣服只会对他的求职造成妨碍。正好在这个旅店里有很好的机会卖掉衣服，因为客房佣妇就兼做服装生意。卡尔有点儿舍不得这套衣服，当他还在犹豫不决之时，他俩便动起手来，硬把他的衣服脱下拿出去了。卡尔独自留在房里，他有点儿睡意蒙眬地慢慢穿上自己那件旧旅行装，心里却在谴责自己把衣服卖了。他想，尽管这么好的衣服穿在身上去找个学徒工的位置确实不合适，但如果要去找个较好的职位却只会有利，于是他打开门，想出去把那两个家伙叫回来，不料却与他俩撞了个满怀。他俩把半个美元作为卖得的钱放在桌上，而脸上那乐呵呵的表情，使人根本不相信，他俩卖衣服没有赚到什么，甚至可以肯定，他俩赚了一大把呢。

可是此时已经来不及追究了，因为客房佣妇走进来把三个人全都赶到过道里去，她仍像夜里那样睡意蒙眬地解释道，现在得把客房收拾好，以便接待新到的客人。这当然是无话可说的事情，只不过她是怒气冲冲地干着活儿。卡尔本来正想把自己的箱子整理好，此时也只得干瞪眼看着她用两只手使劲地将自己的东西按进箱子里，仿佛是某种动物，人们硬要将它关进箱子里趴着一般。两个钳工虽然想干扰她，他们又是拉她的裙子，又是拍她的背，但是他们想要帮卡尔一把的企图却毫无效果。这妇人砰的一声把箱子关上，又将箱子递给卡尔，她摆脱了两个钳工，把他们三人全赶出客房，还威胁他们说，要是他们三个不听话，就得不到咖啡喝。看得出来，这妇人是把他们当成同伙来对待的，她显然是彻彻底底忘记了，卡尔并非一开始就与两个钳工同属一伙。不过，既然卡尔的衣服是两个钳工卖给她的，那么就表明他们之间存在着某种同伙的关系嘛。

他们只好在过道上来回走动，特别是那个与卡尔挽着胳膊的法国人，还连连不断地咒骂着，他威胁道，只要店主胆敢出来，一定要将他打翻在地，就像是在做准备动作一般，他那两只握成拳头的手狂躁地相互擂着搓着。终于有一个无辜的小孩子来了，他把咖啡壶递给法国人时必须伸长四肢才够得着。可惜只有一个壶，无论怎么说，那小孩子都听不懂，这几个客人还要杯子。于是他们只得一个传一个轮流喝，没轮上的两个则站着等。卡尔本无兴趣喝咖啡，但是又不想伤害另外两位，便站在一旁，即使轮到他时，也只是把壶接过来挨着自己的嘴唇，做做样子而并不真喝。

爱尔兰人将咖啡壶摔到石板地上作为告别，没有人看见他们离开旅店，他们没入微微泛黄的清晨浓雾之中。他们一声不吭地傍着路边并肩行走，卡尔只得自己扛箱子，另两个旅伴看来是要等他请求之时才会帮他扛一程。不时有汽车穿过浓雾飞驰而来，三个人便转动脑袋看着奔跑的汽车，大多是又高又大的车，车的外形引人注目，而且又是一闪而过，所以根本来不及看清车里面是否有乘客。过了没有多久，运送食品去纽约的成队的车辆开始出现，车队排成五路纵队，占满了整个路面，川流不息地向前奔驰，谁也无法横越公路啦。有时公路渐渐变宽，形成一个广场，而在广场中央的一个圆台上，有个警察来回走动着，他眼观四方，用一根小棒指挥主行道上和从支线汇入的车流，使之井然有序，然而，到下一个广场下一个圆台之前，尽管无人指挥，但是那些一声不响的专心致志的马车夫和汽车司机都自觉地维护着路上的行车秩序。面对这种交通繁忙却听不见喧嚣之声的情景，最感惊奇的是卡尔。要不是有的供宰杀的牲口毫无顾忌地大声号叫，或许除了蹄掌击地的嘚嘚声和汽车驰骋的呼啸声之外，其他什么都听不见。与此同时，车辆行驶的速度当然也不会总是一样的。如果在某些广场上，由于过多的车辆从支线涌来，致使原来的车阵排列发生巨大的变化，结果整个队列都堵住了，只能一步一步地移动。但是不久之后，便恢复了一切车辆都风驰电掣般驶过的景象，而这种景象也维持不久，犹如有一个统一的刹车，一切车辆的速度又慢了下来。

此时路上却是没有扬起丝毫的尘土,一切都在明净的空气中移动着。见不到步行者,此地不像卡尔家乡那样,能见到三三两两的妇女赶往城内的市场,但是时不时开来大型的平板车,车上站着二十来个带背篓的妇女,或许这些正是赶往市场的妇女吧,她们伸着脖子观望交通状况,盼望车走得快些。后来见到一些同类的汽车,几个男人站在上面,手插在裤袋里,有时还要走动几步。在其中一辆车上张挂着几张告示,卡尔一看写着"雅可布运输公司招收的码头工人",不免小声惊呼了一下。恰逢这辆汽车的速度放慢,上车的梯子上站着一个活泼的小个子,他弯身向下,邀请三个步行漫游的人上车。卡尔退避到钳工们的身后,仿佛舅舅可能在车上看着自己似的。他感到高兴的是,那二位也谢绝了上车的邀请——虽然他俩脸上此时流露出的高傲表情有点儿刺伤了他的自尊心。

他俩自己绝对不会相信,若是他们去舅舅的公司打工,那真是大材小用了。他设法使他俩立刻明白这一点,不过他并没有采用直截了当的说法。听了他的暗示,德拉马齐却对他说,请别介入自己不懂的事,这种方式招人,是卑鄙的骗局,雅可布公司在整个美国都是臭名昭著的。卡尔并不答言,但是自此开始却更为信任爱尔兰人了,便求他替自己扛一会儿箱子,讲了几遍之后,他也照办了。只是他不停地抱怨箱子重得很,一直到卡尔弄明白,他的意思是,假如把维罗纳香肠取出来,箱子就不是特别重了——在客店里,香肠肯定已经给他留下了美好的印象。卡尔只好打开箱子取出香肠,法国人便接过去用自己的匕首切割,几乎一个人独自吃完了。罗宾逊只是间或得到一片,而卡尔则不愿意让箱子扔在路上没有人管，只好自己再扛着它走，所以他一片香肠也得不到，仿佛他先前已经吃完了自己该得的那一份似的。他觉得，要为吃到一口原本属于自己的香肠而乞求人，那未免显得自己太小气了，但是他的胸中，却仿佛有一团怒火在熊熊燃烧着。

浓雾已经散尽，远处一座高山反射着亮光，其波浪式的山脊，绵延向前，没入更遥远的阳光照射着的雾霭之中。大路两侧的土地上，庄稼长势很差，但在这辽阔而空旷的田野中，还坐落着一座座被烟熏得漆黑的大型工厂。那些杂乱无章地搭建的出租棚屋的许多窗户，由于形形色色的繁忙活动和灯光照射而抖动不停，每个看起来很不牢靠的小阳台上，都有妇女和儿童在忙来忙去，在他们的周围，悬挂着或堆放着的布单和内衣内裤在晨风中翩翩起舞，或者鼓胀起伏着。如果将目光滑过这些简陋棚舍而移向上方，就能看见云雀在高空飞来飞去，燕子在离车上的人脑袋不远的低空中盘旋穿梭。

许多景物都使卡尔回忆起自己的家乡，他不知道离开纽约深入内陆是否得当。纽约靠海，随时都有办法返回家乡。于是他停住脚步，告诉两个旅伴，自己还是想留在纽约。然而德拉马齐干脆推着他往前走，他则用劲抵住而不动弹，他说，我总还有权决定自己的事吧。起初，爱尔兰人只得劝解道，巴特福德比纽约好得多，后来他俩好说歹说又劝又求，终于使他重新迈步向前行走起来。即使此时此刻，若不是他在心里说服自己，到一个不便于返回家乡的地方去或许对自己更有益处，那他也不会迈步前行的。到了那种地方他肯定可以干得更好，飞黄腾达，因为没有任何无益的胡思乱想会阻碍他努力奋斗。

于是现在是他拉着另外两个迈步前进了,看见他这么热心于向前赶路,他俩十分高兴,以至于他俩不等卡尔请求便轮流扛着箱子前进,卡尔完全弄不明白,自己究竟是用了什么办法使他俩如此兴高采烈起来的。他们进入了地面逐渐升高的地区,有时停下来歇一歇,回头远眺,能看见纽约和港口区的范围越来越大。连接纽约和波士顿的那座大桥,软绳子似的悬在哈德逊河的上空,如果你眯细眼睛观看,它还在微微颤动呢。看起来桥上根本没有车辆往来,桥下那一衣带水也是平滑如镜死气沉沉的。那两座巨大城市的一切建筑物,都好像是空空洞洞而又毫无用处地竖立着。一片又一片楼房,几乎分辨不出哪一座大哪一座小。在看不见的街道深处,可能社会生活仍在依照自己的方式进行着,但是只能看见街道上空轻薄的雾霭,虽然凝滞不动,却仿佛不需花费什么力气便可驱散似的,除此之外,什么都看不见。即使是那世界最大的港区,也是一片宁静,只是凭借不久之前从近处观察而留下的记忆,觉得是看见一艘轮船移动了一小段距离,却无法长时间跟踪这条船,它不久便超出了目力所及的范围,再也看不见了。

而德拉马齐和罗宾逊显然看见了更多的景物,他俩忽右忽左地指来指去,还伸手比画出弧形,口里喊着广场和公园的名字。他俩无法理解的是,卡尔在纽约住了两个多月,为何除了一条街道之外,城里的其他所在几乎都没有看见。他俩许诺,一旦他们在巴特福德挣到足够多的钱,就陪他回纽约来,带他游览所有值得看一看的景点,当然包括那些能使游客玩得特别开心的娱乐场所。紧接着,罗宾逊放声高歌起来,德拉马齐击掌伴奏,而卡尔听起来,觉得这像是自己家乡的一首轻歌剧的曲调,不过在这里配上了英语歌词，使他感到比在家乡所听见的每一次演唱都要好听得多。于是便举行了一场三个人全都参与的露天演出，只不过下面那座仿佛伴着这曲调优哉游哉地打发时光的城市，却显得对此一无所知。

有一次卡尔问他们，雅可布运输公司到底在哪里，他随即看着德拉马齐和罗宾逊的食指，他俩所指的像是同一个地点，又像是彼此相距数英里的不同地点。当他们随后又继续向前行走时，卡尔问他俩，如果挣够了钱，他们最早将于什么时候重返纽约。德拉马齐说，最多一个月就行了，因为巴特福德那儿缺乏工人，工资很高。当然他们三人将把挣得的钱存入一个共用的钱箱，万一他们同伴之间挣钱有多有少，就能借此平衡差距。而卡尔却认为，虽然自己是个学徒工，当然比熟练工挣得少一些，但是他并不喜欢这个共用钱箱的办法。况且罗宾逊说，如果在巴特福德找不到工作，就得再往前走，不是在某个地方落脚当农场工人，就是到加利福尼亚的淘金场去，按罗宾逊的不厌其详的叙述来推测，这是他最得意的计划。

"如果现在您打算去淘金场，那么当初为何要当钳工呢？"卡尔问道，因为他不乐意听到必要时就继续这种前途难卜的漫游的说法。

"为什么我成了钳工？"罗宾逊说，"肯定是为了我母亲的儿子不被饿死嘛。但是在淘金场里却能挣更多的钱呀。"

"有时是如此。"德拉马齐说。

"现在仍然如此。"罗宾逊说。他又提起许多变富了的熟人，这些人还一直在那里，当然他们再也不需要动手干活儿了，但是出于往昔的友情，他们将会帮助他——不用说还有他的同伴——发财致富。

"在巴特福德我们就能找到工作的。"德拉马齐这样说，是为了使卡尔打消顾虑，但是他的这种表达方式却并不能使人产生信心。

他们白天赶路，途中只在一家饭店休息了一次，他们坐在店外一张露天餐桌（卡尔认为这是一张铁桌子）旁边吃肉，这肉几乎是生的，用刀切不开，只能撕着吃。面包是圆柱形的，每个面包上都插着一把长长的刀子。一种黑色饮料送来佐餐，喝下后觉得喉咙里灼烧难耐：这玩意儿德拉马齐和罗宾逊却喜欢喝，他俩一次又一次举杯相碰，预祝各种愿望能够实现，还将高举的杯子相互靠着在空中停留片刻。旁边的桌子周围坐着一些工作服上溅满了石灰浆的工人，全都喝着同样的饮料。汽车成群结队驶过，卷起一团团尘雾，从餐桌上方掠过。人们传看着大张的报纸，激动地谈论着建筑工人的罢工事件，常常提及美克这个名字，卡尔一打听便知道了，这正是他所认识的那个美克的父亲，是纽约最大的建筑公司的老板。罢工使他损失数百万元，可能还要危及他在建筑业的地位。卡尔对消息不灵通而又居心不良的人们的这种传言一个字都不相信。

此外，对于卡尔来说，这餐饭苦涩难咽的原因还在于，饭钱如何开的问题使他感到很为难。顺乎自然的方式是各交各的钱，但是德拉马齐和罗宾逊都是一有机会就声称，昨夜在旅店投宿已经用尽了他们的最后一文钱。看不出来他俩之中谁身上有表、项链或者别的什么可以卖钱的物品。而卡尔也不能责备他俩卖他的衣服时贪污了钱，那会伤害他们的自尊心，其结果必然是永别。可是令人惊奇的是，无论是德拉马齐还是罗宾逊，都没有为了付账之事而发愁，相反，他俩竟然是眉飞色舞，多次想方设法与那个健步穿行在餐桌之间的神气活现的女招待拉扯一下子。她的头发从脑袋两侧向前略微松散地搭在前额和脸蛋儿上，她一次又一次将手伸进头发里去，向后梳理。最后，当他们可能正盼她说出第一句客套话时，她却走到桌旁来，两手摊在桌上说道："谁付钱？"

此时德拉马齐和罗宾逊两人都飞快地把手一抬，同时指着卡尔。卡尔对此并不感到意外，因为他已经预料到了这种局面，并且他认为，既然自己期待着从同伴那里得到好处，那么他们此时让自己为这顿不值几文钱的吃喝交费，也算不上坏，虽然更为礼貌的做法应该是在决定性的时刻之前就把话挑明。令人尴尬的只是，他得把钱从暗袋里掏出来。他的意图原本是要到最危急的时刻才动用这暗袋中的钱，暂时还得假装自己是与两个同伴差不多一样的穷光蛋。由于他付这一餐饭钱，并且首先是由于他没有事先暴露自己所拥有的财富，他在两个同伴面前便赢得了优越的地位，从而使他俩认为，他富得不得了，因为他俩童年时就来到美国，为了挣钱已经尝够了种种酸甜苦辣，最后还因为他们不习惯于比他们迄今所处的更好的生活条件。卡尔心想，至今一直坚持的保住自己的钱财的决心，千万不能由于这次付账而发生动摇，因为他此时毕竟不掏暗袋也拿得出四分之一美元，于是他摸出一个四分之一美元的硬币放在桌上，同时宣称，这是自己唯一的财富了，他愿意奉献出来，作为大家一道前往巴特福德去的盘缠。

若是徒步走去，这笔钱足够花销了。但是他此时并不知道，自己的零钱够不够付餐费，况且他的零钱以及那沓钞票都在暗袋的深处，非得把暗袋内的东西全倒在桌上才找得出来。此外，也完全没有必要让两个同伴知道自己有这么一个暗袋。

不过此时幸运的是，两个同伴对女招待的兴趣显然更大，他们毫不理会卡尔如何凑钱付账。德拉马齐逗引女招待的方法是要她把账单放在自己和罗宾逊之间，而她为了抵制这两个家伙的咄咄逼人的行为，便用自己的手掌按在这一个或那一个的脸上，把他推开。在这个过程中，卡尔紧张得浑身发热，他在桌面之下用一只手接钱，另一只手则在暗袋里摸来摸去，把钱一个一个地掏出来。最后他觉得已经掏出了足够多的钱——虽然他还不能凭手感确切地分辨美国的硬币。当他把钱放在桌上，硬币哗啦一声响，那几个人立即停止了开玩笑。使卡尔感到懊恼而又让其他人全都感到惊讶的是，放在桌上的钱差不多有一美元之多。虽然谁都不问他，为何先前只字不提身上揣着足够买票舒舒服服地乘火车前去巴特福德的这么多钱，他却觉得极其难为情。餐费付清后，卡尔不慌不忙地把剩余的钱收回，而德拉马齐却从中取走一个硬币，作为小费赏给女招待，他搂住她，把她紧紧地贴在自己的身上，然后从另一侧将钱递给她。

卡尔心里还是感谢他俩的，因为在继续行进的途中，他们根本不提钱字，以至于他有一阵子还考虑主动向他俩承认，自己的身上藏着一大笔钱，却又由于没有适当的机会而忍住了没有讲出来。傍晚时分，他们来到一个乡村色彩更浓的富庶地区。环顾四周，矮丘的缓坡上，连片的田地披着绿装，一座又一座富豪的别墅被公路所环绕，走了几个小时，两侧一直是金灿灿的庭园围栏，他们多次跨过平缓流动的河流，常常听见自己的头上，从跨越深谷的不住颤动的高架桥上，传来火车驶过的隆隆之声。

当他们走到一个斜坡上，在一处小树林中的草地上躺下，想休息一下消除疲劳时，太阳刚刚傍着远处森林的直线似的边缘下滑。德拉马齐和罗宾逊躺在草地上，四肢尽量伸展，卡尔则正襟危坐，俯看着下面低几米处的道路。如同整个白昼一样，路上疾驶的车流连绵不绝，相互逆行的车辆彼此轻轻地擦身而过，仿佛是按准确的数量从远方一批又一批发过来，而另一端的远方正期待着同等数量的车辆到达。自凌晨起，整整一天，卡尔既没有看见一辆车停下来，也没有看见一个乘客下车。

罗宾逊提议在此处过夜，一方面是因为他们全都极其疲劳，另一方面是为了明天能够早些出发，最后，还因为在今晚夜色来临之前，他们不可能找到更便宜而又更舒适的床位。德拉马齐同意，只有卡尔觉得应该告诉他俩，自己有足够多的钱为全部三个人交旅馆的住宿费。德拉马齐说，我们还要用钱，卡尔应该把钱保管好。德拉马齐毫不掩饰，已经在对卡尔的钱打主意了。由于罗宾逊的第一个建议得到采纳，于是他又说，现在他们可得在睡觉之前美餐一顿，以便明天身强力壮地走远路，所以应该派一个人去那边不远处紧靠公路的辉煌明亮的"西方旅馆"买饭菜回来。卡尔年纪最小，加之又没有人自告奋勇去，他便毫不犹豫地主动承担这次采购任务，问清了他俩想要黄油、面包和啤酒之后，便动身向旅馆走去。

附近肯定有一座大城市，因为卡尔一走进旅馆的门厅，便看见满堂拥挤，人声鼎沸，靠着一面纵向的墙壁和两端横向的墙壁有售卖柜台，旁边虽然有许多胸前围着白色围裙的招待不停地跑动着，却无法使那些等得不耐烦的客人满意，因为你总是听见从这里那里不同的位置上响起责骂声和拳头捶击桌面的声音。没有任何人注意到卡尔；大厅里面也无人接待客人，在三个人一围便被遮完了的小桌子旁边坐着的客人，自己从柜台上拿来了他们所要的一切。每张小桌子上都摆着一个装油或醋之类调料的大瓶子，从柜台取来的所有食物，在开始吃之前都浇上一些。卡尔正想挤到柜台边去，却见那里很可能是刚刚出现了困难的局面，特别是他要买的东西这么多，又必须从许多桌子形成的夹缝中挤过去，所以无论多么小心，也不可能不给客人们带来麻烦，不过所有的客人对此都毫不介意，即使是卡尔有次由于被一位客人撞了一下而差点儿推翻一张桌子，也没有引起什么麻烦。虽然他说了一句道歉话，可是人家显然没有听懂，而人家对他喊叫了一句，他同样也不解其意。

他费了很大的劲才在柜台边找到了一个小小的空位子，由于身旁的客人将胳膊支撑在台上，他好一阵子都看不见想要的东西。将两肘支在台上，用拳头顶住太阳穴，仿佛是此地的一种习俗；卡尔联想到过去拉丁文教授克鲁帕博士最讨厌这种姿势，他总是悄悄走过来，出人意料地突然抽出一把直尺，使劲一扫，便把支在桌上的胳膊打下去，使被打的学生痛很久。

卡尔被挤得紧紧地靠在柜台上，因为他刚刚为自己占了一个位子，身后便安起了一张桌子，而在这张桌子旁落座的一位客人同别人讲话时上身向后倾斜，他那硕大的帽子便在卡尔的背上扫来扫去。在这种时候，即使是身旁两个粗俗臃肿的家伙已经取了东西满意而去，他也很难从招待员那里得到食品。有几次卡尔伸手去拉柜台里面的招待员的围裙，但是招待员都扭歪着脸挣脱了。一个都拉不住，他们跑过来跑过去，不停地跑着。要是卡尔近旁有什么可以吃喝的东西，他定会伸手去拿，问明价钱，把钱放下便高高兴兴离去。但是他的面前只有一些装鱼的碗，里面盛的类似于鲱鱼，披着一身墨黑色鳞片，边缘部分却金光闪烁。这种鱼可能很贵，并且可能任何人吃了都填不饱肚子。此外，伸手就可以拿到小桶朗姆酒，但是他不愿意给两个同伴带朗姆酒回去，他俩显然一有机会便只喝高度酒，他可不想支持他俩再喝酒。

于是卡尔只得另找位子，再从头开始往柜台边挤。而时间也过得很快。他集中目光，尽量透过雾蒙蒙的空间去看大厅另一端的那只大钟，认清指针已过九点。然而柜台边的其他部位比先前那个有点儿偏僻的位置更拥挤。况且时间越晚，大厅里的客人反而越来越多。一批又一批新到的客人不停地拥入，他们一边走进来一边大声打招呼。有的地方客人们喧宾夺主，干脆自己动手把柜台收拾出来，一屁股坐在台上对饮起来；这是最好的位子，可以通观整个大厅。

虽然卡尔拼命挤过去，也确实移动了很远，可是他却再也没有希望得到食物了。他在心里责备自己，不了解此处的情形就自告奋勇跑来买东西。他那两个同伴定要理直气壮地骂人，他们完全会认为他是为了省钱才什么也没有买回去。此时他刚好站在一个四周的桌子上都摆放着热气腾腾的很好看的浅黄色土豆烧肉的地方，他弄不懂这些人是如何搞来这些菜的。此时他看见几步之外有一个年纪较大、显然是旅馆工作人员的妇女，正同一个客人一边交谈，一边哈哈大笑着。她还用一枚发针一直不停地在头发中捋来捋去。卡尔立刻决定通过她买食品，因为据他观察，她是大厅中唯一的女人，在这满堂喧哗你争我抢中她是个例外，还有一个理由更简单——她是这里可望而又可即的唯一的旅馆职员，不过前提条件是，不要当他一招呼她，她便跑开去干自己的事。而实际上却恰恰相反。卡尔根本还没有招呼她，只不过朝她望着，而她也不过像一般人有时在交谈中那样，向旁边瞥了一眼看见了卡尔，便立即中止了交谈，用清晰而规范的英语亲切地问他，是否想要买什么吃的。

"正是，"卡尔答道，"我在此处简直就是什么都得不到。"

"那您就随我来吧，小家伙。"她说，然后一边拉着卡尔的手向柜台走去，一边同自己的熟人道别，这人便摘了一下自己的帽子，在这种场合里看见这种告别的礼节，真有点儿不可思议。到了柜台边，她把一个客人推向一边，打开柜台中的一个活动门，领着卡尔一道在柜台里面的过道中向前走，在这里可得当心，不要与那些不知疲倦地跑来跑去的招待员相撞。她又推开一道双扇对开的暗门，然后他俩便置身在宽敞而凉爽的储藏室里了。

"一个人就得熟悉这一套。"卡尔在心里自言自语。

"讲吧，您要什么？"她边说边按侍者礼仪向他鞠了一躬。她的肥胖身躯上的肉颤动着，相对而言，她的脸却差不多可以算作是造型精致的了。

眼看着这里货架上和案桌上整整齐齐层层叠叠地堆放着许许多多食品，他很想迅速构思出一套精美晚餐的菜谱，尤其是他有望得到这位很有影响力的妇女的廉价服务,可是最后由于他想不出什么合适的食品,还是只要了黄油、面包和啤酒。

"不要别的东西啦?"那女人问他。

"谢谢,不要了。"卡尔回答道,"但是要三份。"

那女人问起另外两个人,卡尔三言两语简单介绍了一下自己的同伴,他表示,自己乐于回答别人的询问。

"可是这点儿东西只相当于囚犯的伙食呀。"那女人说,她显然希望客人再要一些别的东西。

而这位客人却怕她免费赠送什么,便沉默着不予回答。

"那咱们马上就装起来。"那女人一边说一边以一种虽然如此肥胖却颇值得赞叹的灵活性走到一张桌子旁边,用一把又长又薄还有锯齿的刀切下一大块夹带着许多肉的黄油,又从架子上取下一个长面包,从地上提起来三瓶啤酒,将这些东西全部放进一个轻巧的草编提篮里,然后递给卡尔。她一边干活儿一边向卡尔解释,她之所以要把他领到这里面来,是因为外面柜台那里摆的食物,笼罩在烟雾和各种怪味之中,尽管消耗得很快,却总是要失去鲜味的。然而外面那些人倒觉得这一切都是美味佳肴哩。

此刻卡尔缄口不语,因为他不知道,自己为何要受到如此优厚的待遇。他想到自己的同伴,尽管他俩是美国通,但是如果他们来这里,恐怕没有可能走进这储藏室,而只能够满足于在柜台上吃变了味的食物吧。这里面听不见大厅里的嘈杂声,肯定墙壁很厚,以便使这里面的空间保持足够的低温。卡尔提着草篮却没有立即付款,只是呆呆地站着纹丝不动,过了好长一阵子,直到那女人要把一瓶同外面桌子上放的相类似的调料加进篮子里时,他才回过神来诚惶诚恐地致谢。

"你们还要远行吗?"那女人问道。

"直到巴特福德。"卡尔回答。

"那还远着哩。"那女人说。

"还要走一天。"卡尔又说。

"不再往前走啦?"那女人又问。

"哦,不再走了。"卡尔回答。

那女人把桌上的东西归置好,此时一个招待员走进来,东看西找,她向那人指点一个大盆,里面平铺着许多沙丁鱼,鱼堆上撒了些香菜,然后那人便双手高高端着这个大盆出门送到大厅里去了。

"你们究竟为何要在露天里过夜呢?"那女人问,"我们这里有足够多的床位。你们到我们旅馆里来睡吧。"

对于卡尔来说,这实在诱人,特别是因为他头一天夜里过得是那么糟糕。"我的行李还在外面。"他犹豫不决地说,而且并非毫无虚伪卖弄之意。

"那您尽管把行李搬来好了,"那女人说,"这毫无妨碍呀。"

"但是我还有同伴呀!"卡尔说这句话时立即意识到,他俩的确对自己有所妨碍。

"他们当然也可以在这里过夜呀,"那女人说,"您就来吧!不要让人家对您请了又请嘛。"

"我的同伴也是很不错的人,"卡尔说,"但是他俩不怎么干净。"

"难道您没有看见大厅里脏得一塌糊涂吗?"那女人反问道,她的脸都扭歪了,"到我们这里来的人,有的真还是最讨厌的家伙哩。我马上让人准备三张床。但是只能在楼顶上,因为旅馆客满了,连我也搬到楼顶啦,不过住楼顶总比露天过夜好。"

"我不能带我的同伴来。"卡尔说。他推测,若是那两个家伙进来,将会在这高档旅馆的过道里大喊大叫,只要罗宾逊一挨,什么都会搞脏,而德拉马齐肯定会纠缠这女人。

"我不知道为何不能这么安排,"那女人说,"但是如果您一定要这样,那就让您的同伴待在外面,您一个人到我们这里来吧。"

"这可不行,不行。"卡尔说,"他们是我的同伴,我得和他俩待在一起。"

"您真固执,"那女人说,她的目光移向别处,不再看他,"我这是为了您好,很想助您一臂之力嘛,而您却拼命推辞。"

这些意思卡尔都明白,但是他不知怎么办才好,于是只好说了一句客套话:"我深深感谢您的好意。"然后他想起还未付钱,于是便问该付多少。

"您送草篮回来时再付吧,"那女人说,"最迟明天清晨我得收回它。"

"那好吧。"卡尔说。

她打开一道直接通到楼外的门,在他鞠了一躬跨出门时,她又说:"晚安。您这么拘礼可不对哟。"他已经迈出了好几步,她还对着他的背影喊了一句:"明儿见!"

他刚刚走到外面,立刻又听见从大厅里传出来的喧哗声不但没有减弱,而且混杂着管乐队演奏之声。他很高兴自己没有穿过大厅走出来。此时整座旅馆的五层楼全部灯火通明,照亮了旅馆前面的整条大道。大道上仍有汽车从远方驶来,虽然是断断续续的，但是比白天的速度更快，汽车白晃晃的灯光掠过路面，同旅馆投射出来的亮度较低的光柱相交，随后汽车一闪而过，没入远处的黑暗之中。

卡尔回到同伴们等着自己的地方，却发现他俩正在酣睡，不过他离开他俩也确实太久了。他正想用从篮子里找出来的纸铺在地上，把带回来的食物像宴席一般摆好，一切就绪之后再叫醒同伴，却看见自己的箱子大开着，原来装在里面的东西有一半被乱扔在周围的草地上。令他吃惊的是，他离开时是把箱子锁好，钥匙揣在自己的衣服口袋里带走了的。

"起来！"他大喊一声，"你们睡着了，而盗贼却来过了。"

"少了什么东西吗？"德拉马齐问道。罗宾逊还没有完全清醒，便已经伸手去取啤酒了。

"我怎么知道？"卡尔大声说道，"但是箱子是开着的。躺下睡觉，却把箱子扔在一边不管，这也太大意了嘛。"

德拉马齐和罗宾逊齐声大笑，前者反而指摘道："您不该这么长时间不在嘛。旅馆只有十步远，而您一去一来却花了三个钟头。我们肚子饿了，猜想您的箱子里可能有什么吃的东西，于是我们便自己动手开箱，弄了很久，才把锁打开了。但箱子里面什么吃的也没有，您把所有的东西再装回去不就行了嘛。"

"原来如此。"卡尔说道，他凝视着迅速变空的篮子，倾听着罗宾逊喝啤酒时发出的怪声——他先让酒流进喉咙深处，然后吹哨一般使酒液迅速返上来，接着再使之泻进更深之处。

"你们吃完了吗？"他见两个家伙停下来喘气，才这么问了一句。

"难道您在旅馆里没有吃东西？"德拉马齐问道——他以为卡尔想要享用自己的那一份。

"如果你们还想吃，那就赶快。"卡尔一边说一边向自己的箱子走去。

"看来他在发脾气哟。"德拉马齐对罗宾逊说。

"我没有发脾气，"卡尔说道，"但是看来你们倒有权趁我不在之时撬开我的箱子，把我的东西扔得满地都是吧。我知道，同伴之间得彼此包容，而我也准备这么做，可是这样也太过分了嘛。我要去旅馆里过夜，不去巴特福德了。你们快吃吧，我还得把篮子还回去哩。"

"罗宾逊你瞧瞧——人家这种说话的口气，"德拉马齐说，"真是一番堂皇之言啊。德国人就是这副德行。你早就警告过我要提防他，而我却是个地地道道的傻瓜，竟然带他一道走。我们信任他，带着他走了一整天，因此至少损失了半天时间，而现在——因为旅馆里有人引诱他，他便要和我们告别，那么干脆就告别而去。但是由于他生性虚伪而诡诈，他便以箱子为借口，又因为他是个粗鲁无礼的德国人，不损害我们的自尊心，不称我们为贼，他是不会离去的，因为我们拿他的箱子开了一个小小的玩笑。"

卡尔正在装自己的东西，所以便头也不回地说道："您就这么喋喋不休地啰唆吧，这样正好可以减轻我同你们分手的思想负担。我很明白，何为友谊。我在欧洲也有过朋友，谁也不能指责我对他虚伪相待或者不怀好意。现在我同他们当然断了联系，可是一旦我返回欧洲去，他们全都会对我友好相待，立即承认我是他们的朋友。而您德拉马齐，您罗宾逊，现在我对你们二位可以实话实说，我将永远不会否认，你们曾经是这么友好，接纳我同行，还打算为我在巴特福德找一个学徒位置。但那是另一码事儿。尽管你们一无所有，但在我的眼里，这丝毫没有贬低你们的人格，可是你们却妒忌我这微不足道的一丁点儿财产，千方百计侮辱我，对此我却是受不了的。现在，你们撬开了我的箱子，非但不道歉，还要骂我，进而辱骂我的同胞——你们的这种言行，使我不可能与你们继续相处下去。此外我还要说，这一切都不是因为您罗宾逊而引起的。对于您的性格，我反对的只有一点，那就是您过于依赖德拉马齐了。"

"现在我们可看见了，"德拉马齐一边说一边向着卡尔跨了一步，还轻轻地推了卡尔一下，似乎要引起他的注意，"现在我们可看见了，您是如何原形毕露的。您成天跟在我的屁股后头，拉着我的衣服，模仿我的每个动作，安静得就像是一只小老鼠。可是现在，您觉得旅馆中有某人可以成为您的靠山，您就开始说大话了。您真是个小滑头，但是谁知道我们是否会这样一言不发地听信您的夸夸其谈呢。您白天以偷窥方式学我们的经验，我们该不该收点儿学费。罗宾逊你听见了吧，他认为我们妒忌他的财产。我们在巴特福德干一天活儿得到的报酬，比您显露给我们看的和可能还藏在衣服衬里中的加在一起还要多十倍，更不用说在加利福尼亚我们会挣得更多。我看您还是不要张开大嘴瞎吹牛吧！"

卡尔从箱子旁边站起来，看见仍然睡意蒙眬，但是由于喝了啤酒而稍稍活跃了一些的罗宾逊迈步向自己走来。"看来，要是我在这里再待一会儿，"他说道，"可能还要经历一次意外的惊喜。好像你们很想揍我吧。"

"忍让总是有限度的嘛。"罗宾逊说。

"您最好别开腔，罗宾逊。"卡尔说话时仍然注意着德拉马齐的动向，"您在内心里认为我对，可是外表上您却不得不站在德拉马齐一边。"

"您莫非想要收买他？"德拉马齐问道。

"我可没有这么想，"卡尔说，"我高兴的是自己要走了，再也不想同你俩中的任何一个发生关系了。只是有一点我还要说明，你们指责我有钱，但是藏起来不让你们知道。假设事实果真如此，那也是针对不怎么正派的人而采取的一种办法嘛，因为我认识他们才几个钟头。你们现在的举动不是正好证明了采取这种办法是正确的吗？"

"你待着不要动。"德拉马齐对罗宾逊说，虽然那家伙并没有动的意思。然后他问卡尔："您既然这么厚颜无耻地自称正派，况且我们又是如此愉快地相处，您何不继续正派下去，坦白交代您究竟是为了什么要到旅馆里去呢？"

卡尔不得不倒退着跨过箱子让了一步，因为德拉马齐步步逼近，已经离他很近了。但是德拉马齐并不因此而不知所措，他把箱子蹬开，又向前跨了一步，一只脚踩着扔在草地上的一件白衬衣，把他的问话又重复了一遍。

此时，仿佛是要回答所问似的，只见一个男子从公路那边向这几个人走过来，他拿着一支很亮的手电筒。这是旅馆的一名招待员。他一看见卡尔便说道："我找您差不多半个小时了。公路两侧的斜坡都找遍了。厨师长太太让我转告您，她急着要收回借给您的草篮子。"

"在这里。"卡尔由于激动,说话的声音都变了。德拉马齐和罗宾逊像平素遇到工作职位不错的陌生人时那样,装模作样地退让一旁以示谦恭。

男招待员拿起篮子说:"女厨师长还让我问您,在旅馆里过夜的事您考虑好了没有。另外两位先生,如果您带他们到旅馆来,我们也欢迎。床位都准备好了。今天夜里的确很暖和,但是在这里坡上过夜,绝不是毫无危险的,在这里常常发现有蛇。"

"既然女厨师长如此友好,我肯定应当接受她的邀请。"卡尔说完后,等着自己的同伴表态。而罗宾逊却傻呆呆地站着,毫无反应,德拉马齐则双手插在裤袋里,仰望着星空。这两个家伙显然以为卡尔会毫不犹豫地带他们同去。

"如果是这样,"招待员说道,"我的任务就是领您到旅馆里去,并且为您拿行李。"

"那就请您稍等片刻。"卡尔一边说一边弯身下去,把几件还散乱地摆在地上的东西装进箱子里面。

他忽然又直起腰来。他发现,照片不见了。原来放在箱子里最上层的,现在哪里都没有。其他东西全在,只是照片没有了。"我的照片不见了。"他对德拉马齐说道,仿佛请求他做出解释。

"什么样的照片呀?"这家伙问道。

"我父母的照片。"卡尔回答。

"我们可没有看见什么照片。"德拉马齐说。

"箱子里没有照片,罗斯曼先生。"罗宾逊也证实道。

"但这真正是莫名其妙了。"卡尔说道,他那求助的目光吸引招待员也走拢来,"照片明明是放在上面的,而现在却不翼而飞了。你们真不该拿箱子开玩笑。"

"我们绝对没有看错,"德拉马齐说,"箱子里本来就没有照片。"

"对我来说,照片比箱子里的其他全部东西加起来还要重要。"卡尔对正在草地上走来走去寻找照片的招待员说,"因为这照片是无法补偿的,我不可能再得到一张了。"

当招待员停止了毫无希望的寻找时,卡尔还说:"这是我随身所带的唯一一张父母的合影照呀。"

接着他这句话,招待员毫不留情地大声说道:"干脆搜查一下两位先生的衣袋吧。"

"可以,"卡尔立刻说,"我必须找到照片。不过搜查衣袋之前,我还要说一下,要是有人自愿把照片交出来,那就可以得到这个装得满满的箱子。"大家默然不语,片刻之后卡尔对招待员说:"我的同伴们显然宁愿让人搜查衣袋。但是即使是现在,我也还是要许诺,无论在谁的衣袋里找到了照片,我都把整个箱子送给他。再多的我也办不到了。"

招待员马上动手搜查德拉马齐,他认为德拉马齐显得比罗宾逊要更难对付,他将罗宾逊留给卡尔去搜。他提醒卡尔,对两个人要同时搜查,否则其中一个就会趁你没有看见而把照片扔到一边去。

卡尔刚动手,首先就在罗宾逊的衣袋里摸到一条自己的领带,但是他没有把它收回,而是对招待员喊道:"凡是您在德拉马齐身上找到的东西,全留给他。除了照片,其他都不要了,只要照片。"卡尔搜查胸袋时,手接触到罗宾逊滚烫的脂肪丰富的胸部,他一下子突然意识到,自己这样对待同伴,恐怕是很不公平的。

于是他尽量加快速度。况且忙了一阵也毫无所获，无论在罗宾逊还是德拉马齐的身上，都没有找到照片。

"没有办法。"招待员说，"很可能他们把照片撕碎扔了。"

卡尔说："我原以为他们是我的朋友，可是他们暗地里却想害我。这事不太可能是罗宾逊干的，因为他根本想不到这张照片对我来说是无价之宝，但是德拉马齐却很有可能。"

卡尔只能看见自己面前的招待员，因为他的手电筒只照亮了一个小圈，圈外的一切，包括德拉马齐和罗宾逊，都隐没在沉沉黑暗之中。

这样一来，当然就再也不必考虑是否将那两个家伙带进旅馆里去了。招待员把箱子提起来扔到肩上，卡尔提着草篮，两人迈步走下去。卡尔已经走到公路上了，却又中断自己的思虑，站住扭头向上面黑咕隆咚之处大声说道："你们听着！你们两个随便哪位，要是还收着照片，并且给我送到旅馆里来，那他仍然可以得到箱子，我发誓不告发他。"

从坡上传下来的并不是真正的答话，听得出是刚出口半句就被打断了的罗宾逊的高声喊叫，显然是德拉马齐立即蒙住了他的嘴巴。卡尔又等了片刻，看上面的人会不会回心转意。他隔着一段距离喊了两遍："我还在这里等着哩。"

可是无人应声，只有一块石头沿斜坡滚下来，也不知道是出于偶然还是有意扔下来却没有击中目标。

五　在西方旅馆

一进旅馆，卡尔便被领进一个办公室似的房间里，只见女厨师长手中拿着一本预订登记簿，正在口授一封信，让一个年轻的女打字员打字。在这里，特别精确的口授和轻重得当而又灵活敏捷的击键之声，同壁上挂钟不时响起的嘀嗒之声此起彼伏。此时差不多十一点半了。"好啦！"女厨师长一边说一边将预订登记簿"啪"的一声合上，女打字员也一跃而起，把木盖子翻回来扣在打字机上，而且同时不转眼地盯住卡尔看。看起来，她像是一个女学生，身上扎的围裙是仔仔细细熨过的，肩头呈现波浪形状，头发是右翘型，先看了这些细节再看她那严肃的神态，你会感到有点儿惊奇。她先对女厨师长鞠了一躬，然后又向卡尔鞠躬，接着便走开了，卡尔无意识地以一种询问的目光注视着女厨师长。

"您现在总算是来了，这太好啦。"女厨师长说，"那么您的同伴呢？"

"我没有把他们带来。"卡尔说道。

"他们肯定是很早就要出发吧。"女厨师长这么说，仿佛是要对自己作个解释。

"她不会以为我也要一道走吧？"卡尔在心里自问，于是说了一句消除疑惑的话："我们吵了一架，因而决定分道扬镳。"

看女厨师长的表情,她似乎把此种结局看作是一个好消息。"那么您现在自由了?"她问。

"是的,我自由了。"卡尔答道,他觉得任何事情都比这事更有价值。

"那么您听着,您不想在这旅馆里找个差事干吗?"女厨师长问。

"很想,"卡尔答道,"但是我的知识太少了。例如我根本不会用打字机。"

"这不是最重要的。"女厨师长说,"您暂时只能得到一个极小的位子,您得留意,通过勤奋和专心致志向上爬。但是不管怎么说,我认为,在某个地方立足,总比满世界游荡要好些,而且对您更合适一些。我看您并不是一个生性喜欢到处游荡的人。"

"要是舅舅在此,他也准会这么说的。"卡尔在心里自言自语,他点点头,表示赞成她的说法。同时他想起了,人家如此关爱自己,自己还根本没有作自我介绍哩。

"请您原谅,"他说,"我还没有作自我介绍,我名叫卡尔·罗斯曼。"

"那您是德意志人,对吧?"

"正是,"卡尔答道,"我到美国来还没有多久。"

"那您的家乡在什么地方?"

"我是波希米亚的布拉格人。"卡尔说。

"我的天呀,您瞧瞧,"女厨师长改用英语味极浓的德语大声说道,还扬了一下手臂,"那我们是老乡啰,我名叫格蕾特·米策巴赫,我是维也纳人。布拉格我特别熟悉,我在文策尔广场的金鹅餐厅里打了半年工。您瞧瞧，这真是太巧啦！"

"那是哪一年呢？"卡尔问道。

"已经过了许多许多年啦。"

"旧金鹅餐厅，"卡尔说，"两年前已经拆了。"

"是呀，当然啰。"女厨师长完全陷入了追忆往昔的沉思之中。

但是忽然间，她又活跃起来，她抓起卡尔的双手大声说道："现在搞清楚了，您是我的小老乡，所以您千万不可去投靠别的地方。不许您那样对待我。您有兴趣当个——比方说——电梯员吗？只要您说愿意，您就是电梯员。如果您四处走走，您就会明白，要找这类职位是不太容易的，因为这类职位是人们设想得出来的最好的开始。您同所有的客人相遇，人们总是将您看在眼里，让您办些小事，总之，您每天都有可能接触一些更美好的事情。别的一切都不需要您操心，让我来安排吧！"

"我很喜欢当电梯员。"卡尔没有多加考虑便答应了。

回头想想自己只读了五年中学的学历，如果觉得当电梯员有失身份，那简直是太荒唐了。在美国这里，倒是更有理由为只有五年中学学历而感到羞愧哩。况且卡尔一直都喜欢电梯员，他认为这种人仿佛是旅馆的装饰。

"语言知识方面有什么要求吗？"他又问道。

"您说德语，英语又讲得漂亮，这完全够了。"

"英语是我到美国来以后的两个半月中学会的。"卡尔说——他认为，不可抹杀自己这唯一的强项。

"您这一点真是值得夸奖，"女厨师长说，"如果回想当年，我学习英语那个困难劲儿呀。这当然已经过去了三十年啦。昨天我还提到此事。因为昨天是我的五十岁生日。"

她微笑着注意卡尔脸上的表情,想揣摩出这种半百之年的尊严使他产生了什么印象。

"那我要祝您幸福无边。"卡尔说。

"一个人总是需要听到这类祝福话的。"她一边说一边与卡尔握手,却又流露出有点儿忧伤的神色,因为她在用德语讲话时想起了故乡的这句老话。

"哎呀,我把您拦在这里太久啦,"她大声说道,"您肯定疲倦极了,我们白天再聊不是更好吗?见到老乡高兴得要命,把什么都忘啦。来吧,我领您去您的卧室吧。"

"我还有个请求,厨师长太太,"卡尔眼睛看着桌上的电话机说,"可能明天,也许很早,我先前的同伴会给我送来一张我急需的照片。请您打个电话给守门人,请他让他们进来找我,要不我自己出去接他们也行,好吗?"

"可以,"女厨师长说,"但是让守门人把他们送来的照片收下不就够了吗?可以问问是一张什么样的照片吗?"

"是我父母的照片,"卡尔说,"不行,我必须亲自同他们谈一谈。"

女厨师长没有再说什么,她拿起电话,向门房发了一道指令,其间说到了卡尔的房号是536。

然后他们从与进来时那道门相对的另一道门走出去,进入一条狭窄的过道,看见一个年幼的电梯员靠在电梯边的栏杆上打瞌睡。

"我们可以自己开电梯。"女厨师长小声说道,她让卡尔跨进电梯。"上班干十至十二个小时，对于这么小的孩子是长了点儿。"电梯载着他们上行时，她说道，"但这正是美国的特点。例如这个小孩，他半年前才随父母来到这里，是意大利人。现在看来他仿佛是无法坚持下去了，您瞧他的脸上，已经只剩下了一张皮，上班时打瞌睡，尽管他天性还是热情的——但是只要他在这里或者美国别的什么地方再干个半年时间，他就能很轻松地承受一切啦，五年后他便会成为一个身强力壮的男子汉。这样的例子我可以告诉您许许多多，几个钟头都讲不完。我根本没有把您归入此列，因为您是个力量型的孩子。您有十七岁了吧，对不对？"

"我下个月满十六岁。"卡尔答道。

"嗨，还只有十六岁呀！"女厨师长说，"真勇敢！"

她领着卡尔走进一个阁楼房间，这房间里虽然有一面墙是倾斜的，但是总体看来，由于安了两盏电灯照明，却显得很宜于居住。

"看到这里的布置您可不要觉得意外，"女厨师长说，"因为这不是旅馆的客房，而是我自己的住房的一间，我的住房一共有三间，所以您丝毫不会打扰我的。我把内部相通的门关上，您就可以自由自在地住下了。您作为旅馆的新职员，明天当然会得到自己的小房间。假设您带同伴一道来，我会让人为你们在勤杂工公用卧室里安床，但是您一个人来，我想您在这里更合适，尽管在这里您只能睡沙发。那么您就好好睡一觉，明天身强力壮地去上班吧。您明天上班不用太紧张的。"

"我非常非常感谢您的好意。"

"等一等,"她正要出门,半途却停住了脚,"因为过一会儿就有可能把您吵醒了。"

她向房间内一个侧门走去,边敲边喊:"特蕾丝!"

"我在,厨师长太太。"从门后传来那个打字员小姐的应答声。

"你清早叫我时,要从走廊过去,因为这里睡了一个客人。他困得要死了。"她一边说一边朝着卡尔微笑,"明白了吗?"

"明白了,厨师长太太。"

"好啦,晚安!"

"祝您晚安。"

"多年来,"女厨师长解释说,"我睡觉特别地不好。现在,我对自己的职位很满意,本来也不该有什么忧愁。但是,肯定是我过去的忧愁留下了后果,使得我至今难以入睡。只要我凌晨三点能够入睡,那就谢天谢地了。但是因为我清早五点,最迟五点半,就必须在我的岗位上,所以我得让人叫醒我,而且叫我时还得特别当心,以免使我这个生性烦躁不安的人更加烦躁。所以就要特蕾丝叫我。而现在,您确确实实是什么都知道了,而我也完全不会跑掉的。晚安!"她的身躯虽然很有分量,但她出门却几乎是一闪就不见了。

卡尔很高兴能够躺下睡觉,因为这一天真把他搞得精疲力竭了。根本不可能找到一个更舒服的地方,他可以在这里不受干扰地睡上一大觉。虽然这个房间不是卧室,倒更像是一间起居室,或者说得确切一点,是女厨师长的客厅,房内已为他过这一夜安了一个盥洗桌,但是卡尔并不觉得自己是一个半夜闯进来的外人,而更觉得是受到了悉心照料的自家人。他的箱子正正规规地放置在恰当的地方，很长时间以来都没有如此安全。在一个带抽屉的低矮平柜上，铺着大网眼毛织台布，上面摆放着大大小小的玻璃相框。在巡视房间时，卡尔在这里停住细看照片。大多数是老照片，其中引起卡尔特别注意的是一个年轻士兵，他的船形军帽放在一张小桌子上，漆黑的头发又粗又硬，他笔直地站着，满脸洋溢着自豪而又克制的笑意。他的制服上的纽扣是照片洗印之后再加上金黄色的。可以肯定，这些照片全部来自欧洲，在照片的背面很可能写着文字说明，可是卡尔不想用自己的手去拿照片。他也很想在自己未来的房间里放置父母的照片，犹如此处摆着的这些照片一样。

他彻彻底底擦洗自己的全身上下时，为了不影响隔壁的女邻居，尽量轻手轻脚。可是当他洗完之后伸展四肢，正打算在长沙发上躺下，享受睡觉的乐趣时，他却觉得是听见了轻轻的敲门声。无法判断出是在敲哪一道门，也可能只是一种偶然的响声。这声音也没有紧接着又响。但是当卡尔快要入睡时，却又响了起来。这一次毫无疑问是敲门声，并且听得出来是打字员小姐在敲门。卡尔踮起脚尖走到门边，用很轻的即使旁边有人睡觉也不会被吵醒的声音问道："您有事儿吗？"

立刻从门后传来也是很小声的回答："您把门打开好吗？钥匙插在您那一边的孔里。"

"请等一下，"卡尔说，"我得先把衣服穿上。"

过了一瞬间，那边又说道："没有必要。您把门打开后就钻进被窝里去嘛，我可以等一下再进去。"

"那好吧。"卡尔说了便照她的话行事，不过他还是开亮了电灯。"我已经躺下啦。"这次他说话的声音稍大了一点儿。

于是小个子的打字员小姐便从她自己的黑洞洞的房间里走了过来,她身上穿的同先前在下面办公室里穿的一模一样,肯定在这段时间里,她一直都没有脱衣就寝。

"千万千万要请您原谅,"她微弯着腰站在卡尔所睡的沙发旁边说,"请您不要告发我。我也并不想叨扰您很长时间,我知道,您已经疲劳不堪了。"

"也没有那么严重,"卡尔说,"不过我还是把衣服穿起来更好一些吧。"

他必须四肢伸展地躺着,以便能将被子拉上来一直遮到脖子,因为他没有睡衣可穿。

"我只待一小会儿,"她一边说一边搬来一张椅子,"我可以靠近长沙发坐吗?"

卡尔点头同意。于是她紧靠长沙发坐下,使得卡尔只好朝墙壁退,以便能抬眼仰望她。她圆圆的脸上五官端正,只是额头不同寻常地隆起,但也可能是由于发型衬托而显得如此,因为这种发型与她并不怎么般配。她的衣服干干净净整整齐齐。她的左手扭绞着一块手绢。

"您打算在这里待很久吗?"她问。

"还没有完全确定,"卡尔回答,"但是我想我会留下来的。"

"要是这样就太好啦,"她一边说一边用手绢在自己的脸上抹了一把,"因为我在这里是无依无靠的。"

"这太让我吃惊了,"卡尔说,"女厨师长不是对您很好吗?她待您根本不像是对一个雇员。我还以为您和她是亲戚哩。"

"哦，哪是什么亲戚哟。"她说，"我名叫特蕾丝·贝希托特，我是波莫瑞①人。"

卡尔也作了自我介绍。接着她便第一次仔仔细细地端详着他，仿佛因为他自报家门反而使她觉得他显得更陌生了。他和她沉默了片刻。然后她说道："您可不要认为我是个受惠而不知感恩的人。没有女厨师长关照的话，我的处境肯定要糟糕得多。原来我在厨房里当帮工，当时很可能要被解雇，因为我干不了重活儿。在那里干活儿，劳动强度很高。一个月前，一个女帮工仅仅由于过度劳累便昏倒了，她在医院里躺了十四天。而我的身体也并不强壮，过去我经常生病，所以身体发育不良，您肯定看不出，我已经有十八岁了。不过现在我越来越强壮了。"

"在这里上班肯定是十分吃力的。"卡尔说道，"我刚才在下面就看见一个小电梯员站着睡觉哩。"

"当电梯员还是最好的工作呢，"她说，"他们能挣不少的小费，而且说到底，他们远远不像厨房里那些人似的劳累不堪。但是有一次我真是交了好运，女厨师长需要一个姑娘去折叠宴会桌上的餐巾，于是派人下来找一个厨房女帮工，我们这种姑娘当时有五十来个，而我刚好在很近的地方，我使她很满意，因为我从来就熟悉餐巾的叠法。于是从那时起，她便把我留在她的身边，逐步地把我培养成她的秘书了。我在工作中学到了许多本领。"

"有那么多要写的吗？"卡尔问道。

"有呀，多极啦，"她回答道，"可能您根本想象不到，要写的

---

① 波莫瑞，当时德国的东北部波罗的海南岸地区。

多得不得了。您不是亲眼看见了，我今天晚上一直工作到十一点半，而今天并不是特别忙碌的日子。不过我也并非一直不停地打字，我还要去城里采购许多东西。"

"这个城市叫什么名字？"卡尔问道。

"您还不知道城名吗？"她说道，"叫拉姆塞斯。"

"这是大城市吗？"卡尔又问道。

"很大，"她答道，"我不喜欢去。但是您真的要睡了吧？"

"不，不，"卡尔说道，"我还根本不知道，您为何要进来呢。"

"因为我没有可以交谈的人。我并不是一个生性忧郁的人，但是作为一个孤单无伴的人，只要有人听你诉说，你就会感到十分幸福。刚才我在下面餐厅大堂里已经看见您了，当时我正好去叫女厨师长，而她正领着您走进储藏室。"

"那餐厅的状况真令人感到可怕。"卡尔说。

"我倒是丝毫记不得当时的情景了。"她答道，"但是我只想告诉您，女厨师长对我就像我那已不在人世的母亲一般亲切和善。不过我与她之间毕竟地位悬殊，我根本不能同她有啥说啥。我过去在厨房帮工中也有要好的女友，可是她们早已不在此处，而新招收的姑娘我又几乎一个都不认识。老实说，有时候我觉得，我现在所干的工作比过去所干的更令我伤神，而我也一直没有干得像过去那么好，女厨师长只不过是同情我而让我继续干下去罢了。说心里话，一个人要当秘书，真得受过更好的教育才行。虽然这么说是个罪过，但是我经常害怕自己的神经会出问题。天呀，"她说话的语速忽然快得多了，还一下子抓住卡尔的肩头，因为他的双手都盖在被子里，"您可不要向女厨师长透露一个字哟，要不然我真的完蛋了。如果我现在除了工作没有干好给她添了麻烦以外，又说了这些话而使她伤心，那这真是坏透了。"

"我当然不会对她讲一个字的。"卡尔回答道。

"这就好，"她说，"您留下吧。如果您留下，我将十分高兴，要是您认为合适，我们可以互相支持。我第一次见到您时，立即就对您产生了信任之感。但是尽管如此，我却又怕女厨师长会用您做秘书取代我而把我解雇——您瞧，我就是这么坏。当您在下面办公室里时，我一个人坐了很久，我把这事好好思考了一番，我觉得，如果您接替我的工作，恐怕是极好的事，因为这种工作您肯定比我干得好。如果您不愿意进城采购，我也可以继续承担这个工作。要不然我到厨房里去干活也肯定更有用一些，特别是因为我的身体已经强壮一些了。"

"这事已经安排好了，"卡尔说道，"我当电梯员，您仍然是打字员。但是，只要您向女厨师长透露您的想法，哪怕仅仅是隐隐约约的暗示，我都会把您今天对我讲的其他内容全部告诉她的——尽管这样做将会令我感到十分遗憾。"他说话的腔调使特蕾丝激动不已，她俯身趴在沙发上，啜泣着把自己的脸紧贴在床单上。

"我什么都不会告诉别人的，"卡尔说道，"但是您也不能透露出一个字哟。"此时他再也无法躲在被窝里啦，他抚摸她的臂膀，想安慰她，却又不知该怎么说，只觉得眼前这个人真是命苦。她终于镇静下来，为自己伤心落泪而觉得难为情，她感激地注视着卡尔，嘱咐他一定睡久一点。她还许诺说，只要有空，就在将近八点钟时上来叫醒他。

"您很会叫醒人呀。"卡尔说。

"是嘛，我还是有些能耐的哟。"她一边说一边用手轻轻地在他的被上抹了一下作为告别，接着便跑进自己的房间里去了。

第二天，虽然女厨师长要给卡尔放一天假，让他去看看拉姆塞斯城，可是他却坚持要立即上岗工作。卡尔坦诚地说，去城里的机会还会有的，而现在对于他最重要的却是开始工作，因为在欧洲时他所从事的未来的发展方向不同的一件工作，已经被他自己中断了，而且也没有给他带来任何益处。现在他刚开始当电梯员，而就年龄来说，至少能干的青年在这同一个年龄段时已经在跃跃欲试，争取依照自然而然的顺序谋取更高层次的职位啦。他认为从电梯员开始干是完全正确的，但同样正确的是，他必须加倍努力地向前赶。在这种情况下，去城里观光对他来说根本就不是什么能使人开心的事。他也根本下不了决心去走特蕾丝鼓励他走的捷径。在他的脑海里，再三浮现的一种忧虑是，他担心自己不努力，最终将会落得个与德拉马齐和罗宾逊同样的下场。

他被带到旅馆专职裁缝那里去试电梯员制服，这种服装配有金纽扣和金丝带，看起来极其华丽，但是卡尔试穿时却觉得有点儿不舒服，特别是在腋窝处，他感到由于被以前穿过这件衣服的电梯员的汗水湿透了而永远干不了，既是冷冰冰的，又是硬邦邦的。为了适合于卡尔的身材，首先还得把制服的胸围改大一些，因为放在面前供他试穿的十件，没有一件可以勉强合身。尽管不得不改缝，尽管裁缝师傅显得很不耐烦——因为改好送来的衣服被他两次退回缝衣工厂，但是一切改动不过只花了五分钟时间就解决了。卡尔离去时已经是一名电梯员啦。裤子很合身，而小上衣却把上身捆得紧紧的，完全不是裁缝师傅所保证的那么合身，这使人总要想做做深呼吸动作，因为不管谁穿着这件衣服，都会试一试，看看自己是否还有可能正常呼吸。

然后他去领班那里报到——只见这位相貌英俊的领班又高又瘦，鼻子硕大，年龄足有四十开外——他命令卡尔立正。他根本没有闲暇，即使简短谈一两句话的时间都没有，他只是摇铃把一个电梯员召过来，碰巧的是，来者正是卡尔昨天看见的那个小电梯员。领班称呼他只用他的教名贾科莫，而这名字卡尔是后来才弄清楚的，因为人家用英语喊这个名字，他根本没有听明白。这个少年得到指令，向卡尔介绍电梯员必须知晓的工作规程，但是他既羞怯，话又说得很快，弄得卡尔几乎一点儿都听不懂，尽管他所需要介绍的原本就很少。贾科莫之所以显得很气恼，肯定是由于卡尔来了，他才被调离了电梯岗位，而且被派去给客房女佣当帮手——鉴于某种他没有讲出来的经验，他觉得这是令人丢脸的事。而卡尔之所以大失所望，则主要是由于听说，作为电梯员操纵电梯，只不过是简简单单地将电钮按一下使之启动而已，如果要修理它的驱动机构，就得把旅馆的机械师请来。拿贾科莫来说吧，尽管他在电梯这个岗位上已经干了半年之久，却是既没有见过地下室里的驱动机构，又没有看过电梯内部的机械装置，要是能够亲眼看看这些东西，定会使他高兴不已——这是他加重语气对卡尔讲的。一般而言，这确实是一种单调的工作，况且一上班便是连续干十二个小时，一次白天一次夜晚倒班，使人感到特别劳累——按贾科莫的说法，要是没有"本事"站着睡几分钟，根本无法熬下去。对此卡尔不置一词，但是他的心里很清楚，贾科莫正是因为有这种"本事"才丢掉了这份差事的。

卡尔很庆幸自己接手的这部电梯，只为最上面几层服务，因而他不必同那些最挑剔的富人们打交道。当然啰，在这里也不可能像在其他岗位上那样，学到很多知识，只不过对于刚开始工作的阶段来说，是个好岗位罢了。

刚刚干了一个星期，卡尔就感到自己完全能够胜任这种工作。他把自己负责的这部电梯，里里外外的黄铜附件全都擦拭得光洁锃亮，其他三十部电梯，没有哪一部能够与之相比，而且假如与他共同负责这部电梯的那个少年，哪怕只要与他差不多一样地勤快，不要依赖他的辛劳而自己偷懒，那么电梯可能还会更加光亮的。那是一个土生土长的美国人，名叫伦尼尔，一个虚荣浮夸的少年，双眼黑洞洞的，光滑的脸庞有点儿凹陷。他拥有一套时髦的私人服装，在不上班的晚上，他便往自己的身上洒些香水，急匆匆赶进城里去；有时他还求卡尔代自己上夜班，声称家里有事得出去一下，他很少顾及他那一身打扮与此类托词无一不是矛盾的。虽然如此，卡尔却很能容忍他，而且看见伦尼尔在这种晚上穿着自己的私人服装外出之前，还要在下面电梯旁边站一下，向他略带歉意地再道一声歉，同时把手套向上拉拉，然后便沿着走廊向外走去，卡尔颇为赞赏他的这一套举动。况且卡尔认为，替他代班只不过是一个人刚开始上班时，对较老的同事自然应该乐于表现的效劳举动，而不应该成为一种经常性的惯例。因为像这样在电梯里一直不停地上上下下，当然足以使人疲劳不堪，尤其是在夜晚这几个小时里，几乎毫无空闲。

不久之后，卡尔也学会了要求电梯员做到的那种短暂的深鞠躬，而且能够一伸手就接下客人给的小费。小费一下子便进了他的背心口袋，谁也无法从他脸上的表情看出来小费是多还是少。而为妇女开门时，他的表现更为殷勤，总是不慌不忙地跟在她们的身后跃入电梯，因为妇女们生怕自己身上穿戴的衣裙啦帽子啦耳环之类佩戴物啦受到损坏，所以总是比男人们要多一些顾虑，不敢贸然地跨入电梯。电梯运行途中，他紧挨着门站，背对着乘客们，因为这样最不会引人注意。他的手握住电梯门的把手，为的是到达目的地时可以一下子让到一旁而又不会惊吓什么人。偶尔也有人在运行途中拍拍他的肩头，向他打听点儿什么，这时他便像是有预感似的迅速转身，大声回答。虽然旅馆里的电梯很多，可是经常发生拥挤现象，尤其是戏剧演出结束或者某几列特快火车到达之后，他刚刚到达上面把客人放出电梯，便得立即开着电梯迅速下行，去接下面等着的客人。他也可以拉动一根穿过整个电梯箱子的钢丝绳，用这种办法使电梯速度加快，不过这是电梯操作规程所禁止的，也是一种冒险的办法。电梯里有客人时，卡尔从不如此操作，但是当他把他们送出电梯后，见下面还有其他客人等着，此时他便不顾一切，有节奏地使劲拉动钢绳，犹如水手一般地操作下行。他知道，其他电梯员也是这么干的，而他也并不想让自己电梯的乘客由于等不及而改乘别的电梯。像此处常见的那样，个别客人要在旅馆里住较长一段时间，他们有时会对卡尔微笑相待，表示他们把卡尔当作专为自己服务的电梯员，尽管卡尔神色肃然，却也很乐意接受这种亲切示意。有时电梯不怎么繁忙，他也会接受一些特别的小差事。例如某位客人不想返回自己的房间去取一件忘了带出来的小东西，卡尔便独自开着自己的在这种时刻令人感到特别亲切的电梯飞快上行,走进陌生的房间,只见里面往往是到处摆着或者在衣架上挂着他从未见过的特别的东西,闻到某种不知其名的香皂啦香水啦口腔除臭液啦之类散发出来的独特气味,然后一秒钟都不耽搁地拿着经常都没有讲明白而他却找到了的东西,急急忙忙地奔回去。他还因为无缘领受更重要的差使而感到遗憾,因为规定由专门的侍仆和听差做这类事情,这些家伙骑着脚踏车甚至摩托车去取东西,而卡尔则只有在遇到最有利的机会时才获得许可,走从房间到餐厅或者娱乐厅的听差专用道。

每当他干完了连续十二个钟头的工作,三天下午六点、三天清早六点离开岗位时,他都是拖着极度疲乏的身体,不管他人在干什么,只顾上床躺下休息。他的床位在电梯员们共用的大寝室里。看来女厨师长的影响力或许并不是他在第一个晚上所感到的那么大,虽然她竭力为他争取一间专用的小寝室,而且也很可能办成,但是卡尔见此事十分难办,女厨师长不得不多次同那位十分忙碌的领班通电话商谈,他便放弃了。他使女厨师长相信,他的放弃是认真考虑的结果,他还指出,自己不愿意因为享用了这种不劳而获的优待而受到其他少年电梯员的妒忌。

但是这间大厅式的大寝室并非安静宜人的休息场所。因为每个人都用不同的方式安排自己的用餐、睡觉、娱乐和从事副业的时间,所以这间大寝室里总是一直不停地进行着最繁忙的活动。这里有几个睡在床上,把被子拉上来蒙住耳朵,以便能够什么都不听;但是其中常有某一个被人吵醒,于是他便十分恼怒地大喊大叫,意图压倒别人的吵闹声,而这样一来,其余那些仍然静卧的人也都无法克制自己了。几乎每个少年都有自己的烟斗，这已经成为了一种奢侈的享受，卡尔也为自己搞来了一支，不久便感到用烟斗颇对自己的口味。但是，由于上班时间不准吸烟，结果在寝室里，每个人除了非睡不可之时就一直抽烟。因而每个床位都笼罩在自己吐出来的烟云之中，而大家都淹没在雾蒙蒙的氛围里。至于夜里只在大寝室的一头开亮电灯，即使多数人本来是基本赞同这个建议的，却根本不可能得到执行。要是这个建议付诸执行，那么想睡觉的人便能够在大寝室里无灯光照射的那一块地段上，躲在黑暗之中安静睡眠。

因为这个寝室很大，有四十个床位，其他人便能在灯光照亮的那一带玩牌或者掷骰子，要不然就做其他一切需要灯光的事情。要是某个人想睡觉，而自己的床位又被灯光照射着，那他也可以到一个位于黑影之中的空床上躺下，因为总是有相当多的床位空着，谁都不会不同意别人暂时利用一下自己的床；但是没有哪一个夜晚是执行了这种划分地段的办法的。例如总是可能有两个人在黑暗之中睡了一觉之后，忽然产生了玩牌的兴趣，他们在自己的两张床之间搭上一块木板，当然还要开亮一盏电灯，以方便自己看牌，而这电灯的刺眼亮光又会使那些脸朝灯光睡觉的人怒不可遏。虽然翻了几次身，却终于感到无法找到更好的办法，还不如找一个也受到干扰的邻床，再开一盏电灯玩牌。当然啰，这样一来，又是所有的烟斗都喷云吐雾啦。不过也有几个人无论如何都要继续睡下去——大多数时候卡尔都属于这号人——他们不是将脑袋放在枕头上，而是把枕头盖在脑袋上或者用枕头裹着脑袋。

但是如果隔一张床的室友半夜三更起床，打算在上班之前进城去小小地娱乐一番，于是在自己床头上安放的盥洗盆中洗脸，弄出很大的响声，搞得水花四溅。在这种环境里又如何能够睡得安稳呢。而这个半夜起床的家伙穿靴子时，不但会搞得嘭嘭乱响，而且为了使靴子更好地套上双脚，还要咚咚咚地在地上使劲蹬几下，因为几乎所有的人都觉得靴子太紧了——虽然美国靴子的造型就是这样。临了又由于他的外出装备中少了某一样小东西，便掀起正在睡觉的人的枕头，而头埋在枕头之下的人早已被他吵醒了，正等待着机会向他扑过来哩。这下子，所有喜爱体育活动的人和年轻而多数身强力壮的小伙子们都围过来加入格斗，因为他们谁也不愿失去进行体育锻炼的机会。可以肯定的是，当你深更半夜睡得正香时，被震耳欲聋的打闹声吵醒而一跃而起，就会发现在自己床位旁的地板上有两个家伙正在扭打，在刺目的灯光照耀下，周围的每张床上都直立着懂行的人，他们只穿着衬衣和内裤。

有一回发生这种半夜格斗时，拳击手之一倒在正在睡觉的卡尔的身上，卡尔睁开眼睛首先看见的就是从那少年的鼻孔中流出来的鲜血，他来不及采取任何预防措施，转眼间床单被罩便被染红了一大片。卡尔常常在这十二个小时的时间里想方设法睡上几个小时，虽然他也受到了极大的诱惑，很想参与别人正在进行的娱乐消闲活动；可是他一再地感觉到，其他所有的电梯员在自己的生活途程中都走在他的前头，而他自己不得不通过更勤勉的工作并且放弃点儿什么享受才能弥补差距。虽然他主要是由于工作性质而对睡觉极为重视，可是无论是在女厨师长面前还是在特蕾丝面前，他都不抱怨寝室里的糟糕环境，因为第一，大体上所有的电梯员都对此感到恼火，但是谁也没有很计较而发怨言；第二，在寝室里所受的苦也是他以感激之情从女厨师长手中接受的电梯员的使命中不可缺少的一个部分嘛。

每星期一次转班时，他有二十四小时的休息时间，其中他花一些时间去探望女厨师长一两次，还要利用特蕾丝很少的空闲时间同她相会，匆匆交谈几句，不是在一个角落里就是在走廊上，只有极少几次是在她的房间里。有的时候他也陪伴她进城去采购，每件事都得急急忙忙地以最快的速度办完。然后他俩便跑步奔向最近的地铁车站，卡尔提着她的坤包。地铁行程一眨眼便结束，仿佛列车是被吸引着向前方飞驰，没有任何阻力似的。他俩跳下车便啪嗒啪嗒地徒步登梯，因为他们嫌电梯太慢，所以不乘电梯而宁愿走上去。地面上是巨大的广场，许多条街道呈辐射状向各方延伸，形成了一条又一条车水马龙如潮流滚滚的繁忙的交通景象。卡尔和特蕾丝肩并着肩匆匆奔走，进出于各种写字间啦、洗衣店啦、仓库啦、商号啦，因为这些地方电话订购很不容易，况且又不怎么负责任，要想论理索赔也难。不久特蕾丝便感到，对卡尔的帮助不可轻视，有了他的陪同，许多事办起来速度快得多了。有他出面，她再也不必像过去那样，经常等待那些忙得不得了的业务员转过来接待自己。

他挨到柜台边用自己的手指骨节敲击台面，直到有人应声才停，他用仍旧有点儿尖声做作的英语高声喊叫，他的叫喊声越过人墙传过去，即使有一百个人在讲话，也能听见他的声音。他毫不犹豫地向那些人走去，即使他们高傲地退回去，躲在长长的营业大厅的最后面，他也要去找他们。他的举止并不狂妄放肆，同时他也赞赏对方的抵触行为，然而他是理直气壮的，因为西方旅馆是个大买主，谁也不敢开玩笑。况且特蕾丝虽然有跑业务的经验，毕竟还是很需要帮助的呀。"您应该每次都同我一起来。"有时候，当采购事务特别顺利地办完了之后，她会眉开眼笑地说这么一句。

在拉姆塞斯的一个半月时间里，卡尔只有三次在特蕾丝的小房间里逗留得久一些，陪伴她几个小时。这个房间当然比女厨师长的任何一个房间都要小一些，里面的几样家具从某种程度上来说，只不过是堆放在窗户边而已。但是卡尔由于有着从大寝室里获得的经验，能理解一个属于自己的比较安静的房间具有多大的价值，虽然他并没有明明白白地吐露出这种看法，特蕾丝却能体会到他很喜欢她的房间。在他面前她已没有隐私了，况且既然她在他到来的第一个晚上便造访了他，也不太可能在他的面前保守自己的秘密了。她是一个私生子，她的父亲是建筑工程的包工头。他把她们母女二人从波莫瑞叫到美国来，但是不知道是何缘故，她们到达之后没有几天，他却未作更多的解释便移居到加拿大去了——也许他认为，只要这母女俩到了美国，自己的义务就算是尽到了，或者是因为他所期待的并不是他自己从码头接回来的这个辛劳半生的女人和瘦弱的女儿，而是别的什么人。留在美国的母女俩既没有收到他的一封信，也没有听到关于他的任何消息。这种情形说起来也不值得奇怪，因为她们母女俩没入纽约东区的廉价客栈之中，别人也无法找到她们。

有一回特蕾丝讲述母亲之死。卡尔同她并肩站在窗口，望着下面的大街。那是个冬日的夜晚，她当时大约五岁，母亲同她各自拿着自己的小行李包,在大街上急急行走,想找个睡觉的地方。起初母亲还牵着她的手,但是暴风雪肆虐横行,向前行走很不容易,手也冻麻木了,于是母亲不再牵着特蕾丝的手,并且也没有回头看她一眼,她只得自己竭尽全力,紧紧抓住母亲的衣裙。虽然特蕾丝常常跌跌撞撞地走,甚至跌倒在地上,但母亲仿佛是失去了理智一般,脚步根本不停。那席卷纽约又长又直的大街的暴风雪真可怕啊!卡尔还没有经历过纽约的冬季。如果你逆风而行,强气流会使你原地回旋,眼睛根本不敢睁开,因为狂风撕碎雪片打在你的脸上,你使劲向前跑却寸步难移,真是令人绝望的景象。在这种情况下,一个孩子走起来自然要比大人容易一些,她可以在狂风的下方跑动,而且遇到这种天气反而还觉得高兴哩。因而特蕾丝当时对母亲的心情并不能完全理解,她始终认为,要是她那天晚上对母亲聪明一些——她毕竟还是一个幼小的孩子嘛——母亲是绝对不会这么悲惨地死去的。

当时母亲已经两天没有活儿干了,身无分文地在露天里跑,整整一天没有吃一口东西,在她俩随身携带的小包袱里,只有一些破衣烂衫,或许是由于某种迷信的想法,她们不敢把这些破烂扔掉。现在母亲寄希望于明天能在建筑工地上找到活儿干,但她又担心自己根本无法抓住任何好机会,因为她感到自己已经累得要死——早上在一条小胡同里,她咳出了一摊血,把路过的行人吓了一跳。一整天她都在想方设法让特蕾丝明白她愁的是什么。她唯一的渴求是,找个温暖之所休息一下。但是恰恰在这个晚上,根本不可能找到一隅栖息之地。在门房不把她俩撵出大门的那些楼房里,想来总是可以找到一个位置歇口气避避风雪的吧。

她俩急匆匆穿行在寒冷的狭窄走廊里，在高高的楼层里爬上爬下，在院内狭窄的平台上绕来绕去，不加选择地随手敲门，不是不敢开口向人家打招呼，就是向迎面遇到的任意一个人求助，母亲一次又一次地在寂静的楼梯上气喘吁吁地坐下，把特蕾丝往自己的身边拉，而她却几乎是拒绝似的不肯挨过去，母亲痛心至极地用嘴唇吻她。事后她才明白了，这是母亲给予自己的最后的吻啊，真弄不懂，为何当时就像个瞎子似的看不出来呢，就算你是一条小虫，也该明白呀。

她俩经过一些房门时，门正好开了，为的是将里面令人窒息的空气排出来，透过这种犹如火灾所产生的弥漫整个房间的烟雾，看见有人走出来，只看得出一个人形，倚着门框而立，要么是一声不吭，要么就是简短地说一个"不"字，便表示出根本不可能接纳她们母女俩进屋。现在特蕾丝回忆当时的情形，仿佛记得在那一天，母亲仅仅是在开头几个钟头里认认真真地寻找一个位置，因为大约在午夜之后，虽然她照样是不停地东奔西走，直到黎明时分，其间才短暂地歇息了几次，但是可以肯定，她再也没有与别人打过招呼了——尽管在这些楼房里，无论是楼房大门还是单套住宅的门都没有锁上，里面的活动还在进行，而且处处都遇到有人来来去去。当然她俩的行动已经算不上是名副其实的快速奔跑，只不过是竭尽体力艰难地往前移动而已，实际上，完全可以说她俩只是缓慢地爬来爬去。特蕾丝已经记不清楚，从午夜到清晨五点钟之间，她俩究竟是进过二十座或者是两座或者仅仅是一座楼房。这种楼房，走廊的设计真是煞费苦心，为了最充分地利用空间，根本就不考虑如何方便于人们辨清方位，她俩肯定是多次走过同一条走廊！特蕾丝隐隐约约记得，有一次她俩在一座楼房里走了很长时间，走遍了所有的楼层之后又离开了它，但是她同样有印象的是，仿佛她俩在小胡同里立刻转身，又奔进这座楼房里去了。

对于一个孩子，这自然是一种难以理解的痛苦经历，有时母亲拉着她走，有时又是她自己紧紧抓住母亲，被拖着走来走去而又听不到只言片语的安慰话，按照她当时的理解能力，这一整天的情形只能有一种解释——母亲想甩掉她。所以特蕾丝把母亲紧紧地拉住不放，即使是母亲牵着她的一只手，她为了保险，还要用另一只手抓住母亲的衣裙，过一会儿就号哭几声。她不愿被母亲扔在这里，陷在这些人的中间——一些人在她俩的前面咚咚咚地走上楼去，一些人在她俩的身后，不等她俩看清人影，便从楼梯拐弯处走过来，还有一些人在一道门外的过道中吵架，相互推搡着冲进房间。不时遇到醉汉们用沉闷的声音唱着歌在楼房里东游西窜，所幸的是母亲和特蕾丝得以从这一群群正要相互靠紧的酒鬼中间钻了过去。她俩肯定在很晚的深夜时分，当别人已不再十分注意，再也没有人执意坚持自己的权利之时，至少是挤进了她俩经过的一般是由企业老板花钱租下来的几个大寝室中的一个，可是特蕾丝并不懂得这一点，而母亲已经不再想休息了。

到了第二天早晨，正当一个天气不错的冬日开始之时，她俩倚在一座楼房的外墙上，或许打了一个盹儿，或许只是睁着眼凝视周围。特蕾丝的眼前仿佛显现了当时的一幕，就是她把手中的包袱弄丢了，母亲正在为了惩罚她不当心丢了东西而打她，但是母亲打她，她却听不见也感受不到。然后她俩又继续走过渐渐恢复生气的小胡同，母亲紧靠着墙根走。她俩走过一座桥，母亲用手去抹栏杆上的白雪，最后终于到达了那个建筑工地：这正是母亲预约那天早上要去干活的工地——当时它对特蕾丝很有吸引力，可是今天她却并不理解其原因究竟何在。母亲没有告诉她，她应该在近旁等着还是走开，而她却认为这是要她等着的意思，因为这最符合母亲的愿望嘛。于是她便坐在砖堆上，看着母亲解开捆包袱的绳子，取出一块花布，围在通宵包在头上的头巾的外面。

特蕾丝太疲倦了，根本想不到该去帮母亲一把。母亲既没有像当时通行的那样，去工棚中报名，又没有问问别人，便沿着梯子向上爬，仿佛她自己已经知道了分配给她干的是什么活儿。特蕾丝奇怪的是，女帮工通常都是在地上干活，比如和石灰啦，递砖啦，或者是其他简单的劳动。所以她想，母亲今天是要干挣钱多的活儿吧，于是便仰起睡意蒙眬的脸，给母亲送去了一个微笑。这座建筑还没有修高，刚刚修好一层，而为了继续修上去，已经搭起了脚手架，虽然还没有搭好跳板，可是已经耸立在空中了。在上面，母亲灵活地在砌砖工匠之间来来去去，砌砖工们一块又一块地砌着，令人不解的是，他们根本不和她交谈，她小心翼翼地用柔弱的手抓牢一块当作栏杆用的木板。特蕾丝在下面，迷迷糊糊地觉得母亲真灵巧，自认为母亲还向自己投来了亲切的目光。但是当母亲走向一堆砖头时，可能没有看清在砖堆前面已经没有了栏杆，好像路也断了，她来不及停住脚步，抬腿便向砖堆跨去，这下子她的灵巧仿佛已经消失，她向着砖堆倒下去，越过砖堆摔了下来。许多砖头跟着她往下掉，随后过了一会儿，不知从什么地方又掉下来一块沉重的木板，"咔啦"一声砸在她的身上。特蕾丝对母亲的最后的记忆是,她两腿分开躺在地上,身穿从波莫瑞带来的格子花裙子,那块粗糙的大木板压在她的身上,几乎把她完全盖住了。人们从四面八方跑过来,脚手架上面还有个人在气愤地向下面叫喊着。

特蕾丝讲完时,已经很晚了。她一反惯例,叙述得很详细。而恰恰是当她讲到某些无关紧要的细节——例如脚手架的棍棒横七竖八地指向空中时,她却不得不竭力控制住泪水,使之不至于滚出眼眶。尽管事情已经过去了十多年,她对当时所发生的每一个细节,包括她当时看见的母亲站在未修完的一楼脚手架上的形象——这是母亲生前给她留下的最后一个印象——却记得一清二楚。但是她无法用语言清清楚楚地向男朋友讲述,所以她虽然打算讲完了整个故事之后再回头细讲这个最后的印象,却又用双手把脸蒙住缄口不语了。

不过在特蕾丝的房间里,有时也会出现比较愉快的场面。卡尔第一次进她的房间,便看见了一本关于商务信函写作的教科书,他立即请求借阅。他俩马上约定,卡尔做书中出的练习题,然后交给特蕾丝检查,因为她已经把这本书中与自己所干的这份小差事有关的内容都学过了。于是卡尔整夜整夜地在下面的大寝室里,躺在自己的床上,耳朵里塞团棉花,变换着各种睡姿阅读这本书,还用自来水笔往一个小本子上写作业。这笔是女厨师长送给他的酬劳物,因为他为她编制了一大本物品登记账簿,工工整整地填写了内容。至于大寝室里男孩子们对他的干扰,他也成功地使之转化为对自己有利的因素,他采取的办法是,请他们对自己学英语帮些小忙,直到他们疲于此事才罢休,于是他们便让他安静学习了。常常令他感到奇怪的是，那些人怎么能安于自己眼前的处境，根本感受不到这种处境的暂时性——因为年龄一过二十岁，便不可能留在电梯员的岗位上。他们不明白为以后从事另一种职业做准备的必要性，虽然有卡尔的榜样，他们仍是顶多看看侦探故事，除此之外什么书都不看，而这些故事书从这张床传到那张床，已经被翻得又脏又破了。

当他俩会面时，特蕾丝便不厌其烦地纠正他的作业错误，有时两人各持己见，激烈争论，卡尔援引他的那位纽约大教授的观点为证，可是对于特蕾丝来说，无论是纽约教授还是电梯员少年们的语法观点全都不算数。她抢下他手中的自来水笔，把她认为错了的字句划掉，但是在这种存在疑问的时候，尽管卡尔一般而言不如特蕾丝那样有更多的根据判断对错，却出于准确性的考虑，把特蕾丝所画的线又抹去了。不过有时候女厨师长来了，她总判定特蕾丝是对的，而这更加没有说服力了，因为特蕾丝是她的秘书嘛。但是她立刻使他俩互相妥协，因为茶煮好了，糕点也端来了，她们要求卡尔讲讲欧洲的情况。不过女厨师长经常打断他的话，不停地提问，表示惊奇，她这种反应使卡尔也意识到了，在比较短的时间里，欧洲发生了许许多多根本性的变化，自从他离开欧洲以来，又有许多事物变了样，并且正在一直不停地变下去。

卡尔在拉姆塞斯工作了大约一个月之后，有一天晚上，伦尼尔从他的身旁走过时告诉他，有一个名叫德拉马齐的男子在旅馆大门外同他打招呼，向他打听卡尔的情况。伦尼尔当时没有任何理由隐瞒实情，便如实告诉了他，卡尔是电梯员，但是因为有女厨师长的庇护，可望有朝一日得到别的职位。卡尔注意到，德拉马齐对伦尼尔是郑重其事地待之以礼,甚至还邀他共进晚餐哩。

"我同德拉马齐已经是没有任何关系啦,"卡尔说,"你自己对他也得当心呀!"

"当心什么呀?"伦尼尔边说边摊开双手,随后便匆匆走了。

他是旅馆里最爱打扮的小伙子,在其他小伙子中间,流传着一个故事,谁也不知道是谁编造出来的——据说一位已在旅馆里住了很久的漂亮太太,至少是在电梯里把伦尼尔吻了个遍。这位骄矜的、观其外表丝毫不可能相信她会有这种行为的妇人,步态轻盈而平稳,虽然她总是用柔软的面纱遮住脸蛋儿,胸衣也总是拴得紧紧的,但是对于听说过这则绯闻的人来说,遇见她从自己的近旁经过,将会是多么大的一种诱惑啊。她住在二楼,而且伦尼尔所管的电梯也不是她所乘用的,不过,要是他的电梯暂时无人使用,当然也不可能将这样的客人拒之于电梯门外嘛。于是这位太太有时便会乘用卡尔和伦尼尔共管的这部电梯,并且确确实实总是在伦尼尔当班之时。可能这是巧合,但是谁都不相信这是巧合,当电梯载着二人启动而去时,便会在所有当班的电梯员里面发生骚动,很久都不能平息,以至于某一位领班只得过来加以干涉了。而伦尼尔本人呢,或许是因为有了这位太太,或许是因为有这个传闻,总之他是变了,变得自负多了,他把擦拭电梯的工作全部推给卡尔,在大寝室里再也看不见他的身影,卡尔正想寻找机会同他彻彻底底地谈谈电梯的保洁问题哩。其他任何人都不像他这样,完完全全脱离电梯员的这个集体,因为一般而言,所有的电梯员在岗位工作问题上,都是认真地维护团结互助的精神,故而形成了一个连旅馆管理层都承认的无形的组织。

卡尔把这一切仔仔细细地思量了一番，也想到了德拉马齐，但他还是照常地干着岗位工作。快到午夜时，他得到了一次消闲的机会，因为经常给他送来小东西的特蕾丝给他送来一个大苹果和一块巧克力。他俩交谈了一会儿，几乎没有因为要开电梯而受到干扰中断谈话。谈话中也提到德拉马齐，卡尔发觉，他自己一段时间以来把德拉马齐当成一个危险人物，原来是受了特蕾丝的影响，因为特蕾丝听了他的讲述，便觉得德拉马齐正是这么一个人。然而卡尔基本上是把他看作一个无用的废物，尽管这家伙由于不幸的遭遇而致堕落，但同他还是可以交往的。热心的特蕾丝对他的这种看法给予了反驳，喋喋不休地说了许久，要他许诺，再也不要同德拉马齐说一句话。卡尔却不愿承诺，而是一再地催她去睡觉，因为时间早已过了午夜，见她不肯走，卡尔便以威胁的口气说，要离开自己的岗位把她送回房间去。当她终于表示愿意离去时，他便说道："为什么你要这样不必要地操心呢，特蕾丝？为了使你能够睡得更好，我乐于向你承诺，我将只在无法避免的时候同德拉马齐说话。"

接着他又开了许多趟电梯，因为旁边那部电梯的电梯员被叫去干另一件差事了，卡尔不得不同时管两部电梯。有的客人便说简直乱了章法，还有一位陪伴太太的先生，竟然用一根散步用的拐杖指点卡尔，要他动作麻利点——这真是完全不必要的警告。而有些客人见一部电梯没有人管，本应立即过来上卡尔这部电梯，但是他们不这么做，而是走到旁边那部电梯门口站着等，手抓住把手，要么干脆就自己跨进电梯，但是依照工作规范的严格要求，电梯员无论如何都得避免发生这种情况。于是卡尔便在两部电梯之间来回跑动，疲于奔命，也就顾不上自觉而准确无误地完成自己的义务了。接近凌晨三点时，又来了一个行李搬运工，这是一个老年人，与卡尔有点儿友好，他需要卡尔帮忙，但是他此时此刻根本无法帮助别人，因为正好在两部电梯前都站满了客人，需要他当机立断，选定一组客人立即大步跨过去为他们开电梯。所以，当另一个电梯员回来时，卡尔感到很高兴，他对重返岗位的小伙子高声责备了一句——虽然这位电梯员或许根本就没有过错。

清晨四点之后，才稍稍安静下来，而卡尔此时也确实需要静歇片刻了。他沉重地倚靠在自己那部电梯的栏杆上，不慌不忙地啃苹果，刚咬了一口便香气四溢，他眼睛朝下看着内天井，天井周围都是储藏室的大窗户，窗户里挂着许多香蕉，在黑洞洞的背景下闪烁着微光。

六 罗宾逊事件

卡尔觉得有人拍他的肩头,他理所当然以为这是一位客人,于是急忙把苹果塞进衣袋,也不看一眼那人是谁,便匆匆向电梯奔去。

"晚上好,罗斯曼先生,"那人却说道,"我是罗宾逊呀。"

"哦,您可是大变样了。"卡尔边说边摇头。

"是呀,我过得好嘛。"罗宾逊说,他的目光向下扫了一眼自己的衣着。他这一身衣服,料子还是挺不错的,但是如此胡乱的搭配,简直显得有些不伦不类的。而最刺眼的是那件显然是初次穿在身上的白色马甲,配了四个用黑布镶边的小口袋,罗宾逊还把胸脯高高地挺起,尽量使这马甲更为引人注目。

"您的衣服很贵重哟。"卡尔口头上这么说,心里却闪过一个念头,联想到自己那一套漂亮而又简洁的衣服,如果穿在身上,他甚至敢与伦尼尔比美,可惜被那两个坏朋友卖掉了。

"是呀,"罗宾逊说,"我差不多每天都要买点东西。您认为马甲好吗?"

"很好。"卡尔说。

"但是这口袋并不是真的,只不过做成口袋的样子而已。"罗宾逊一边说一边还抓住卡尔的手,仿佛要使他相信口袋是假的。

但是卡尔缩回自己的手,因为从罗宾逊的口中吐出一股令人难以忍受的烧酒气味。

"您又喝了许多酒吧。"卡尔说着又靠到栏杆上。

"不,"罗宾逊说,"喝得不多。"而且一反刚才的自我满足神态,又补了一句:"人活在世上,其他还有什么值得嗜好的嘛。"

因为要开电梯,他俩只好暂时中断了谈话,卡尔刚刚返回底层,忽然有电话找他,要他接一个旅馆里的医生,因为八楼的一位夫人昏倒了。在送医生的途中,他心里暗暗希望罗宾逊最好在这段时间里离去,因为他不想让别人看见自己同罗宾逊在一起,而且想到特蕾丝的警告,他也不想听罗宾逊提到德拉马齐。可是罗宾逊还等在原地,以一个醉汉的歪斜姿势站着,正好有一个身着黑色大礼服、头戴圆桶形高帽子的级别比较高的旅馆职员经过此处,幸好看起来他并没有特别注意到罗宾逊的存在。

"罗斯曼,您不想到我们那儿去看看吗?我们现在过得真不错呢。"罗宾逊以勾引的目光注视着卡尔。

"是您还是德拉马齐邀请我?"卡尔问他。

"我和德拉马齐两人。此事我俩意见一致。"罗宾逊说。

"那么我要告诉您,并且请您转告德拉马齐:我们之间的告别,虽然当时它本身并不一定很明确,但它却是一种永别。您二位给我造成的痛苦,比任何人都要多。是不是你们两个头脑里有某种固定不变的打算,即使将来也不让我安安静静地过日子?"

"我俩可是您的同伴呀,"罗宾逊说道,此时他那醉醺醺的眼睛里,竟然是令人厌恶地泪水盈眶了,"德拉马齐让我告诉您,他要为了过去的一切而给您赔偿。我们现在同美艳无比的女歌星布伦内尔达住在一起。"

紧接着,他便打算唱一首高音歌曲,但是卡尔却及时地发出嘘声把他制止住了:"眼下您还是不要出声为好,难道您不明白这里是什么地方?"

"罗斯曼,"罗宾逊虽然被吓住了,不敢唱出声来,但是他却说道,"我是您的同伴嘛,您说吧,您究竟要怎么办。现在您在这里有了这么好的工作,您总可以给我几个钱吧。"

"您拿了钱去,不外乎又是去灌酒,"卡尔说,"我已经看见了,您的衣袋里藏着酒瓶,我刚才不在时,肯定您喝了的,因为您先前还是相当清醒的嘛。"

"我喝酒只不过是为了壮胆嘛。"罗宾逊用道歉的口气说。

"我再也不想纠正您啦。"卡尔说道。

"但是钱呢?!"罗宾逊睁大眼睛说道。

"您肯定是受了德拉马齐的委托来找我要钱的吧。那好,我给您钱,但是只能在一个前提下,也就是您得立即离开此处,今后永远不要到这里来找我。您如果有什么事要告诉我,就给我写信来。卡尔·罗斯曼,电梯员,西方旅馆,地址这么写就行了。可是我再说一遍,再也不许您到这里来找我。我在这里上班,没有闲工夫会客。您答应不答应这个条件?"

卡尔一边问一边把手伸进马甲口袋里去掏,因为他决定把今天晚上得到的小费施舍给罗宾逊。对于他的要求,一直沉重地喘息着的罗宾逊只是点头作答。卡尔认为他这样答应是不够的,便又问了一次:"您到底是答应还是不答应啊?"

此时罗宾逊示意他靠近自己,要悄悄地对他说——只见他那明显突出的喉结在上下窜动:"罗斯曼,我想呕吐。"

"真是见鬼啦。"卡尔气愤至极,两手用力把罗宾逊拖到栏杆边。

罗宾逊张开嘴便向下面天井里呕吐起来。在呕吐的间隙里,他绝望地在卡尔的身上摸索,犹如盲人扶墙行走一般。"您真正是个好小伙子,"他口中念叨着,或者说,"马上就吐完了。"——但是呕吐却久久不能停止,要不然就说:"狗杂种,他们灌给我喝的是什么玩意儿呀!"

卡尔对他的这番令自己极度烦躁不安的令人作呕的表现,真觉得忍无可忍了,于是便来来回回地走动起来。虽然罗宾逊可以在电梯旁边的这个角落里躲一躲,但是如果有人——例如那些神经过敏的富人中的某一位——发现了他,就会等着向遇见的任何一位旅馆高级职员提出投诉,高级职员便会为此而愤然惩处全体勤杂工;或者遇到那些始终轮换着值勤的旅馆密探中的某一位经过这里——除了管理层人士谁也不认识他们,并且任何人看起来都像是密探之一,要是这么一个人经过这里,用审察的目光东瞧西看,或许仅仅是一位眼睛近视的客人,总之,都会使人不知所措。而下面,只要有一个人在餐厅通宵营业期间到储藏室里来取东西,准会吃惊地发现内天井地上令人作呕的秽物,便会打电话责问卡尔,你们上面究竟发生了什么事嘛。此时,卡尔能够包庇罗宾逊吗?倘若卡尔真的包庇他,难道罗宾逊这个笨蛋不会在绝望之中既不表示任何歉意,而且还要把一切责任都推给卡尔吗?这样一来,卡尔准会被立即开除,因为他是旅馆员工队伍巨大阶梯最低一级同时又是最可以缺少的电梯员之一,他借自己的朋友之手弄脏了旅馆，使客人受惊，甚至把客人吓跑了，这难道不是一件骇人听闻的事吗？一个电梯员有这样的朋友，并且还许可这种朋友在上班期间来探望自己，难道可以容忍他继续当电梯员吗？看来这个电梯员本身就是个酒鬼，或者是个令人讨厌的家伙，难道这还不够明显吗？完全可以推测，他用旅馆储存的食物长期供养自己的朋友，以至于在这个极度整洁的旅馆里的某个场所，为所欲为地干出罗宾逊此时所干的这等丑事来，这种推测不是更符合常理吗？而且这样的小伙子，难道只是偷吃食品吗？在旅馆里有着不止一种可以偷盗的东西，因为众所周知，客人们是粗心大意的，处处是开着的柜子，桌子上乱放着值钱的东西，钱箱开了就不关上，钥匙也是随手乱扔，凡此种种现象，不是多得不计其数吗？

此时卡尔正好看见远处有客人从地下酒吧上来——酒吧里的一场综合性演出刚刚结束。他赶紧站到自己那部电梯的门口，根本不敢转身看罗宾逊一眼，怕的是会看见令人难堪的情景。虽然他没有听见从那边传来任何响声，连一声叹息都没有听见，但他还是不怎么放心。他伺候自己的客人，开电梯送他们上上下下，可是他却无法完全掩饰自己的忐忑不安之态，每逢电梯下行之时，他都尽量使自己做好心理准备，以对付有可能在下面出现的某种意外的难堪场面。

终于他又有了空闲时间可以去看看罗宾逊了，这家伙正蹲在角落里，身体缩成一团，脸埋在膝盖上。他把圆圆的硬礼帽朝脑后推，露出额头。"好啦，现在您走吧，"卡尔低声命令他，"这是钱。如果您赶快，我还可以告诉您最便捷路径的走法。"

"我走不动了。"罗宾逊一边说一边用一张很小的手巾擦自己的额头,"我要死在这里啦。您根本想象不到我是多么地难受。德拉马齐带我到处去进高档酒馆,但是我承受不了这种难对付的玩意儿,我每天都对德拉马齐这么讲。"

"您再也不能在这里待下去啦,"卡尔说,"想一想您究竟在什么地方。要是被人发现,您会受到惩罚的,而我也会丢掉自己的饭碗。您愿意如此吗?"

"我走不动嘛,"罗宾逊说,"最好我还是从这里跳下去吧,"他用手指着栏杆间隙下面的内天井,"要是我坐在这里,我还可以忍受痛苦,但是我不能起立,我在您离开时已经试过了。"

"那我就叫车来,您坐车去医院吧。"卡尔一边说一边轻轻摇了两下罗宾逊的腿,他仿佛每时每刻都有可能陷入完全丧失神志的状态。但是罗宾逊一听到医院这个词儿,似乎立即勾起了他心中的某些恐怖的想象,他便大声地哭起来,双手乞求宽恕一般向卡尔伸过来。

"安静。"卡尔一边说一边用手轻轻一拍,把罗宾逊的手打下去,随后跑过去找那个夜里曾求他帮忙照管电梯的小伙子,也求他替自己关照一会儿电梯,接着便跑回来拼尽全身力气把仍然啜泣不停的罗宾逊扯起来,悄悄对他说:"罗宾逊,如果您愿意,我就接纳您,不过您得拿出力气来,挺直身子走一小段路。我带您去我的床位,您可以躺在我的床上休息,直到您好了再走。您将会出乎意料地发现,您能很快恢复正常的。可是现在只需要您表现出理智来,因为过道里处处都是人,我的床位也是在一间公用大寝室里。只要别人对您稍加注意,我就再也没有办法帮助您啦。

您得把眼睛睁开,我可不能把您像个病得要死的人似的拖着走。"

"我愿意听您的话,怎么对就怎么做,"罗宾逊说,"但是您独自一人是无法把我拖走的。您能不能把伦尼尔叫来呢?"

"伦尼尔不在。"卡尔说道。

"哦,对了,"罗宾逊说,"伦尼尔现在同德拉马齐在一起。是他们两个人派我来找您的。我简直是糊涂啦。"

卡尔并不理会罗宾逊自言自语说出来的东一句西一句很难听懂的话,只顾推着他向前走,最后颇为庆幸的是,终于把他带到了那个角落,从那里转弯,经过一段灯光较弱的过道,便可以走进电梯员们的大寝室。刚好有一个电梯员从他们的对面飞快地跑过来,又从他们的身旁跑过去。迄至此时,他们只是碰见过几个无关紧要的人,毫无危险可言;因为从四点到五点这段时间,是最安静的,卡尔很清楚,要是现在没有及时把罗宾逊弄走,到了拂晓时分,开始了白天人来人往的繁忙,那就再也别想把他弄走啦。

在大寝室里的另一端,正在进行一场大斗殴,要不就是别的什么活动,只听见有节奏的击掌声,激动的蹬足踏脚之声,还有体育比赛中的喝彩声。而在靠近大门的这一半里,睡在床上不受干扰的只有少数几个人,大多数都是仰面朝天躺着,注视着空中,同时还时时有人在穿衣或者脱衣,正所谓各行其是,也有人从床上一跃而起,打算看看另一端的事态。于是卡尔便得以在没有什么人注意到的情况下,把在此期间已恢复了迈步行走能力的罗宾逊带到伦尼尔的床上躺下,因为这个床位离门很近,而且幸好还无人占用,至于他自己的床位,他隔很远就已经看见,有一个他根本不认识的小伙子正一动不动地睡在上面。罗宾逊一上床便立刻睡着了,一条腿还悬在床沿之外哩。卡尔把被子拉上去盖住他的脸,自信至少在接下去的时间里不必为他操心了,因为罗宾逊在清晨六点之前肯定醒不了,而到了六点钟,他也就下班回来了,然后就有可能同伦尼尔一起设法把罗宾逊弄走啦。只有在特殊情况下,某个较高层次的机构才能够对这个大寝室进行检查,因为几年前电梯员们已经通过斗争而使过去通行的普遍检查取消了,所以现在也不必担心会有人来进行检查。

当卡尔重新回到自己那部电梯前面时,他看见自己的电梯和相邻的电梯正在上行,已经到了高处。他不安地等待着,想弄明白这到底是怎么回事。他自己的电梯先下来,从电梯里走出来那个不久之前从过道里飞跑过来的电梯员。

"喂,罗斯曼,你到哪儿去了?"他问,"你为什么跑开啦?为什么你没有报告呀?"

"我可是对他讲过,要他替我一会儿嘛。"卡尔一边回答一边指着那个刚好从相邻电梯走过来的小伙子,"在最繁忙的时候我也替他开了两个钟头呢。"

"你说得很对,"被卡尔点名的电梯员说道,"但是这样是不行的呀。难道你不知道,上班期间,即使是最短暂的离岗也必须报告领班办公室吗?你不是有一部电话吗?我确实很乐意为你代班,但你是知道的,事情没有那么容易嘛。刚才正好从四点半特别快车下来了一批新客人,等在两部电梯前面。我当然不能先跑去开你的电梯而让我的客人久等,所以我就先开着我的电梯上去了。"

"那么现在呢?"卡尔心情紧张地问,而那两个小伙子却闭口不语。

"现在嘛,"相邻电梯的小伙子说道,"领班正好路过,看见客人聚集在你的电梯前面,却无人开电梯,他便大发雷霆,见我跑过去,就问我你在何处,我也不知道你去哪里了,因为你根本就没有告诉我你要去什么地方嘛,于是他便马上打电话去大寝室,要求马上派一个电梯员来。"

"我在走廊里还碰见你的呀。"代替卡尔的电梯员说。

卡尔点头承认。"当然,"另一个小伙子发誓一般说,"我当时立即告诉了领班,你求我代班,可是那人根本不听任何解释。可能你还不了解他。我俩受命转告你,他要你马上去办公室。你最好不要在这里逗留了,快去吧。或许他会原谅你,你实际上只不过跑开了两分钟嘛。你尽管点我的名,就说你求了我代班好啦。你还是听我的劝告,最好不要说你曾经替我代班吧,我不会有事的,因为我是得到了许可的,但是把那事说出来,把它同这件没有关系的事混为一谈,是不好的。"

"这是我第一次脱岗。"卡尔说。

"谁不是这样嘛,只是人家并不相信呀。"那电梯员说完便向自己的电梯跑去,因为又有客人来了。

替卡尔代班的年龄只有十四岁上下的电梯员显然很同情卡尔,他说:"过去多次发生这类事都得到了原谅。一般是调去干别的活儿。据我所知,以前由于这种情况而被开除的只有一个人。你只需要想出一个恰当的解释来就行。你可绝不能自称突然身体不舒服,那样说了只会受到他的嘲讽。你可以换个好点儿的说法,就说一位客人让你赶紧去转达一个紧急的约会,而你已经弄不清派你去的是哪位客人，要找的那位客人又没有找到。"

"哦，"卡尔说，"事情不会如此糟糕吧。"不过根据他以往听说的所有情况，他认为这次再也不可能有什么好结果了。即使这次脱岗行为受到了原谅，但是罗宾逊这个家伙完全是他犯了过失的活生生的证据，现在还躺在大寝室里呢，而按照领班爱发脾气的特点来推测，很可能不会草率查询一下便罢休，最终罗宾逊肯定要被揪出来。当然并无明文规定，不准把陌生人带进大寝室里来，但之所以没有规定，只是因为预料不到的事情不可能事先明文禁止。

当卡尔走进领班办公室时，领班正坐在桌旁喝清早咖啡，喝一口又看看一本登记册——显然是那个此时也在场的门房执勤队长送来请他审定的。此人又高又大，他的制服上配了许许多多装饰，连肩头和袖子上都悬着金色链条和丝带，这制服的肩宽超过了他的实际肩宽。他上唇的胡子像匈牙利人一样，又黑又亮，胡子左右的尖端向侧面伸出，即使是脑袋快速扭转时也不会颤动。而这个人由于穿着沉重的制服，转动很不灵活，为了将自己的体重均匀分配，他只好将两腿叉开站着。

卡尔快步走进办公室，满脸轻松表情，这是他在这个旅馆里养成的习惯，因为一般人走路不慌不忙小心谨慎意味着彬彬有礼，而如果一个电梯员也这样，那就会被视作懒散懈怠。此外，一个人也不能刚进门就让别人看出自己已经意识到犯了过失。虽然领班对正在开启的门匆匆瞥了一眼，紧接着却立刻又埋头喝自己的咖啡，看自己的表册，并不理睬卡尔。但是看起来，门房却觉得，由于卡尔进来而使他受到了干扰，可能是因为他有什么秘密信息或者请求需要向领班报告吧，不管怎么说，他时时刻刻都偏着头恶狠狠地盯住卡尔，然后当他显然实现了自己的意图，同卡尔的目光相遇之后，他又转向了领班。不过卡尔认为，既然自己已经进了门，现在还没有得到领班的指令便又离开办公室，恐怕也不好。然而这位先生却又只顾自己继续审阅表册，同时手上拿着一块饼吃，时不时还要把饼上的砂糖抖落，但是并不停止审阅。有一次表册中的一页掉到了地上，门房根本不打算去拾起来，因为他知道自己无法弯腰，况且也不必自己弯腰，因为卡尔已经上前拾起来递给领班了，领班从他的手上接过，那手的动作看起来就像是那张纸是自动地从地上飞到他的手上一般。这个小小的奉承之举毫无益处，因为门房并没有停止向卡尔投射恶狠狠的目光。

尽管如此，卡尔已经比先前镇定多了。看起来，领班仿佛并没有把他的过失当回事儿，这就可以算作是个好兆头啦。毕竟这也是可以理解的嘛。当然，一个电梯员是微不足道的小人物，所以不该有任何不妥当的行为，但正因为他是微不足道的，他也就不可能干出什么惊天动地的事情来。毕竟领班自己在年轻时也做过电梯员——这一代电梯员至今还为此而感到自豪呢——正是他，第一个把电梯员们组织起来，他当时肯定也犯过不经允许就脱离岗位的过失。当然，现在并没有人强迫他回忆这种往事，况且别人也不该忽略的是，他作为一个当过电梯员的人，应该把偶尔通过无情的严厉手段将事态平息以维护正常秩序视为己任。而此时的卡尔，却把自己的希望寄托在时间的推移上。看看办公室里的钟，已过了五点三刻，伦尼尔每时每刻都可能返回，也可能他已经回旅馆了，因为可以肯定，他已经注意到罗宾逊没有回去，况且卡尔忽然想到，可能德拉马齐和伦尼尔逗留之处离西方旅馆根本就不远，不然罗宾逊如此糟糕的身体状况，怎么能走到这里。要是伦尼尔发现罗宾逊躺在自己的床上——肯定会如此——那就万事大吉了。因为像伦尼尔这种讲求实际的人，特别是当事情牵涉到他自己的利益时，他必定会设法把罗宾逊立即弄出旅馆的，而且到了现在，要将罗宾逊送走也容易得多了，因为他睡了这么一段时间之后，体力已经有所恢复，并且很可能德拉马齐正等在旅馆外面，准备接他回去呢。一旦罗宾逊离开了旅馆，卡尔便可以泰然自若地面对领班，顶多挨一顿恶狠狠的训斥便了结了。然后他将征询特蕾丝的意见，是否该把事情的真相告诉女厨师长——从他自己的角度看，他认为这是不会有什么妨碍的。果真如此的话，那么这件事就可以安然平息而不致造成特别大的损失。

卡尔这么左思右想盘算了一番之后，心情略为镇定了一些，于是准备把今天收到的小费悄悄地清点一下，因为凭自己的直觉，他感到今晚收到的小费特别多，不料正当此时，领班却将表册放在桌上，口中说道："请您等一会儿，费奥多尔。"接着他便一蹦而起，对卡尔大声吼叫起来，使卡尔万分惊骇，只能呆若木鸡般注视着他那黑洞洞的大嘴巴。

"你没有得到许可就脱离了自己的岗位。你知道这意味着什么吗？这意味着开除！我不想听辩解，你不必捏造任何借口，我只看事实，反正你脱岗了。一旦我容忍而原谅了你的脱岗，接着全部四十个电梯员都会在当班之时溜走，那我就只好独自一人把五千位宾客扛上楼去了。"

卡尔一声不吭。门房走过来，把卡尔身上有褶皱的衣服拉起来，无疑是要使领班特别注意卡尔衣服上皱褶较深的这种小小的不合规定的偏差。

"你是不是突然感到身体不舒服啦?"领班狡诈地问。卡尔一边回答"不是"一边琢磨他的言外之意。

"如此说来,你并没有感到不舒服啰?"领班的喊叫声更响了,"那你就该编造一个伟大的谎言啊。讲吧。你打算拿个什么理由来搪塞呢?"

"我不知道要打电话请假。"卡尔说。

"这话当然很中听啊。"领班一边说一边抓住卡尔的衣领,几乎是提着他来到墙边,面对着钉在墙上的电梯岗位规则。门房也跟着来到墙边。

"这上面!看吧!"领班指着其中一条说。

卡尔以为是叫他默念一遍,但是领班却命令他:"大声点儿!"

卡尔没有遵令大声朗读,而是抱着使领班冷静下来的希望说道:"这一条我知道,我领到了规则,仔细读过的。但是,由于这是一条一直都用不着的规定,难免要忘掉嘛。我已经干了两个月,还从来没有脱过岗呢。"

"那么,你就该为此而失去这个岗位。"领班一边说一边向办公桌走过去,又拿起表册,仿佛要继续审阅一般,但是马上又把表册"啪"一声扔在桌上,活像这是无用的废纸,他的脑门儿和脸膛涨得通红,来来回回地在室内踱起步来。"正是因为有这种捣蛋鬼,才有必要制定这一条。上夜班时竟然搞出了这么大的混乱!"这话他接连重复了几遍。

"您知道这个家伙从电梯岗位溜走后,是谁要乘电梯上楼吗？"他转而问门房。而门房当然熟知全部宾客的姓名及其贵贱高低，当他一听见领班告诉他的这个名字时，顿时感到如雷轰顶，以至于他立刻转眼瞪着卡尔，仿佛卡尔站在此地便证明了，那位冠有这个姓名的先生之所以不得不在电梯前白白等候了很久，正是因为这个开电梯的家伙跑开了。

"这太可怕了！"门房一边说一边极其不安地对着卡尔缓缓地摇头，卡尔则愁眉苦脸地注视着他，心想自己现在必将因为对此人不理解而要吃苦头了。"实际上我早就认识你了，"门房伸出又粗又大、绷得笔直的食指，"你是唯一一个不向我问好的臭小子。你真是目中无人！任何人经过门房岗亭都得向我问好。对于其他门房你可以为所欲为，可是我要求你们向我问好。有时候我假装没有注意到你，但是你放心吧，我看得很清楚，谁向我问好了，谁没有，你这个小杂种。"说完他转身离开卡尔，昂首挺胸迈步向领班走去，而领班此时却并没有对门房的事情吐一个字，而是把早点吃罢又打开刚才一个仆役递进来的晨报看起来。

"门房总队长先生，"卡尔明白，门房的指责或许并不会有损于自己，倒是他的敌意却不可不防，所以他想趁领班不注意之时，至少同门房把事情说清楚，所以便这么说道，"我肯定是向您问了好的。我来到美国的时间还不长，我出生于欧洲，众所周知，在欧洲向别人问好是多得超过了必要的。这种习惯我当然还没有完全戒除，两个月前在纽约，我偶然与较高阶层打了一些交道，人们一有机会便劝我，不要再这么过分地讲究礼节了。照此办理，我正好不该向您问好。而我却每天几次向您问好，虽然不是每次看见您都问好——因为我每天要从您的身旁走过几百次呀。"

"每次都得向我问好,毫无例外,每次问好,你同我说话时,要一直把帽子拿在手中,始终应该称呼我'门房总队长',而不能称呼'您'。你得不厌其烦,次次如此。"

"每次?"卡尔以反问的口气轻声重复了一遍。他现在回忆起来了,自从进入这个旅馆里工作以来,这个门房一直是满脸指责表情严厉地看着自己,从第一个早晨开始便是如此。当时卡尔刚开始上班,对自己的岗位还不怎么适应,他曾经直截了当地放胆询问这个门房,是否有两个男子来打听自己,并把一张照片留下来托他转交给自己,当时卡尔说话的口气确实是有些急迫而又啰唆。

"你现在看见了,你的这种行为会使自己落得个什么样的下场了吧。"门房此时又回到离卡尔很近的位置,他一边说一边指着还在看报纸的领班,仿佛这位领班先生就是代他复仇的人,"到了下一个岗位上——恐怕那是一个痛苦不堪的受难之所吧——你就会明白,为何该向门房问好啦。"

卡尔心里明白,他的职位其实已经丢掉了,因为领班刚才说得清清楚楚,门房总队长又把既成事实重述了一遍,而要开除一个电梯员,根本没有必要向旅馆高层经理们申报。此事来得如此之快,的确是始料未及——因为他毕竟是尽心尽力地干了两个月,而且肯定比其他某几个电梯员干得更好,然而却得到这样的下场。其实这也不奇怪,在世界上的任何地方,无论在欧洲还是美国,实权人物的目光显然都不会顾及这种情况,在做出决断时,总是某个人一动怒,裁决便脱口而出。要是他现在告辞离去,说不定是最好的办法,也许女厨师长和特蕾丝此时还在睡觉,他可以写张便条辞行，至少可以避免当面告别时，见到她为自己的行为流露出失望和惋惜的表情，然后他便迅速地装好自己的旅行箱，悄悄地一走了之。但是，如果他不马上离开——哪怕仅仅多留一天，因为他确实也很需要补一补瞌睡——他所能预料到的不外乎就是，今天的这件事将被夸大成为一桩丑闻，还要受到众人的谴责，令人难以承受地目睹特蕾丝或许还有女厨师长伤心落泪，最后还有可能受到惩罚。但是另一方面，他在这里得面对着这两个令他六神无主的敌人，无论他说什么，这两位之中必有这一位或者那一位会加以指摘，并且从坏的方面去理解他的言外之意。所以他索性沉默不语，暂时享受着室内此时的安静气氛，因为领班仍在看报纸，门房总队长正在依照页码顺序清理散乱在桌上的表格，这事对于他这位显然是近视眼的人来说，简直是困难极了。

最后，领班终于打着哈欠把报纸放下了，他眼睛一瞥，看见卡尔仍然在室内没有走，便伸手去拨电话。他喊了几声"哈罗"，但是却无人应答。"没有人接电话。"他对门房总队长说。

卡尔看见，这个门房头儿对领班打电话一直是特别地关注，他此时说："已经五点三刻啦。肯定她已经醒了。您只管大声点儿打铃就行了。"

这当儿，虽然这头没有打铃，对方却有了反响。

"我是领班伊斯伯雷，"领班答道，"早上好，厨师长太太。总算把您叫醒啦。我很抱歉。是的，是的，已经五点三刻啦。但是我把您吓了一跳，我真心诚意地向您道歉。您睡觉时应当关掉电话机嘛。不，不，确确实实，不必向我道歉，尤其是我现在想同您谈的事情，不过是微不足道的小事一桩。当然，我有时间，请吧，如果于您合适，我就等着不放电话。"

"她肯定是穿着睡衣便跑来接电话了。"领班微笑着对门房头儿说道，而在整个通电话的时间里，门房一直都是满脸紧张神情，弯腰俯看着电话匣子，"真的是我把她叫醒的，一般她都是由那个用打字机为她打材料的小姑娘叫醒，而今天这姑娘却是例外地没有叫她。我感到遗憾，我把她吓了一跳，她总是这般神经过敏。"

"她为何没有继续说下去？"

"她要去看看那姑娘究竟是怎么啦。"领班一边回答一边又把电话听筒凑近自己的耳朵，因为对方又在打铃了。"会找到她的。"他又对着送话器说，"您可不该因为这一切而被吓成这样嘛，您真的需要彻底放松好好休息一下了。好吧，现在向您提一个小小的问题。这儿有个电梯员，他名叫——"他转身对卡尔露出询问的表情，而卡尔则因为很注意听他打电话，此时便立即报出了自己的姓名，"名叫卡尔·罗斯曼，如果我没有记错，您可是对他有那么点儿兴趣吧；可惜他却没有好好报答您的善意，他不经允许便擅自离开岗位，因而给我造成了严重的眼下尚无法弄明白的麻烦，所以我刚才把他给开除了。我希望您不会为此事而感到悲伤吧。您是什么意见？开除，正是开除呀。但是我告诉您了，他擅自脱岗了呀。不行，我真的不能为您而让步了，亲爱的厨师长太太。这牵涉到本人的权威问题，可不能开玩笑呀，这么样一个小伙子，会把我的一批电梯员都带坏的嘛；恰恰是这些电梯员，千万千万要特别地管紧。不，不，在这件事上，我无法让您称心如意，尽管我一直都想找机会讨您的欢心。而且即使我不顾一切仍然将他留下来，那也不是为了其他的目的，而只不过是为了给我自己找个发泄愤怒的对象罢了,他不可能由于您的缘故,确实不能由于您厨师长太太的缘故而留在此地。您同情他,他却根本不值得同情,而我不仅仅了解他,也了解您,我知道,这事必然使您感到极度的失望,我无论如何也不能使您遭受到失望的折磨呀。虽然这个不愿悔过的小伙子就站在这里,离我只有几步之遥,我还是要毫不掩饰地表明我的态度。他应该受到开除的处分,不,不,厨师长太太,彻彻底底地开除,不,不,不能调他去干别的工作,他完全没有用处了。况且别人也对他提出了其他的谴责。例如门房总队长也就是费奥多尔,也指控这个小伙子粗野无礼、胆大妄为呢。什么,凭这些还不足以开除?哎呀呀,亲爱的厨师长太太哟,您为了这个小伙子,竟然否定了您自己的个性。不行,您不该强迫我嘛。"

这当儿,门房弯腰凑近领班的耳朵悄悄说了一句。领班一听,先是惊诧地看了他一眼,继而又对着送话器急速地说起来,以至卡尔起初并不能听得很真切,于是他便踮起脚尖走近了两步。

"亲爱的厨师长太太呀,"他的话是这么说的,"老实说,我简直不敢相信,您竟然是这么差的一个伯乐。刚才我又听人讲了您所庇护的少年天使的一点情况,这将彻彻底底改变您对他的看法,简直可以说使我感到遗憾的是,正好由我来告诉您此事。您请听吧,这个英俊少年,就是您所称之为风度优雅的楷模的这个家伙,没有哪一个不上班的夜晚他不跑进城里去逛,一直玩到清晨才回来。对对,厨师长太太,这是有见证人证实的情况,有可靠的见证人,是的。现在您或许能告诉我,他哪来这么些钱去寻欢作乐呢?他这样又怎么能够集中精力上好班呢?难道您还想听我讲述他在城里花天酒地的故事吗？我现在可是特别特别地急于把这个小伙子甩掉。而您呢，还是请把此事当作一个警示吧——对这种来路不明的家伙，可得当心哟。"

"但是领班先生，"卡尔喊了一声，他竟然显出松了一口气的神情，因为这里存在着一个大大的误会，而这个误会完全可能导致整个事情出乎意料地向好的方面转化呢，"这肯定是张冠李戴，我相信，是门房总队长先生告诉您，我每夜都要出去。但这根本不对，我每夜都待在大寝室里，全部电梯员可以作证。我不是睡觉就是学习商务信函教科书，没有哪个夜晚我离开了大寝室的。这很容易得到证实。门房总队长先生显然是错把我当成另外某个人了，现在我也明白了，为何他认为我没有向他问好。"

"你给我马上闭嘴，"门房总队长大声吼道，同时还摇晃着拳头——换个人在这种场合，都只是动一根指头罢了，"我会把你同别人搞混。那样的话，我还当什么门房总队长，连人都分不清嘛。您听他说的吧，伊斯伯雷先生，那我再也没有资格当门房总队长啦，这么说，倒是我认错人啦。我干了三十年，还从来没有发生过认错了人的事哩，从我们那个时代以来，成百个领班先生都不得不承认我的这个长处，可是你这个糟透了的家伙，却污蔑我认错了人。你这个坏家伙，你这个丑陋无比的坏东西。有什么可以认错的，你可能是每天夜里从我的背后溜出门，跑进城里去的，从你那张脸皮上，我就找得到证据，你完全是个坏透了的无赖。"

"行了，费奥多尔！"领班说，他同女厨师长的电话交谈好像是突然中断了，"这事根本就很简单嘛。最重要的并不是他夜里到哪里去寻欢作乐了。或许正是他自己在临别之时，想要求我们对他夜里的活动进行一次大调查呢。我猜想，这正合他的心意。很有可能要传讯全部四十个电梯员，把他们当作证人质问，并且也可能他们统统都把他认错了，必然的结果就是把全旅馆的员工都传来作证，旅馆的运营当然就得暂停那么一小会儿啰，而假如他最后还是被指认出来了，那么他至少也是同大家开了一个玩笑嘛。所以我们最好还是不要这么办。至于女厨师长这位好心的太太，已经被他当猴儿耍了一阵子，现在也该收场了。我什么解释都不要听了，你由于误班已经被就地开除了。我给你一张书面指令，你拿着它去会计室，领取到今天为止的工资。顺便告诉你，鉴于你的表现极差，我们之间私下里说吧，这完全可以说是看在厨师长太太的面子上，我送给你的一件礼物啰。"

由于有电话找领班，所以书面指令还来不及签字。"电梯员们今天可搞得我忙碌不堪啦！"一听电话里传来的头几个词儿，他立即喊了起来。"这真是闻所未闻！"过了一会儿他又大声说道。他离开电话转而对门房说道："费奥多尔，请把这个家伙看住了，我们还有话要同他说哩。"然后又对着电话下命令道："立刻上来！"

在刚才对话的过程中，门房还没有机会发火，至少此时能够大发雷霆了。他紧紧抓住卡尔的臂膀，但可不是使人能够忍受的那种捏住就不移动的抓法，而是时不时放松一点儿，接着又一下一下逐渐加力，越抓越紧，他身高力强，仿佛这种增强力度的过程没有尽头一般，以至于卡尔的眼前黑影重重。他不但是得到了命令不放卡尔逃走，似乎还想把他撕成几块，有时将他提起来悬空摇晃，并且反复地以半似问话的口气对领班说着："看我现在会不会再把他认错了,看我现在会不会再把他认错了。"

当电梯员中地位最高的那个名叫贝斯的永远都是呼呼喘气的胖小伙子进来时,卡尔终于得救了,因为门房总队长的注意力部分地转向了贝斯。而卡尔已被折磨得衰竭乏力,当他吃惊地看见特蕾丝跟在贝斯后面走进来时,简直就是没有气力向她问好,她则是面容苍白,衣着凌乱,连头发也是松松垮垮地卷起来的。一眨眼她便走近他,悄悄问道:"女厨师长知道啦?"

"领班打电话告诉她了。"卡尔答道。

"那就好啦,那就好啦。"她说得很快,眼珠子滴溜溜地转动了几下。

"好什么呀,"卡尔说,"你不知道,他们指责我的是什么事。我不得不走人,女厨师长也被他们说服了。你别待在这里,上楼去吧,随后我就上去同你告别。"

"可是罗斯曼,你这是什么意思嘛。你同我们待在一起多好呀,你乐意待多久就待多久。女厨师长要怎么办领班就得照办,他爱她嘛,我不久前听说的。你就放心吧。"

"特蕾丝,现在请你走吧。你在这里我无法更好地为自己辩护。我得认真地为自己辩护,因为人家已经用谎言攻击我啦。我越是注意保护自己,就越有希望留下来。你呀,特蕾丝——"可惜他突然感到一阵疼痛,不得不小声补了一句,"这个门房总队长把我放了就好啦!我还根本没有想到他是我的敌人哩。他一直不断地捏我掐我。"

"我为何要把这个讲出来!"他心里却想,"任何女人都不会听之任之的。"

特蕾丝一听，果真就立即转身对门房说——他根本来不及用另一只可以自由活动的手去拦阻她："总队长先生，请您马上把罗斯曼先生放了。您把他搞痛了。厨师长太太本人立刻就到，我们马上就可以搞明白，他受到的待遇是不公正的。把他放了吧，您这不是要以折磨他来取乐吗？"她甚至还伸手去拉门房的手。

"小姐你就尽管发号施令吧，小姐呀。"门房一边说一边用空着的那只手亲切友善地把她拉到自己的身边，而他的另一只手却把卡尔抓得更紧，仿佛他不但要把他搞痛，而且还要抓着卡尔的被他控制住的这只胳膊，去达到还远远没有达到的某个特殊目的哩。

特蕾丝挣扎了一阵，总算摆脱了门房的搂抱，她见领班还在听取贝斯啰啰唆唆的报告，便想去找领班，为卡尔说情，正当此时，女厨师长步履匆匆地走了进来。

"谢天谢地。"特蕾丝的这一声呼喊，使办公室里的人霎时间根本听不见别的声响了。

领班一跃而起，把贝斯推开："厨师长太太呀，您怎么亲自来了。为了这么一件区区小事？打完电话后，我就猜想您可能要来，但是我并不相信您真的会来。而在这段时间里，您所庇护的这位幸运儿的事情却越来越令人气恼了。恐怕我真的不能开除他就了事，而是必须下令把他扣留起来了。请您自己听听吧！"他招呼贝斯走近。

"我想先同罗斯曼谈谈。"女厨师长说，由于领班一定要她坐下，她便在一张椅子上坐了下来。"卡尔，请你走过来一点儿。"她说道。卡尔走近了一些，或者说得确切一些，他是被门房拖过去的。"您把他放了嘛,"女厨师长生气地说,"他又不是抢劫杀人犯。"门房真把他放了,不过放开之前,他还使劲地掐了卡尔一下,劲儿太大了,连他自己的眼眶里都涌满了泪水。

"卡尔呀,"女厨师长说话时,双手安安静静地搁在怀里,偏着头注视着他——显然毫无审问之意,"首先我要告诉你,我对你还是完全信任的。领班先生也是一个公正的人,这我可以担保。我和他原则上一致,都乐于让你留在此处。"此时她对领班匆匆瞥了一眼,仿佛她要请求那人在她讲话时不要插嘴似的,他也真的没有插话,"把迄至此时此刻人们在这里所讲的统统忘掉吧。尤其是门房总队长所讲的,你可千万不要过分地在意。虽然他这人由于干了这一行而好激动,这并不是什么奇怪的性情,但是他也有老婆孩子,他明白,没有必要折磨一个自食其力的孩子,因为这个世界把这个孩子已经害得够苦的了。"

办公室里鸦雀无声。门房总队长给领班使眼色,要他出面解释一下,领班却看着女厨师长,摇了摇头。电梯员贝斯站在领班身后,脸上露出似笑非笑的莫名其妙的表情。而特蕾丝则是忧喜交加地暗自啜泣,但是她却竭力地忍住,不让别人听见自己的抽噎之声。

尽管这场面可能被理解为是一个不祥的兆头,卡尔的目光却并不投向肯定希望同他四目相视的女厨师长,而是向下盯住自己面前的地板。他臂膀上的疼痛感正向四方扩散,衬衣紧贴在被掐伤的部位,他很想脱下外衣,察看一下伤情。女厨师长所说的,当然是很亲切友善的话,然而不幸的是,他却感觉到,正好是女厨师长的这种态度表明了,他不配受到这种友善的待遇。他不配享有女厨师长的善待，却白白享受了两个月之久，他的确只该落入门房的铁掌之中，而不该享有别的待遇。

"我之所以这么说，"女厨师长继续说道，"是为了使你能够不受他人的左右，肯定地回答我，除了我所知道的以外，你到底还干了什么事。"

"能不能请您允许我去叫医生来，因为那个人现在可能还在流血哩。"突然，电梯员贝斯极有礼貌地然而却是惶惑不安地插进来说。

"去吧。"领班对贝斯说，他一听便跑出了门。领班接着对女厨师长说："事情是这样的。门房抓住这个小伙子并不是闹着玩的。因为在下面电梯员们的大寝室里，发现了一个无人认识的喝得醉醺醺的家伙，盖得严严实实地睡在床上。当然他们就把他喊醒，要撵他出去。此时这家伙便开始吼叫起来，他一遍又一遍嚷道，大寝室属于卡尔·罗斯曼，他是他的客人，是他安排他睡在这里的，谁胆敢碰他，卡尔就要惩罚谁。况且他之所以必须在这里等卡尔·罗斯曼回来，是因为卡尔答应拿钱给他，他是取钱去了。请您注意，厨师长太太：他答应给钱，他取钱去了。你也可以注意，罗斯曼。"说到这里，领班转而对卡尔说道，而卡尔却正好转身看特蕾丝。她犹如着了魔一般目不转睛地凝视着领班，同时伸手掠开遮住前额的头发，要不就是下意识地做一下这种手势。"或许我这么说，会使你想起了你的某种义务吧。因为那家伙在下面还说了，你们两个回去以后，要去夜访某一位女歌星，但是由于他一直是边唱歌边说她的名字，所以没有人能够听明白他所说的是谁。"

领班讲到这里便打住了,因为脸色变得惨白的女厨师长从椅子上站起来,还把椅子向后推了一下。"我就不继续说给您听了吧。"领班说。

"不,请别停止,"女厨师长一边说一边拉住他的手,"您尽管继续讲下去吧,我要听全部情况,我就是为此而来的嘛。"

门房向前走了一步,为了表明他是从头到尾听说了全过程的,他啪嗒啪嗒拍了几下自己的胸膛,但是领班却制止了他,他说:"对对,您完全是有道理的,费奥多尔!"这话同时也是为了安慰他。

"要说的也没有多少啦,"领班说道,"当时,那些小伙子先是将那人嘲笑了一番,继而便同他对骂了起来,在那里总是有优秀拳击手的,所以他一下子就被打倒了,我根本不敢问,他的身体哪些部位、有多少处出血了,因为小伙子们动起手来是令人恐怖的,而对付一个喝醉了的家伙当然更是小菜一碟啰。"

"哎呀,"女厨师长说,她把手放在扶手上按住椅子,眼睛盯着她刚才离开的位置,"罗斯曼呀,你开口说句话好不好嘛!"然后她说了这么一句话。

特蕾丝离开自己所站的位置向女厨师长跑过去,依偎在她的身上,卡尔还从来没有见过她的这种举动。领班紧挨在女厨师长的身后站着,还缓缓地将女厨师长那微微有点儿褶皱的尺寸小得适度的衣服尖领抚平。站在卡尔身旁的门房说:"怎么样,讲吧?"但是他说这句话只不过是为了掩盖他此时对卡尔的脊背推了一下的小动作。

"这是真的,"由于被推了一下,卡尔说话的音调不由自主地有点儿发抖,"是我把那人带进大寝室里的。"

"更多的我们就不要听了。"门房以大家的名义这么说了一句。女厨师长一言不发地转身看看领班,又看看特蕾丝。

"我别无他法。"卡尔又说,"那人是我过去的同伴,我们有两个月之久没有会过面,现在他来这里是要探望我,可是他喝醉了,他根本无法独自走出旅馆。"

领班在女厨师长的身旁似乎是自言自语地低声说道:"他来探望,后来醉得这么厉害,以至于无法走出去啦。"女厨师长对领班悄悄说了一句什么话,领班的脸上露出显然与此时的气氛不相适应的笑容,像是在辩解。卡尔一直注视着特蕾丝的动静,她却不知所措地将自己的脸埋在女厨师长的身上,什么都不想看。对卡尔的解释唯一感到满意的人却是门房,他重复了几遍:"完全正确,是得帮帮自己的酒友嘛。"他眨眼睛示意,还用手比画着,力图使在场的人全都把这段解释铭刻在心上。

"所以,我是有过错的,"卡尔说了这么一句之后,稍稍停顿了一下,仿佛他要等待审判自己的法官讲一句温情的评语,给他增添继续自我辩护的勇气似的,然而却没有听见温情的评语,"我的过错只是在于,我把那人,他名叫罗宾逊,是个爱尔兰人,带进了大寝室。他所讲的其他话,统统都是酒醉后的胡言乱语,根本不是事实。"

"那就是说,你没有许诺拿钱给他啰?"领班问道。

"许诺了,"卡尔说,此时他感到后悔,他刚才由于没有细想或者说心绪紊乱而过分地肯定自己是没有过错的,"我是答应过给他钱,因为他向我讨钱了。但是我并不打算去取钱,而是想把我今天夜里挣的小费给他。"为了证明自己所言属实,他从衣袋里掏出来几个小硬币,摊在手掌上给大家看。

"你真是东拉西扯越说越远了。"领班说,"要是相信你的这句话,那就必须忘掉你先前所说的话。最初你说把那个人,顺便说一句,我根本不相信你说的他叫罗宾逊,因为自从有个爱尔兰以来,还没有任何爱尔兰人叫这个名字呢——最初你说你只是把他带进了大寝室,并且还是你独自一人带着他,一纵身便飞了进去——但是你先前所说的是,并没有许诺给他钱,然后当有人突然问你时,你又说是许诺了要给他钱。不过,我们在这里可不是在做什么问答游戏,而是要听听你怎么为自己辩解。开头你声称你并不是要去取钱,而是要把今天所得的小费给他,然后却又让人看,这点小费现在还在你自己的手上,所以很显然,你确实打算去取另外一笔钱,你脱岗了那么久也说明了这一点。说到底,要是你真的是从你自己的箱子里取钱给他,那也没有什么可奇怪的,而你却是拼命地否认,这反倒使人觉得奇怪了。同样奇怪的是,正是你在那人进了旅馆之后,才把他灌醉了的,而你却一直打算隐瞒这个毫无疑问的事实,因为你自己都承认了,他是独自一人进来的,但是他却不能自己走出去,并且还在大寝室里大吼大叫,自称是你的客人。现在只有两个疑点,如果你愿意把事情简单化,那你可以自己来解释它,不过即使是你不协助,我们也是有办法弄清楚的:第一,你是用什么办法钻进储藏室里去的;第二,你是如何敛集了这一笔送人的钱的。"

"要是听的人不怀好意,自我辩护又有什么用呢?"卡尔只说了这一句就再也不回答领班了,尽管这样很可能使特蕾丝感到痛苦。他知道，接下去无论他讲什么，人家的理解，总是与他的本意不相符合——管他是好是歹呢，现在反正只能听凭人家发落了。

"他不回答了。"女厨师长说。

"这倒是他现在所能采取的最理智的做法。"领班说。

"他还会编出点儿话来说的。"门房一边说一边用先前那只施暴的手小心翼翼地抚摸自己的胡须。

"别哭啦，"女厨师长对特蕾丝说，因为她依在她的身旁开始啜泣起来，"你不是看见了，他不答话嘛，我又怎能帮他一把呢。说到最后，在领班的眼里，还是我这个人不对哩。你倒说说看特蕾丝，依你看，是不是该怪我没有及时给他帮忙？"特蕾丝怎么知道这一点呢？即使女厨师长在两位先生面前，以向这个小姑娘公开提出这种问题和请求的方式自我贬责，又有什么用处呢？

"女厨师长太太，"卡尔说，此时他又一次振作了起来，但仅仅是为了使特蕾丝可以免于答话，并无其他目的，"我认为自己并没有给您脸上抹黑，可以肯定，只要仔细调查，人人都会这么认为的。"

"人人都会，"门房一边说一边用手指着领班，"这话可是针对您而言的，伊斯伯雷先生呀。"

"厨师长太太，"领班说，"现在六点半，已是最后时刻啦。我想，您最好还是把您对这个已经是极其宽大地处理了的事件的结论性意见告诉了我再走吧。"

小贾科莫走进来，本想走到卡尔的身旁去，但是被办公室里的这种鸦雀无声的场面吓住了，便在一旁等着不敢上前。

女厨师长自卡尔说最后几句话以来，一直目不转睛地注视着他，根本看不出来，她到底听到了领班说的话没有。她的双眼全神贯注地看着卡尔，这对眼睛又大又蓝，然而由于上了年纪并且经历过许多艰辛，显出一丝忧郁的色调。她这样子站在那里，轻轻地摇晃着面前的椅子，人们完全可以期待，到了下一个瞬间，她会说："那好吧，卡尔，依我看，此事至此还没有弄清楚，你确实说对了，还需要仔细调查。我们现在就安排进行调查，不管别人是同意还是不同意，因为必须讲公道嘛。"

但是女厨师长却没有这么说，短暂地停顿——谁也不敢破坏这短暂无声的停顿，只有时钟响了一声，似乎要证实领班所说的六点半，而且与此同时，正如大家都知道的，整座旅馆里的全部时钟通通响了一声，无论是耳朵实际听见的还是意念中的感受，都犹如这样一种极不耐烦的情绪接连颤动了两次——之后，她才开口说道："不，卡尔你不要这么说，千万不要这么说！我们可不要相信，人人都是这种看法。公道的事也自有其独特的表象，而你所遭遇的，我不得不说，却看不出来具有这种表象。我可以这么说，也必须这么说，因为本人是带着对你的最好印象而来的。你瞧吧，特蕾丝的沉默不就是她的表态吗？"（但是事实上，她并没有沉默，而是在哭泣。）

女厨师长突然想出了一个决定，于是停顿了一下之后又说道："卡尔，你过来一下。"他走到她的身边——与此同时，领班和门房立即在他的身后相互靠拢，叽叽咕咕地交头接耳起来——她用左手搂住他，同他一起走到办公室里稍远的一侧，特蕾丝也下意识地跟了过去，三人一道在那个地方来来回回走了起来，她边走边说道："这是可能的，卡尔，而且看起来你也是相信这一点的——否则我对你真是搞不懂了——调查会证实,你在个别枝节问题上是对的。怎么会不对呢?可能你确确实实是对门房问了好的。对此我甚至是确信不疑的,我也知道,门房究竟是何许人物,你瞧,即使是现在同你谈话,我也依旧是开诚布公的。但是,在这类小问题上进行自我辩护,对你是根本没有益处的。经过许多年的接触,我已经学会了尊重领班对人心的洞察力,他是我所认识的人中最可信赖的一个,他清清楚楚地指出了你的过错,我觉得当然是不容置疑的。也许你只是不加思考地干了这种事,但也有可能你并不是我所想象的那种人。总而言之,"或许是她自己说到这里时有意停顿了一下,回头向那两位先生匆匆瞥了一眼,"我还是无法消除认为你基本上是个正派青年的看法呀。"

"厨师长太太!厨师长太太!"领班捕捉到了她的目光,又一次提醒她。

"我们马上就谈完了,"女厨师长答道,接着她以更快的语速劝说卡尔,"卡尔你听着,我要告诉你,我对这件事是怎么看的,我高兴的是,领班并不愿意进行调查,因为如果他开始调查,我必然会为了你的利益而加以阻止。任何人都不应该知道,你对那人是如何款待、用什么款待的,而且也并不像你假装说的,他是你从前的同伴中的一个,因为你与那两个同伴分手时大吵了一架,你现在不会接待他俩之中的任何一个人嘛。这只不过是你夜间在城里某个小酒馆里漫不经心地随便结交的一个熟人罢了。卡尔呀,你怎么要隐瞒这些事情,不告诉我呢?或许你在大寝室里觉得忍受不了,最初只是因为这个无可怪罪的缘故而开始夜间豪饮的吧,那你为何对我只字不提,你知道我打算给你安排一个单人间的呀,完全是由于你求我不要这么安排,我才没有这么安排的嘛。现在看起来,似乎你是故意要住在那个公共大寝室里,因为你觉得住在那里面,可以更加无拘无束地生活吧。你的钱不是保存在我的钱箱里的吗?你还每个星期都把积攒的小费交给我哩,你哪来的钱?天呀,你这个小伙子,你哪有钱去享乐,你哪有钱赠送朋友呢?这些全是不该讲出来的事,至少现在根本不该告诉领班,因为接着就难以避免要进行一场调查啦。你现在非离开旅馆不可了,而且要尽快离开。你还是直接去布伦纳膳宿公寓吧——你已经同特蕾丝一道去过多次了——他们见了我这张名片,会免费接待你的,"女厨师长从自己的上衣口袋里掏出一支金黄色蜡笔,在名片上写了几行字,她边写边说道,"我立即派人把你的箱子送去。特蕾丝,你快去电梯员的衣物保管室,装好他的箱子。"(特蕾丝却纹丝不动,而是想要像她亲身经受过所有的苦难一般,亲身经历卡尔所遭遇的这个事件的转折——这个多亏了女厨师长的善意,才得以向好的结果转折的全过程。)

有人从门外把门推开了一道缝又立刻关上,却没有让人看见他是谁。显然这是给贾科莫发的信号,因为他随即走上前去说:"罗斯曼,我要告诉你一件事。"

"等一等,"女厨师长一边说一边把名片塞进卡尔的衣袋里——而他一直是低着头听她说话,"你的钱我暂时替你保管着,你是知道的,你可以把它交给我保管。今天你就待在家里不要出门,仔细思考一下你今天这件事,明天——因为今天我没有时间,我在这里耽误的时间已经太长了——我就去布伦纳公寓找你,商量下一步如何帮助你。我是不会不管你的——我的这个意思你今天反正是已经弄明白了。对于你的未来，你不必担心，而更值得好好想一想的，是最近这段时间里发生的事情。"接着，她轻轻地拍拍他的肩头，向领班走去。卡尔抬头望着这位高大而庄严的太太，她迈着稳重的步伐，风度潇洒地走着，离卡尔越来越远。

"难道你根本不——"仍然站在卡尔身旁的特蕾丝问道，"不为这一切得到了这么好的结果而感到欣慰吗？"

"哦，我的确感到欣慰。"卡尔说，他朝她笑脸相迎，却丝毫不明白，为何应当为人们把自己当作窃贼撵走而感到欣慰。

特蕾丝的双眼放射出高兴的光芒，仿佛她根本不在乎卡尔究竟有无罪过，对他的判决到底公正还是不公正，人家是让他背负着耻辱溜走还是戴着荣耀的光环离去。而实际上，特蕾丝此时的神态表明，她正沉湎在自己的苦恼之中——有时候，她对女厨师长所说的含糊其词的话，即使是只言片语，也要左思右想，推敲几个星期哩。他提醒式地问她："你会马上把我的箱子装好送走吗？"特蕾丝随即小声答道："那是当然，卡尔，马上，我马上就去装箱。"她的眼睛根本不看卡尔，连手也不伸给卡尔告别，话音刚落，她已经跑出门去了。他不禁惊异地摇摇头，因为他见特蕾丝如此敏锐地一下子就理解了自己这一句问话的弦外之音——这箱子里藏有不宜公之于众的东西哩。

此时，贾科莫再也忍不住了，由于等了很久，他的情绪激动，大声喊起来："罗斯曼，那人在下面过道里打滚哩，不让大家把他弄走。他们要送他去医院，但是他不肯，声称你绝对不会同意送他去医院。他要求叫一辆汽车来送他回家去，你将会付车费。你愿意付吗？"

"那人真信任你哟。"领班说道。

卡尔耸耸肩头,把自己的钱点清交到贾科莫的手中。"多的我也没有了。"然后他又补了这么一句。

"他还要我问你,你是不是一道乘车去?"贾科莫又问了一句,手中的钱叮当作响。

"他不会一道乘车去的。"女厨师长插言道。

"喂,罗斯曼,"领班不等贾科莫走出去便急忙说道,"你被就地开除了。"

门房连连点头,仿佛那是他自己说的话,领班只不过是鹦鹉学舌而已。

"而你被开除的理由,我根本不能大声宣布,因为那样我就不得不叫人把你关起来了。"

门房此时引人注意地向女厨师长投过去两束严厉的目光,因为他肯定认为,完全是由于她的关系,才给卡尔这么一种极其温和的处分。

"现在去找贝斯,换衣服,把制服交给贝斯,给我立即滚蛋,马上离开旅馆,马上离开。"

女厨师长闭上双眼,她想以此安慰卡尔。当他鞠躬告退时,匆匆一瞥,只见领班旁若无人一般,用自己的双手握住女厨师长的手把玩起来。

门房迈着沉重的步履押送卡尔走到门口,但是他却把门拉住,没有马上把门关上,而是冲着卡尔的后背吼了一句:"十五秒钟以后,我要看着你从我的身旁走出大门,你给我记住了。"

卡尔急急忙忙奔跑回去,以免在大门口遇到麻烦,但是事与愿违，一切都进行得慢多了。首先是没有能够马上找到贝斯，此时正开始吃早餐，处处都是拥挤不堪，然后又发现，一个电梯员把卡尔的旧裤子借去穿了，卡尔不得不到处找，几乎找遍了每一张床位旁边的衣架，才找到了裤子，这一来，肯定过去了五分钟，他才来到大门口。刚好在他的前头，有四位先生和夹在其间的一位太太。他们五人全都向外面等着的一辆大汽车走去，一名侍仆为他们拉住开着的车门，他那只自由的左手又平又直硬邦邦地向侧面伸着，这样的礼遇显得隆重极了。而卡尔打算躲在这一群贵宾身后悄悄溜出去的希望却破灭了。门房一下子抓住他的手，把他从两位先生之间拖了过去，一边向两位先生道歉，一边把他拉到自己的身旁。

"难道这是十五秒钟吗？"他从侧面打量着卡尔说道，仿佛是在观察一座走时不准的钟，"过来。"然后他边说边把卡尔拉进门房值班室，虽然卡尔早就很想看看这个大值班室，可是现在却是被门房推搡着满怀疑惧地走进去。

他已经进了门，但还是一扭身，企图推开门房跑掉。"不行，不行，给我进去吧。"门房边说边把卡尔又扳转过来。

"我已经被开除了呀。"卡尔的意思是，旅馆里没有人可以再对他发号施令了。"我没有放你之前，你就还没有被开除嘛。"门房这话自然也是言之有理。

不过话又说回来，卡尔此时也觉得莫名其妙，自己到底是为了什么原因要对门房采取自卫行动呢？究竟还有什么人能给自己造成根本性的危害呢？此外，门房值班室的墙壁，全部安装着巨大的落地大玻璃，透过玻璃，外面门厅里熙来攘往的人流可以看得清清楚楚，仿佛自己置身其中一般。而在整个值班室里，也确实找不到任何一个外面的人看不见的藏身之处。虽然外面的人都显得匆匆忙忙的，他们之中有的人伸着手东指西指，有的人低头向下看，有的人左顾右盼，有的人提着行李，总之都在寻找自己的路，但是几乎没有任何一个人不向值班室里看上一眼，因为在值班室的大玻璃后面，总是张挂着通知和消息牌，不管是对客人还是对旅馆的职工，都具有重要意义。此外，值班室同门厅之间还存在着一种直接的交流，因为在两个大推拉窗的窗口，分别坐着一个值班员，他们一直不停地忙着答复有关各种各样事情的询问。

他们这种人真是不堪重负，卡尔可以推断，门房总队长——凭他对他的了解——在自己的职业生涯中，肯定经过了许多曲折坎坷才爬到了现在这个位置。两个答复询问的值班员，人们从外面无法想象他俩的艰难，他们通过窗口所面对着的，至少有十张满是问号的脸。十来个不停地变换着的询问者，常常是乱哄哄地说着不同的语言，似乎其中的每一个人都来自不同的国度。总是有几个人同时说话，而且总是有另几个人相互交谈。大多数人不是想从值班室打听消息，就是要把什么事情告诉值班室，所以总是看见，有的人等得不耐烦了，便从拥挤的人群中举起手挥动着。有一次又是由于一张报纸突然在空中翻开，在一瞬间把所有的面孔都遮住了，因而有人要求把报纸拿下来。

瞧吧，两个值班员不得不承受这一切混乱状况。他们要履行职务，光靠说话还不够，他们叽里呱啦地说得飞快，特别是其中一个黑胡须围满整个脸膛的表情阴沉的家伙，简直就是毫不间断地答复着询问者。他既不看自己一直不停地伸手接资料的台面,也不瞅一眼这一个或那一个询问者,而是目不转睛地凝视着前方,显然是为了省力,为了集中精力。况且他那一副络腮胡子,对于别人听清他的话肯定是有点儿妨碍的。卡尔在他的身后站了一会儿,就很少听懂他所讲的,即使是他不得不使用某种虽然带着英语腔调却很可能是标准的外语,别人也很难听明白。此外,他答复一个人的询问,同答复另一个人的询问首尾紧紧相连,甚至于重叠,这也使人很容易听错,以至于常常有某个询问者神情专注地倾听着,以为他还在答复自己所问的事情,片刻之后才发现,原来自己的询问已经解答了。

人们还必须习惯的是,值班员从不请人把问题重复一遍。即使这个问题基本上是可以听懂的,只不过稍微有点儿不清楚而已,从值班员那几乎看不出来的摇头动作,也可以猜到,他并不想回答这样的问题——这是询问者自己的事,询问者应当发现自己错在何处,应当把问题表述得好一些嘛。特别是由于这类缘故,有的人便在窗口前滞留了很久。为了支持值班员的工作,为他们每个人配了一名徒工作帮手,帮手们在值班室里匆匆来去,从书架上和各个箱子里取出值班员所需要的资料,送到他们的台面上。在旅馆的所有年轻人中,这些帮手的工资最高,工作最紧张,从某种意义上来说,他们比值班员更厌恶这里的工作,因为值班员只需要动脑和动口,而这些年轻人却是既要动脑又要跑腿。倘若他们有一次送去的资料不对,忙碌万分的值班员当然不会浪费时间把他们训斥一顿,而是干脆一下子就把他们放在台面上的资料扔到地上。

值班员换班的方式倒是很有趣儿，卡尔走进值班室不一会儿便遇见了换班。一天之中自然得经常换班，因为可以肯定，几乎没有一个人能够在这种窗口前坚持一个小时以上。一声钟响，表示换班时间到了，与此同时，从侧门走进来两个接班的值班员，每人后面都跟着自己的帮手。他们刚进来时，并不立刻接班，而是站在窗口前对窗外的人观察一阵子，以便弄清楚，这问答的过程眼下正进行到什么阶段了。要是他们觉得插进去接班的时机已经成熟，便会拍拍该交班的值班员的肩头，而这个被拍肩头的值班员，虽然一直都不理会自己背后所发生的事情，此时却顿时心领神会，让出了自己的位置。这整个过程进行得如此地神速，常常使窗外的人感到突兀，几乎被这忽然出现在自己眼前的新面孔吓得要向后退走。交了班的两个男人则伸伸懒腰，然后弯腰就着准备好的洗涤盆浇水淋自己那热烘烘的头，而交了班的帮手却还不能伸懒腰，他们还得干一会儿，把自己当班期间被扔在地上的资料纸张拾起来放回原位。

卡尔在不长的一段时间里，以极其紧张的注意力把这一切看在眼里，铭刻在心中，他的头稍稍有点儿疼痛的感觉，他默不作声地跟随着门房总队长，根本不去想他要领自己去何处。显然门房总队长也看出来了，这种答复询问的方式给卡尔留下了多么深刻的印象，于是他突然一下子扔掉卡尔的手说道："看见了吗？这里就是如此工作的。"

而卡尔在这旅馆里工作当然也没有偷过懒，可是他却从来没有想到过，竟然会有这种工作场面，他几乎彻底忘记了，门房总队长是自己的大敌，他仰望着他，一声不吭地点头，承认他说得对。但是门房总队长仿佛认为,他这个态度是对值班员的过高估价,或许是对他这个大人物的不礼貌哩,因为他把卡尔当作一个傻瓜似的,根本不怕别人听见他这样大声说话:"当然,这里所干的,是整个旅馆里最蠢的工作;只要听上一个小时,差不多就知道了所提的全部问题,而没有弄明白的问题,也用不着回答。假如你的表现不是如此地厚颜无耻而又没有教养,假如你没有说谎,没有卑劣行为,没有酗酒,没有偷盗,或许我会把你安排在这样的一个窗口前工作,因为我为此所需要的仅仅是愚蠢到极点的家伙嘛。"

听了这一番对值班员们踏踏实实辛辛苦苦的工作不仅不予以肯定,反而加以嘲弄的胡言乱语,卡尔心里感到万分愤怒,使他感到更为气愤的是,这一番嘲讽竟然是出自这样一个家伙的口,可以断定的是,如果这家伙哪一天敢于坐到这样的窗口前,几分钟之后,他便会在所有询问者的嘲笑声中夹起尾巴溜走的。

尽管他的心里感到极其愤慨,但是对于其中矛头显然指向自己的漫骂,他却像根本没有听懂似的不予理睬。"您放了我吧,"卡尔说,此时他那对门房值班室的好奇心,尚未达到过分的程度便消失了,"我再也不想同您打交道了。"

"你想就这么溜掉可不行。"门房总队长一边说一边用力抓住卡尔的臂膀,使他的臂膀根本动不了。门房总队长把他半提半拖到门房值班室的另一头。外面那些人难道没有看见门房总队长的这种暴行?或者其中有人看见了,却不知道他们对此有何看法,为何无人驻足观看,为何没有一个人哪怕只是过来敲敲玻璃,让门房总队长明白,外面有人在观察他,他可不该随心所欲地如此对待卡尔。

可是转眼之间，卡尔再也没有希望从门厅里获得救援了，因为门房总队长抓住一根绳子一拉，黑色帷幕便倏忽一下子合拢，遮住了半个值班室的玻璃，连最高的地方都遮住了。在值班室的这一部分，虽然也有人，但是他们全都忙得一塌糊涂，对于同自己的工作无关的事情，一概听而不闻视若无睹。况且他们统统是门房总队长的部下，不仅不能帮助卡尔，倒更会帮助门房总队长掩盖其针对卡尔的为所欲为的举动。例如这里有六个值班员，面前各有一部电话。你可以马上看明白这里的工作程序，一个值班员始终是专门接听电话，而他旁边的另一个值班员则接过他所作的记录，通过电话把交办任务传达出去。这里使用的是最新型的电话机，不需要加装隔音亭，因为电话铃的响声不大，就像昆虫啾啾嗡嗡一般，可以对着受话器小声讲话，由于电信号的特别放大，传到对方已变成了雷鸣般的声音。所以几乎听不见三个值班员对着受话器讲话的声音，很可能认为他们是在一边观察受话器中的某种过程一边喃喃自语，而另外三个值班员则犹如聋子似的，完全听不见向自己袭来的，而且周围其他人也听不见的嘈杂声，只管低头注视着自己正往上面写交办事项的纸张。在这里的三个对着电话讲话的值班员的身旁，也是各有一个少年站着帮忙；这三个少年的工作，仅仅是过一会儿把头凑近自己的上司，听完了之后，仿佛被人用针扎了一下子似的，马上急急忙忙地翻阅又厚又大的黄色书册，查找电话号码——这翻书的哗哗声，远远超过了电话本身所发出的任何声音。

事实上，卡尔是自己忍不住要专注地观察这一切，尽管如此，已经坐下来的门房总队长,却依旧将他合抱在自己的胸前。"这可是我的义务哦,"他一边说一边摇晃着卡尔,仿佛他这样做的目的,只是要使卡尔把脸转过来对着他,"我的义务就是,以旅馆经理部的名义,至少稍许补足一下不知领班出于何故总是被耽误了的事情。总是有人加入进来代替另一个人。若不是这样,如此庞大的经营规模是不可想象的。你也许会说,我并不是你的直接上司,但是正因为如此,由我接手处理这件平常无人过问的事情还更好哩。况且从某种意义上说,我作为门房总队长,理应位居所有人员之上,因为旅馆里所有的门都归我管辖——比如这个大正门,三个中门和十个偏门,还根本不算那些不计其数的小门和没有门的出口呢。不言而喻,有关的服务人员,统统都得听从于我。而从另一个角度来说,由于享有这种莫大的荣誉,我当然在经理部面前承担了义务,任何一个哪怕是只受到了最轻微怀疑的人,我都不能让他溜掉。但是恰恰是你,由于我这个人一向以怀疑别人为乐,我甚至觉得你特别值得怀疑呢。"说到这里,他高兴得把双手抬起又使劲地向下一甩,只听见咔嚓咔嚓地响了几声,他把自己的手臂都搞痛了。"有可能,"他又说道,此时他的神态威严而庄重,"你会神不知鬼不觉地从另一个出口溜将出去,因为我当然不会为了你一个人而发出特别的指令。但是你既然来到了我这里,我就要把你修理一番哟。此外,我在上面原本没有怀疑你,而是相信你会信守你我在正门相会的约定,因为一般的规律是,粗野而桀骜不驯者在何处造成损害,就得在何处终止其恶劣的行径。可以肯定,这条规律你自己将会常常观察到的。"

"您不要以为,"卡尔说道——此时,在他已经紧贴着门房总队长站了许久之后,才发现从他的身上散发出一种怪异的霉味,"您可不要以为,"他说,"我完完全全处在您的暴力控制之下,我是可以喊叫的哟。"

"而我是可以把你的嘴巴封住的哟,"门房总队长同样平静而快速地说道——他把自己预谋的应急办法讲了出来,"难道你当真以为,有人会为了你而冲进来,当真会有人认为你是有理的,当真会站在我们门房总队长的对立面吗?你瞧瞧你这满脑子的胡思乱想。你要明白,今天以前你还穿着制服的时候,倒确实显得有点儿值得尊敬,可是现在,你穿的却是这么一身只有在欧洲才行得通的衣服。"

他把卡尔的衣服这里牵一下,那里扯一下,虽然在五个月之前,这衣服差不多还是新的,然而现在却是破旧的,皱巴巴的,更打眼的是沾满了污迹——这主要怪那些电梯员的大大咧咧的举动,因为他们每天都要遵照处处适用的指令,保养大寝室中的地板,使之光洁无尘,但是又懒得正规地做清洁,而是任意弄来一些油往地板上洒,于是便把衣架上的衣服全都搞得肮脏不堪。这样一来,大家都只好把自己的衣服藏起来,而实际上,总是有某个人因为自己的衣服正好不在手边,便东翻西找,把别人藏起来的衣服找出来,穿在自己的身上外出。还有可能这个借别人衣服穿的人,正是当天负责做寝室清洁的人,他不但把油喷洒在衣服上,而且还把衣服从上到下弄得全部湿淋淋的。只有伦尼尔把自己的贵重衣服藏在一个特别隐秘之处,几乎一次也没有被别人找到过,况且也没有任何人出于恶意或者吝啬而借别人的衣服穿,完全是因为匆忙和漫不经心,找到哪件便穿哪件罢了。但是,即使是伦尼尔的衣服,背面正中也有一块圆圆的微红色的油迹,城里某位行家也可能凭这块油迹推断,这个衣着考究的年轻人,其实只不过是一个开电梯的。

卡尔一边回忆这些情形一边在心里对自己说,自己当电梯员已经吃够了苦头,一切努力都是白费工夫,因为并不是像他起初所希望的那样,这个电梯员的岗位是爬上更好的职位的第一梯,现在他倒像是被压到了更底层,甚至很接近于蹲监狱啦。而且他此时仍然被门房总队长紧紧地抓住不放,这家伙肯定还在动脑筋,怎么样进一步羞辱自己。卡尔此时完全忘记了,门房总队长绝对不是一个可以讲理的人,他一边用那只可以自由活动的手连连拍打自己的额头,一边高声喊道:"就算是我真的没有向您问好,您一个成年人怎么能够如此凶狠地对我进行报复呢!"

"我并不是报复心重,"门房总队长说,"我不过是要搜查你的衣服口袋而已。虽然我相信,我什么东西都搜不到,因为你肯定是很谨慎的,已经逐渐地,每天一点儿,把所有的东西都送出去交给你的朋友了。但是还得对你进行搜身。"说着说着,他便把手伸进卡尔上衣的一个口袋里,由于用力过猛,侧面的线缝被撑破了。"这里什么都没有,"他边说边用手去清点口袋里的东西,里面有一份旅馆的年历广告,有一张写着商务通讯练习题的纸,有几粒上衣和裤子的纽扣,有女厨师长的名片,有一个客人收拾旅行箱时扔给他的锉指甲的锉刀,有伦尼尔为了感谢他代班十来次而送给他的一个用旧了的小镜子,还有一些小东西。

"这里没有什么玩意儿。"门房总队长又说了一遍,他把这些东西统统扔到凳子底下去,仿佛这些并非窃得的本来属于卡尔私人的东西都只配扔在凳子下面似的。

"现在受够了。"卡尔心里这么想着——他的脸肯定是红得发烫了——趁那门房总队长热衷于对自己搜身，正在第二个口袋里掏摸而不怎么注意之时，他一扭身便脱下了外衣。他迈出的第一个纵步还不怎么稳健，将一个值班员撞了一下，使之相当沉重地倒在自己的电话机上，接着他便穿过这个空气闷热的值班室，跑的速度并不如设想的那么快，然而他还是幸运地在身穿沉重服装的门房总队长尚未能够站起来之时，奔出值班室的门跑到了外面。门卫的组织体系想来还没有达到十全十美的水平吧，虽然听见从几个方向响起了警铃声，但是鬼知道是为了什么原因响的，尽管旅馆的员工也纷纷走到大门的过道中，而且人数不算少，交叉把守着，使你很可能会猜测他们是想以不引人注意的方式拦住大门不让人出去，因为在这人来人往的通道中，你不可能看出他们会有其他的打算——不管怎么样，反正卡尔是一眨眼工夫便跑到了大门之外，但他只能沿着旅馆一侧的人行道走而不可能走到街道的另一侧，因为此时一辆接一辆的汽车排成长龙，正一步一停地从旅馆大门口前面驶过。这些汽车都想尽可能快地去接自己的主人，于是便相互挤成一团，每一辆车都被后面的车催促着向前移动。有些特别急于赶到街上去的步行者，忽东忽西地穿行在汽车阵的间隙之中，仿佛那是一条正式的通道似的，他们全然不顾汽车里究竟是只有司机和仆役，还是也坐有最高贵的人们。而卡尔却觉得这种举动太过分了，目睹此种状况，你可以肯定，这样子冒险，很容易撞上汽车，难免会使车里的乘客生气，而且万一有人被撞倒在地上，便会引起轰动，不过他自己作为一个因受怀疑而逃跑的旅馆职工，只穿了一件衬衣，再也没有什么可以害怕的了。况且这汽车长龙，也不可能就这样永无休止地移动着，他只要一直傍着旅馆向前行走，原本也是最不会令人产生怀疑的嘛。最后，卡尔确实也走到了一个汽车长龙虽然还没有过完，但是它却向街道转弯，而且车与车之间的距离比较大的地方。正当他想混进街道上的车水马龙之中，利用那里有着比他自己更加令人生疑的人作为掩护而逃掉时，他却听见附近有人在喊自己的名字。他转身一看，只见两个他很熟悉的电梯员正从一个低矮的小门洞钻出来，他们非常吃力地抬着一副担架，走出这个类似于墓穴入口的小门。卡尔马上认出来，担架上躺着的正是罗宾逊，他的头、脸和手臂都乱七八糟地绑上了许多绷带。他抬起手来，要用绑着绷带的手去擦眼里涌出来的泪水，他之所以泪如泉涌，不是由于伤口疼痛难当，便是因为别的伤心事，或者是因为又见到了卡尔而高兴得流出了眼泪，这场面看起来真令人厌恶。

"罗斯曼呀，"他的喊叫声满含着责备之意，"你为什么要让我等这么久嘛。为了在你回来之前不被他们弄出来，我挣扎了一个钟头之久。这些家伙——"他用头撞了一下其中的一个电梯员，仿佛他因为手上绑了绷带而无法出拳似的，"是真正的恶魔。罗斯曼呀，我来看你所付出的代价太高了。"

"他们对你干了什么啦？"卡尔说，他走近担架，此时两个电梯员为了歇口气，笑着把担架放在了地上。"还用得着问吗？"罗宾逊叹气道，"瞧我这副模样。别提它了！很可能我已经被他们打成了一个终生残疾啰。我从这里到这里都痛得不得了。"他先是指头,然后又指脚尖,"我巴不得你能看见我的鼻子是如何鲜血长流的。我的背心被撕得稀烂,我干脆就把它扔在那里了,我的裤子也破烂不堪,现在我只穿着内裤,"他把被子掀开了一条缝,要卡尔看被子里面,"我的下场好惨啊!我至少得躺好几个月,我现在就要告诉你,除了你没有其他任何人能够照顾我,德拉马齐那家伙太没有耐心。罗斯曼,罗斯曼小乖乖呀!"罗宾逊把自己的手伸向稍稍往后倒退的卡尔,想用抚摸的方式赢得他的同情。"为何我非要来看望你嘛!"这句话他接连重复了好几遍,为的是使卡尔不要忘了,他之所以遭遇不幸,卡尔也是有过错的。

此时卡尔立即明白了,罗宾逊并不是抱怨自己被打伤了,而是由于他仍然处于醉酒而导致的极度头痛的状态之中,因为他喝醉了以后刚要入睡就被吵醒,接着突然一下子就被打出了血,并且再也不明白这个清醒的世界究竟是怎么了。他身上被人用破布当作绷带乱七八糟地绑起来,这也表明他的伤势并不严重,显然是电梯员们开玩笑地把他这么包扎起来的。连这两个抬担架的电梯员,也是时不时地忍不住噗噗地笑上一两声。可是此刻却不能把这里当作使罗宾逊恢复神志的恰当场所,因为旅客潮水般涌来,急急忙忙经过这几个围着担架的人,根本顾不上看他们一眼,经常有人像在做真正的体操运动那样,纵身从罗宾逊的身上跳过。

那个用卡尔的钱雇来的汽车司机高喊着:"快朝前走,快朝前走。"电梯员们竭尽全力把担架抬起来,罗宾逊拉着卡尔的手,口中讨好地说着:"走吧,快走呀。"在将担架抬进汽车时,多亏了卡尔站在汽车的黑影中一同用力,否则怎么可能抬进去呢?他靠在罗宾逊的身旁坐下，罗宾逊把头倚在他的身上，没有上车的电梯员们把手伸过去，这个曾经同他们共事一场的人把手从车窗里伸出来，相互热烈地握手告别，随后汽车一个急转弯便开到了街道上，看起来，仿佛一场车祸不可避免地即将发生，但是大道上吸纳了一切车辆的交通洪流，却很平安地把这辆直端端闯入的汽车也吸收进去了。

停车的地方肯定是……[①]

停车的地方肯定是一条偏僻郊区的街道,因为周围一片寂静,有几个小孩蹲在人行道边上做游戏,一个男子汉肩上扛着一捆旧衣服,他仰望着楼上的窗户大声吆喝着。全身疲乏的卡尔下车时,踩在被上午的阳光照射得热烘烘亮闪闪的沥青地面上,感到浑身不舒服。

"你当真住在这里?"他朝汽车里面大声问道。

在整个行车过程中一直安安静静地睡着的罗宾逊,含混不清地应了一声表示肯定,他似乎正等着卡尔把自己接下车。

"那么,到此为止,就再也没我的事情了。祝你愉快。"卡尔边说边抬腿迈步,打算沿着这条微微倾斜的街道向下走。

"哎呀,卡尔呀,你这是什么意思?"罗宾逊在车里大声喊叫起来,他生怕卡尔走掉了,一用力几乎站了起来,只不过膝盖还有点儿摇晃。

"我得走了呀。"卡尔说,他亲眼看见罗宾逊这么快就好了。

"你就穿着衬衣走?"他问。

[①] 根据对手稿一系列认真鉴别,这部分内容及其后的一部分应是第六章的直接继续,在本版(根据菲舍尔1994年版)中,相应地将它们直接排印在此。

"一件外套我还是挣得到的哟。"卡尔答道,他蛮有信心地对罗宾逊点点头,挥手作别,正打算离去,不料汽车司机却把他叫住了:"等等吧,先生。"令人很不愉快的是,司机要求他再给一些钱,因为汽车在旅馆前面等候的时间还没有付费哩。

"这倒是该给,"罗宾逊在汽车里大声说道,证实司机的要求是对的,"我在那里等了你那么久。你至少总得再给他点儿。"

"那当然。"司机也说。

"好,只要我还有。"卡尔边说边把手伸进裤兜,虽然他很清楚,兜里是掏不出钱来的。

"那我就只好不让您走啦,"司机说着便叉开双脚挡住他的去路,"我可不能向那个病人要钱。"

从楼房大门口走过来一个烂鼻子的年轻小伙子,他站在距离几步远的地方听着。刚好有个警察在沿街巡逻,他一低头,看见了这个只穿衬衣的人,便站住了。

罗宾逊也看见了警察,他却傻乎乎地从另一侧的车窗向警察喊道:"没事,没有什么事。"仿佛一个警察像一只苍蝇似的,挥挥手就可以赶走。

一直看着警察的一举一动的小孩子们,由于此时看见他站住了,便也对卡尔和司机注意起来,几步就跑拢来围观。街对面的大门口站着一个老年妇女,呆呆地望着这边。

"罗斯曼!"有一个声音从空中喊下来。这是德拉马齐,他站在最高一层的阳台上向下喊。由于同淡蓝色天空中的光雾融混在一起,他本身的形象显得模糊难辨。他显然穿着一件睡袍,正用歌剧望远镜观看着下面的街道。他的身旁竖着一把撑开的太阳伞，伞下显现出一个妇女坐着的身影。

"喂——"为了使下面的人能够听得清，他扯着嗓门大声喊道，"罗宾逊也在吗？"

"在。"卡尔回答，罗宾逊紧接着也从车里用大得多的声音使劲喊了一声"在——"，犹如对卡尔的应答声增添了响度一般。"喂——"他用喊声回答道，"我立刻就到。"罗宾逊弓着上身钻出车门。

"他是一个男子汉。"他对德拉马齐的这一声赞美是说给卡尔听的，也是说给汽车司机、警察和每个想听的人听的。

在人们满怀好奇地仰望着的阳台上，虽然已经看不见德拉马齐，而在那太阳伞下，却真的有个肥胖硕大的身着红色衣裙的女人站起来，从栏杆上取下望远镜，罩住自己的眼睛，俯视下面渐渐地把自己的目光从她的身上移开的人群。卡尔期待着德拉马齐出现，他将自己的目光投向楼房的大门，看见在内院里，商店小工排成一行，每个人肩上都扛着显然是很重的箱子，几乎是接连不断地从里面穿过。司机走到自己的汽车旁边，利用这点空闲时间，用一块抹布擦拭车灯。罗宾逊抚摩自己的手脚，尽管他竭力去感觉，却发现疼痛已经变得微乎其微了，这显然令他感到意外，于是他勾着头小心翼翼地动手解开腿上厚厚的绷带。警察把他的那根黑色警棍横搁在自己的肚子上，他以警察所应当具有的极大的耐心静静地守候在一旁——无论是在一般值勤或者埋伏岗位上，他们都是这样。烂鼻子小伙子在大门的柱石上坐下，伸出双脚。

小孩子们碎步移动着,渐渐走到卡尔的近旁,因为他们认为,尽管他并没有注意他们,却由于他的身上只穿了一件蓝色衬衫,显然应该是现场所有的人中最重要的一个。

从德拉马齐过了很久才出现在门口,可以推测这座楼房是相当高的。而且德拉马齐来得是十分地匆忙,身上只穿了一件睡袍。"啊,是你们两个!"他高声说道,流露出既高兴又威严的神态。他的步子迈得很大,所以他那睡袍下面的花内衣花内裤常常显露出来。卡尔不明白,为何德拉马齐在这市区里,在这个巨大的出租公寓区中,在这无遮无盖的街道上,竟然穿着这类服装大摇大摆地行走,仿佛这里是他自己的私人别墅似的。同罗宾逊一样,德拉马齐也是大变样了。他那粗制滥造的肌肉所构成的黧黑的脸,刮得光光的没有一根胡须,洁净得过了分,显得又神气又令人敬畏。他那直到此时始终微微眯缝着的双眼,射出耀眼的光芒,令人惊奇。虽然他身上所穿的污迹斑斑的旧睡袍对于他的身材来说显得太大了,但是从这又难看又不合体的紫色睡袍的上身,却鼓出来一条硕大而厚重的黑色丝绸领带。

"这是怎么回事?"他是在问所有的人。警察走近一些,靠在汽车发动机盖子上。卡尔简短地解释了几句。

"罗宾逊有点儿疲弱乏力,不过如果他使劲,还是可以爬上楼的;司机到了这里又提出还要加钱,实际上车费我都是给了的。我现在就走啦,祝你们愉快。"

"你别走。"德拉马齐说。

"这话我已经对他说过了。"罗宾逊的声音从汽车里传出来。

"我可要走哟。"卡尔边说边迈了几步。但是德拉马齐追上了他，用力把他推回去。"我说你给我留下。"他大喊道。

"你别拦我。"卡尔说道，他准备在必要时用双拳为自己争得自由，尽管面对着德拉马齐这种家伙，成功的希望不大。但是这里站了一个警察，还有汽车司机，间或还有一群群工人走过这条平时自然是安安静静的街道，难道他们会对德拉马齐欺负卡尔的举动袖手旁观吗？可能他不愿意在一个没有第三者的四壁合围的房间里同他四目相对，可是在这个地方呢？德拉马齐此时平平静静地付钱给司机，司机连连鞠躬，把这多得的不合理收入立即揣进自己的兜里，而且为了表示感激，还走到罗宾逊那里，显然是告诉他下车的最好办法。卡尔看见大家都没有盯住自己看，或许德拉马齐会容许自己悄悄溜走吧——如果能够避免吵架，当然是最好的啰，于是卡尔便迈步走入车行道上，以便能够尽快跑掉。孩子们向德拉马齐拥去，想提醒他注意卡尔要逃走，但是根本用不着他亲自行动，因为警察立即把警棍一伸，大喊一声："站住！"

"你叫什么名字？"他问，接着便把警棍夹到夹肢窝里，不慌不忙地掏出一个小本子来。此时卡尔才第一次仔细地打量他一番，只见此人身体强壮，然而差不多已是满头白发。

"卡尔·罗斯曼。"他答道。

"罗斯曼。"警察跟着重复了一遍——毫无疑问，他之所以重复一遍，只不过因为他是个举止安详而办事认真的人，但是卡尔却由于这是他初次同美国官方打交道，故而觉得他这种重复的口气反映出他对自己有某种程度的怀疑。而且他的事情也确实不妙，连那个正在想方设法下车的罗宾逊也从车里向德拉马齐连连打手势，用无声的动作示意他去帮帮卡尔。但是德拉马齐却匆匆摇了摇头，表示不愿出面帮忙，而是把手插在显得太大的衣兜里袖手旁观。坐在大门柱石上的小伙子向一个刚刚从大门里走出来的妇女从头开始一五一十地介绍这个事件的全过程。孩子们在卡尔的身后围成一个半圆，一声不吭地仰望着警察。

"把你的证件拿出来我看看。"警察说。这公事公办的要求真把他给难住了，因为没有穿外套的人，身上哪会有什么证件嘛。所以卡尔只好闭口不答，他宁愿详详细细回答下一个问题，以便尽可能把没有身份证件的问题掩盖过去。

然而下一个问题却是："那你就是没有身份证件啰？"

现在卡尔不得不回答："没有带在身上。"

"这样可糟啦，"警察说道，他若有所思地环顾周围的人，用两个手指头敲敲手上那个小本子的封面，"你有工资收入吗？"最后警察问道。

"我原是电梯员。"卡尔说。

"你原是电梯员，那么你现在不是了吧，你靠什么生活呢？"

"我要去再找一份新工作。"

"那么你现在是被解雇了吧？"

"是呀，一个小时以前。"

"突然解雇？"

"是呀。"卡尔边说边把手扬了一下，犹如表示歉意一般。整个事情的来龙去脉他是不能在这里交代的，即使他可以在这里讲出来，那么要想通过讲述一桩已经过去的遭到不公正待遇的事情来抵制迫在眉睫的新的不公正待遇，可以说是绝对没有希望的。如果他先前未能借助于女厨师长的善意和领班的洞察力而获得自己的权利，那么从这大街上聚集的人群中，他也绝对没有希望得到它。

"难道你连外衣都没有穿一件便被解雇啦？"警察问道。

"就是呀。"卡尔回答，原来美国的官员也是这样，明摆着的事情，却还故意要问。（想当初父亲为他办理出国证件时，对官方没完没了地问些无用的问题也是十分气恼。）卡尔很想跑掉，到某个地方躲藏起来，再也不必听别人问这问那了。而此时警察开门见山向卡尔提了一个问题——这恰恰是卡尔最怕听的，也是他早有所预料，却又由于心神不安，以至于没有足够的心理准备的问题："你原来在哪家旅馆里当差？"

他低头不答，对这个问题他根本不愿意回答。他千万不能被一个警察押送回西方旅馆，然后在旅馆里进行审讯，同时把他的朋友和敌人都召集起来。真的到了那一步，女厨师长就会看见这个她原以为已经进了布伦纳膳宿公寓的家伙，竟然被警察逮住押送回来，身上只穿着一件衬衫，连她给他的名片也丢掉了，那么她对卡尔的已经很不坚定的良好印象必将彻底改变；至于那领班，他或许只是点点头，表示他充分理解这种结果；而相反，门房总队长将会说，多亏上帝出手，总算把这个坏蛋抓住了。

"他是西方旅馆的雇员。"德拉马齐一边说一边走到警察的身旁。

"不是，"卡尔大声否认，同时还用脚在地上使劲地顿了一下，"这不是真的。"

德拉马齐讥讽一般撮起嘴巴盯着他，似乎他还能够揭发卡尔的其他勾当。卡尔出人意料地这么激动，倒使得旁观的孩子们大乱起来了，他们纷纷向德拉马齐跑过去，因为从那边看过来，可以更好地仔细观察卡尔的举动和表情。罗宾逊由于心情紧张，把脑袋整个儿地伸出车外，而他的外表却反而显得平平静静的；他的唯一动作是间或眨几下眼睛。大门口那个小伙子高兴得拍了几下巴掌，他身旁那个妇女用胳膊肘撞了他一下，要他安静。此时正好是扛行李的搬运工们的早餐休息时间，他们每人端着一大缸子黑咖啡聚集过来，边走边用小棍儿搅动着咖啡，其中几个在人行道边上坐下。他们喝咖啡时，人人都发出很响的声音。

"那您肯定认识这个小伙子啰。"警察问德拉马齐。

"岂止是认识，"他说，"那时候我为他做了许多好事，但是他却以怨报德，您只需要简短地审讯他一次，便能知道他的为人了。"

"肯定如此，"警察说，"看起来他是个冥顽不化的青年。"

"正是如此，"德拉马齐说，"但是这还不是他的最糟糕的方面哩。"

"哦？"警察说。

"是呀，"德拉马齐说道，他一边说个不停，一边用插在衣兜里的手把自己身上穿的这件大衣服晃荡得翩翩舞动，"他可是个大好人呀。我同那边车里那个朋友——我俩那时偶然发现了他正处于困顿之中，他当时对美国的情形一无所知，因为他刚刚从欧洲来，而在欧洲，他本来就是个无用的人，于是我俩带着他一道走，让他与我们一道生活，告诉他所有的事情，想要为他找份工作，还想把他变成一个有用的人——尽管他的一切言行都表明了，这是不可能实现的，而他却在一天夜里消失了，干脆跑了，之所以跑了，是有些原因的，而这些原因我最好还是不要讲出来。你说我讲的是事实还是假话？"最后德拉马齐问了这么一句，还拉了一下卡尔的衬衣袖子。

"孩子们，你们退后嘛。"警察喊道，因为孩子们挤得越来越近，德拉马齐差点儿被一个小孩子绊倒了。

这么一来，那些迄至此刻对这场审讯并没有多大兴趣的行李搬运工们，也更加关注此事了，他们围在卡尔的身后聚成一个紧密相依的人圈儿，以至于卡尔根本不可能退后一步，他的耳朵一直不停地听见这些行李搬运工的乱哄哄的声音，他们口里讲的是一种完全听不懂的或许夹杂了斯拉夫语汇的英语，与其说他们是在说话，还不如说他们是在吵嚷。

"谢谢您揭发他，"警察说道，他给德拉马齐敬了个礼，"无论如何，我都要把他带走，让人把他交还给西方旅馆。"

但是德拉马齐却说："鄙人斗胆请求暂时把这个小伙子交给我，我将对他进行调教。我保证把他调教好，然后亲自把他送回旅馆里去。"

"我可不能这么处理呀。"警察说。

德拉马齐说："这是我的名片。"

他伸手递过去一张名片。警察把名片细看了一番，虽然流露出认可的表情，然而却面带微笑谦恭有礼地说道："凭这个是不行的。"

尽管直到此时此刻，卡尔始终对德拉马齐怀着戒心，可是在这一瞬间他才看明白了，德拉马齐是唯一有办法救他的人。虽然这家伙请求警察把卡尔交给自己的动机值得怀疑，但是不管怎么说，要说服德拉马齐不要把自己送回旅馆去，总比说服警察容易得多。而且即使是卡尔被德拉马齐拉回旅馆去，也总比被警察送回去好得多嘛。当然，卡尔暂时还不能够让人看出来，他真的愿意归顺德拉马齐，否则一切全完蛋了。他心慌意乱地盯住警察的手，因为这只手随时都可能伸过来抓自己。

"我起码得了解清楚，为何他突然被开除了呀。"警察最后说道，而此时德拉马齐却满脸厌烦神色，眼睛向侧面看着，并且用手指尖把名片揉得粉碎。

"可是他根本没有被开除，"罗宾逊高声说道，令众人都感到吃惊，他借助于司机的支持，尽量把自己的身体伸出车外来，"恰恰相反，他在那里职位不错。在大寝室里，他是级别最高的一个，想把谁带进旅馆里去都行。只不过他工作太忙碌了，你想找他要点东西，只能等候很长的时间。他时常待在领班和女厨师长那里，是他们的心腹，他绝对没有被开除。我不明白，他为何这么说。他怎么可能被开除呢？我在旅馆里严重受伤，所以他领受了任务，把我送回家，因为他刚好身上没有穿外套，所以他没有穿外套便一道乘车来了。我当时不能等到他取来外套再走嘛。"

"说得好。"德拉马齐伸出双臂说道。他的腔调仿佛是在谴责警察对人缺乏理解，他说出来的这三个字，仿佛是给罗宾逊的不明确的陈述注入了无可辩驳的明确性。

"这是实话吗？"警察问道，他的口气已经软下来，"如果是，为何这个小伙子自己要承认被开除了呢？"

"你回答呀。"德拉马齐说。

卡尔注视着警察，这个有责任在此处互不相识而且都是自顾自的人群中建立秩序的警察，他的忧虑中的某种思绪也感染了卡尔。于是卡尔不想撒谎，便把自己的两只手背在身后，相互紧紧地拉住，一声不吭地站着。

在门口出现了一个监工，他拍了几下巴掌，招呼搬运工们重新开始干活。他们倒掉咖啡缸里的残渣，不声不响步履蹒跚着又走进工房里去了。"这样下去我们就没有个完了。"警察说罢，伸手就要来抓卡尔。卡尔先是下意识地向后稍退，却感到由于搬运工们撤走而在自己的身后出现了一个自由无碍的空间，于是他一转身便腾跃式地跳了几大步，接着就跑了起来。孩子们异口同声大喊起来，甩开胳膊伴着卡尔跑了几步。

"拦住他！"警察对着长长的几乎空无一人的胡同朝下坡方向喊叫着，他的喊声按照均匀的节奏从口中发出来，全身无声地使劲，以训练有素的跑法追赶着卡尔。对于卡尔来说，值得庆幸的是，这一跑一追是发生在工人聚居区。工人们同官方的态度可不一样。卡尔在行车道中间跑，因为这中间障碍物最少，而且他还看见，此时这里那里有一些工人站在人行道边上，默默地看着他跑。警察一边跑一边对工人们喊道："拦住他！"他很聪明地一直在平滑的人行道上跑，还不停地用警棍指点着卡尔的背影，卡尔逃脱的希望很小。当警察看见他俩已接近了那些肯定也有警察巡逻的横向小胡同时，他便吹响了警笛，其声音简直可以把人的耳朵震聋。

这一瞬间，卡尔的希望几乎完全破灭了。卡尔的唯一优势是身上穿的衣服很轻，他疾步如飞，或者更确切地说，他是在顺着这坡度越来越陡的路面向下冲刺，只是由于睡眠不足，再加上心烦意乱，所以他常常由于弹跳得过高，反而耗费了更多的时间，而前进的速度也并不够快。况且那个警察并不需要动什么脑筋，因为他的追赶目标一直在眼前；相反，对于卡尔来说，奔跑本身只能算作是次要问题，他得思考，对比各种逃跑的方式和途径，不停地做出新的决定。他无可奈何，只得打算暂时不拐进横向交叉的小胡同里去，因为弄不清楚谁会隐蔽在这些小胡同里，说不定一拐弯就直端端地跑进某个警察的岗亭里；他打算尽量沿着这条街向下跑，因为在这条街道上可以望见下面很远的地方，在那里，这条街连接着一座桥，而这座桥刚刚在他的视线里出现，便立刻消失在雾气和阳光交织而成的幕帘之中。

正当他经过一番思考之后，决定竭尽全力把步子迈动得更快，以便飞速越过第一条横向小胡同时，却看见前方不远处有个警察紧贴在一座被阴影笼罩着的楼房的墨黑的墙壁上，他正守候着，已准备好了，待时机一到，便立即纵身向卡尔扑过来。现在，除了跑入这条横向小胡同以外，再也无法逃脱了，况且此时他又刚好听见，在这条小胡同里，有人丝毫没有恶意地呼唤自己的名字——起初他以为是自己听错了，因为在整个奔跑过程中，他的耳朵里一直是嗡嗡嗡地响个不停。但此时他却不再犹豫了，为了尽量使警察来不及反应，他抬起一条腿，原地转向九十度，一闪便拐进了这条小胡同。

他根本忘记了刚才有人叫他的名字，一拐进小胡同便奔跑起来，刚跑了两大步，却忽然又听见第二个警察吹响了警笛，听得出这个警察的精力还很充沛，而这条小胡同里远处的行人显然是加快了行走的速度——此时从一座楼房的小门里伸出一只手来抓住了卡尔,一边说着"别出声",一边把他拉进一个黑洞洞的过道里。原来是德拉马齐,他累得上气不接下气,满脸热烘烘的,头发湿漉漉地沾在脑袋周围。他用胳膊夹着自己的睡袍,身上只穿着衬衣和内裤。他把这个过道的小门拉拢来关死并且立即闩上——其实这并不是楼房的正门,而只是一道不引人注意的旁门。

"等一等。"他随后说道,他仰头靠在墙上,沉重地喘息着。卡尔几乎是躺在他的臂弯里,神志模糊地将脸贴在他的胸膛上。"先生们跑来了。"德拉马齐说,他伸出一根手指对着门,注意倾听着。现在真是两个警察从门外跑过,他们的跑步声在空无一人的小胡同里震响,犹如钢铁砸在石头上一般。

"你真是被追得屁滚尿流了。"德拉马齐对卡尔说,而卡尔却仍在拼命喘气,根本无法说话。德拉马齐小心翼翼地把他放在地上,在他的身旁跪下来,一下又一下地抚摩他的额头,仔细地观察着他。

"现在行啦。"卡尔终于说出话来,他挣扎着站了起来。

"那就走吧。"德拉马齐说,他已经把睡袍穿上了,把卡尔推着朝前走,卡尔却因为疲软无力,仍然耷拉着脑袋。走几步他又摇摇卡尔,想让他清醒过来。

"你还会感到累?"他说,"你倒是可以像一匹马似的在露天大道上奔驰,而我却不得不躲躲藏藏地穿行在这些可恶的过道和庭院里。好在本人也擅长奔跑咧。"他很得意,把手向后一扬,接着返回来在卡尔的背上猛推一掌,"有时候同警察来这么一次赛跑,可以当作是一次很好的锻炼嘛。"

"开始跑的时候,我就已经是疲乏不堪了呀。"卡尔说。

"用不着为跑得不好而找借口,"德拉马齐说,"要不是我,你早就被他们逮住了。"

"这我承认,"卡尔说,"我可是欠了您的情啦。"

"那是当然啰。"德拉马齐说。

他俩在一条长长的狭窄过道里向前走,脚下是漆黑光滑的石地板。有时看见右侧或者左侧打开了一道楼梯门,要不就是出现了另外一条较宽的过道,可以一直看到它的深处。几乎看不见一个成年人,只有几个孩子在空荡荡的楼梯上玩耍。一个小姑娘靠在楼梯扶手上哭泣,她的满脸泪痕幽光闪闪的。一看见德拉马齐,她便沿着楼梯向上跑,一直跑上很高的楼层,她张大着嘴巴呼吸,频频回头向下探望,看明白并没有什么人跟在她的身后或者追踪她,她才安静了。"刚才我把她撞倒了。"德拉马齐笑道,又伸出拳头去吓她,只见她又号哭着向更高的楼层上跑去。

他们穿过的几个庭院,看来差不多也是无人居住的。偶尔看见一名商行仆役推着两轮车向前走,一个妇女用泵向桶里抽水,一个邮差缓步穿过庭院,一个上唇白胡子浓密的老汉架起二郎腿坐在玻璃门外用烟斗吸烟,一家运输行的门口正在卸货箱,已经松了套正在休息的马匹悠闲地把脑袋转来转去,一个穿着长工作服的男子手上拿着一张纸在监督整个卸载工作,一间开着窗户的办公室里,有个坐在写字台后面的职员扭转身体,若有所思地望着窗外,正好卡尔和德拉马齐从他的窗前走过。

"再也找不到一个更安静的地方了,"德拉马齐说,"夜晚有几个小时相当吵闹,但是整个白天,此地都是寂静宜人。"

卡尔点头以示同意,不过他心里却觉得,未免太安静了。

"我根本不能住在别处,"德拉马齐说,"因为布伦内尔达绝对受不了噪声的烦扰。你知道布伦内尔达吗?过会儿你就会看到她了。我得预先提醒你,在她的面前可一定要尽量地保持安静。"

当他俩来到通向德拉马齐的住处的楼梯口时,汽车已经开走了,烂鼻子青年告诉他俩,是他把罗宾逊架上楼去的,而对于卡尔又回到这里,他却丝毫不觉得意外。德拉马齐听了只是点点头,仿佛认为他是自己的仆从,办完了一件理该承担的劳务。随后,德拉马齐拉着卡尔便向楼梯上走,而卡尔却有点儿犹豫,眼睛还望着外面阳光照耀下的大街。"我们一会儿就爬上去了。"上楼梯时,德拉马齐好几次这么说,但是他的预告却迟迟没有变为现实,楼梯一层接着一层,只不过后一层的方向不知不觉改变了一点儿。有一次卡尔干脆站住不走了,这并非因为他累了爬不动,而是因为这漫长的楼梯令他望而生畏。

"我们的住宅在很高的楼层上,"当他俩又开始向上爬时,德拉马齐说道,"不过住这么高也有好处——很少下楼出门,成天穿着睡袍,我们过得舒舒服服。当然也没有人爬这么高上来拜访我们。"

"有谁会想到来拜访你们嘛。"卡尔心里暗想。

也不知爬到了第几层,终于看见了罗宾逊,他正坐在一道关闭的房门前面的地上等候——他们总算到了;但是楼梯却并未到头,而是从这一层又继续向上延伸,上方昏暗朦胧,看不清楚楼梯的顶端是否快到了。

"我已经想到了,"罗宾逊说话的声音微弱,仿佛还在忍受着疼痛的折磨,"德拉马齐准会把你带来的!罗斯曼,没有德拉马齐你可怎么得了哇！"

罗宾逊身上只穿着内衣内裤，他想方设法用西方旅馆的人给他的那块床单把自己裹起来，看不出他为何不进屋去而要守候在这外面，在可能会路过这里的邻居面前做出一副可笑的样子。

"她在睡觉吗？"德拉马齐问道。

"我看没有睡，"罗宾逊说，"但是我宁愿等你回来再进去。"

"我们先得瞧瞧她是否睡下了。"德拉马齐一边说一边弯腰，把眼睛对着锁孔朝屋里窥探。他把头扭来扭去观看，过了很久才直起腰来说："看不清她在干吗，帘子倒是放下来了，她坐在长沙发上，也许睡着了吧。"

"生病了吗？"卡尔问道，因为德拉马齐站在那里，仿佛要向他讨个主意似的。

但是德拉马齐却用很尖的声音反问道："生病了？"

"他不了解她嘛。"罗宾逊说，仿佛要代卡尔解释一般。

在距离几道门之外的远处，两个妇女出门走到过道里来，她们用自己身上的围裙擦手，眼睛看着这边的德拉马齐和罗宾逊，显然在议论这两位。从一道门里又蹦出来一个少女，她的头上是光彩洋溢的金色卷发，她偎依着两个妇女，挽着她俩的胳膊。

"这些女人真可恶，"德拉马齐说话的声音很小，显然只是因为想到布伦内尔达在睡觉，"过两天我就要去警察局告发她们，然后就能使她们安静几年了。别朝那边瞅。"他制止卡尔道，而卡尔却认为，既然现在不得不站在这走廊上等待布伦内尔达醒过来，朝那些妇女看几眼也算不上是什么坏事。所以他气恼地摇摇头，仿佛他并不需要接受德拉马齐的告诫，而且为了更明白地表现出自己的看法，他还打算向那几个妇女走过去哩，但是罗宾逊却一边口中说"罗斯曼，你当心点儿嘛"，一边伸手拽住他的衣袖。此时，已经被卡尔的态度激怒了的德拉马齐听见那姑娘大笑起来，更加怒不可遏了，他迈动双腿甩着胳膊向那群妇女冲了过去，她们一个个便像狂风扫落叶一般转眼消失在各自的家门里面了。

"在这里，我经常都要如此清理过道。"德拉马齐缓步返回来时说道。这时他才想起了卡尔刚才那种抵触的态度，于是说道："我期望于你的可不是这种态度，你再这样我可要对你不客气了。"

这时从房门内传出来一句疲乏无力而软绵绵的问话："是德拉马齐吗？"

"是我，"德拉马齐答话时盯住房门，眼睛射出亲切的目光，"我们可以进来吗？"

"噢，进来吧。"里面答应道。德拉马齐开门之前，还对自己身后等着进去的两个人扫了一眼，然后才缓缓把门打开。

进门之后，眼前一团漆黑，伸手不见五指。阳台门上挂着的帘幕下垂到地板，屋子里根本没有窗户，只有微弱的光线透射进来，此外，由于塞满了家具，到处悬挂着衣服，也使这屋里显得特别地阴暗。里面充斥着发霉的空气，鼻子闻到的是灰尘气味，显然任何人的手都触摸不到的各个角落里，悬挂着一团团积尘。卡尔进门后第一眼发现的，就是三只重叠在一起的箱子。

躺在长沙发上的，就是先前从阳台上向下面街道俯视的那个女人。她的红裙子的下摆歪斜到一侧，很大的一角垂落在地板上，她的腿部膝盖以下都露在外面，她穿着厚厚的白色毛线长袜，脚上没有穿鞋。

"太热啦，德拉马齐。"她边说边把原本朝着墙壁的脸转过来，懒洋洋地把一只手摇摇晃晃地伸给德拉马齐，他拉着这手吻了一下。

卡尔的眼睛只顾盯住她的双下巴，只见她的头转动时，下巴便跟着滚动。

"把帘子拉上去好不好？"德拉马齐问她。

"可不要拉上去，"她闭着双眼答道，仿佛是一个被绝望击倒了的人，"那样更糟糕。"

卡尔绕到长沙发的另一头，以便更清楚地观察她。他对她的抱怨感到很不理解，因为他觉得这屋里并不是特别热。

"等一等，我马上就把你弄得舒服点儿。"德拉马齐惶恐地说道，他把她脖子上的几颗纽扣解开，把衣服拉开一些，露出了脖子和胸部上方开始隆起的部位，内衣上部线条柔和的粉黄色领子也显露出来。

"这是谁呀？"这女人忽然用一个手指头指着卡尔说道，"为何他要这样不转眼地盯住我看呀？"

"很快你就要开始干活儿啦。"德拉马齐边说边把卡尔推开，同时又安慰那女人道，"这就是我带来伺候你的小伙子呀。"

"但是我并不想要什么人呀，"她大声说道，"你为什么要把陌生人带进我的屋里来啊？"

"可是你不是一直说想找个人来侍候你吗？"德拉马齐一边说一边跪了下来。因为长沙发虽然很宽大，但是布伦内尔达躺在上面就全部占满了，根本没有他坐的位子。

"德拉马齐哟，"她说道，"你不理解我，一点儿都不理解我呀。"

"我真的是不理解你啦，"德拉马齐说道，他用双手捧住她的脸，"但是如果你要他走，他马上就走，那样就没事儿了吧。"

"既然他已经进来了，还是留下吧。"她现在又是这样说了。

而此时疲惫不堪的始终还在模模糊糊地回想着这没有尽头的楼梯的卡尔，听了她说出来的这一番或许根本算不上是亲切的话，却十分地感激，于是一步就跨过了正躺在被单上安安静静地酣睡的罗宾逊，也不理会德拉马齐恼怒地对他摆动着双手，他说："我无论如何都感谢您让我在这里再待一会儿。我已经是整整二十四个小时没有睡觉了，并且在这段时间里，又经历了种种令人激动的事情。我累得要死了。我完全弄不明白，自己身在何处。在我睡了几个钟头以后，您可以毫无顾虑地把我赶走，我将很高兴地抬腿就走。"

"你完全可以留下来，"她说，然后又以自嘲的口气补了一句，"我们的位子多得很，这你是看得见的。"

"你必须出去，"德拉马齐说，"我们不需要你。"

"不，他应当留下。"这一次她又是认真的了。

而德拉马齐则像是在把她的意愿付诸实施一般地对卡尔说道："那你就随便找个地方去躺下吧。"

"他可以睡在窗帘上，但是得把靴子脱了，以免踩烂了东西。"

德拉马齐把她说的那个位子指给卡尔看。在房门和三个柜子之间扔着一大堆各种各样的窗帘。如果把这些窗帘整整齐齐地折好，把厚重的放在底层，按照上层比下层轻的原则一层层往上摞，最后再把裹在里面的木片啦木环啦之类的东西拣出来，那么，即使这只不过是一堆松松垮垮容易滑动而错位的布料，也会成为一个可以对付着睡一觉的铺位。但是，卡尔却立刻倒下去，躺在这样一堆没有经过整理的窗帘上，因为他太疲乏了，根本没有力气铺床，况且他还考虑到，不应该给接纳自己的主人家造成太多的麻烦。

当他即将进入梦乡之时，却听到一声大喊，他坐起来一看，只见布伦内尔达端坐在长沙发上，两臂张开把跪在她面前的德拉马齐搂住。卡尔看见这种情景觉得很尴尬，便仰身又倒下去，沉陷在窗帘堆里继续睡自己的。现在他心里很明白，在这里恐怕他连两天也待不住，但正因为如此，他觉得更有必要首先彻彻底底地把觉睡个够，然后才能够用完全清醒的头脑迅速地做出恰当的决策。

但是卡尔的那双由于过度疲劳而变大了的，刚才已把布伦内尔达吓了一跳的眼睛，已经被她看见了，她高声喊道："德拉马齐呀，这么热我可受不了啦，我浑身如火烧一般，我得脱衣服，我得洗澡，把那两个家伙给我赶出去，随便去什么地方，过道上阳台上都可以，只要我看不见他们就行。在自己的家里还总是要受到骚扰。只有你我二人该多好哇，德拉马齐。啊，上帝啊，他们还在这里！这个厚颜无耻的罗宾逊，在女士面前竟然只穿内衣内裤叉开四肢躺着。而这个陌生的小伙子，刚才竟然粗野无礼地盯住我看，现在他又假装睡了，企图蒙骗我。让他们快滚呀，德拉马齐，他们在这里只会加重我的心理负担，他们简直就像石头一样压在我的胸膛上，假如我现在死了，那就是他们的罪过。"

"他们马上就出去了，你只管脱吧。"德拉马齐说道，他走到罗宾逊身旁，把一只脚踏在他的胸部，想用脚把他摇醒。同时他向卡尔喊道:"罗斯曼,起来!你们两个都得到阳台上去!快起来呀,罗宾逊——"他一边喊一边更使劲地摇晃着罗宾逊。"还有你,罗斯曼,你给我听着,不要等到我来踢你——"他边喊边拍了两下巴掌,声音很响。

"为何要花这么长的时间嘛!"布伦内尔达从长沙发上吼过来,她坐着时两腿分得很开,以便为自己过度肥硕的躯体腾出更宽的位置,现在她张大嘴巴十分艰难地连连喘息,频频停住歇一歇,费尽了吃奶的力气,才能弯腰够着长筒袜的上端,把袜子脱下了一小段,却根本无法完全脱掉——这要德拉马齐动手才办得到,她很不耐烦地等他过去。

由于极度疲乏,卡尔从窗帘堆上爬下来时,动作很笨拙,他缓步向阳台门走去,窗帘布缠住了他的脚,他却毫无知觉地拖着布料走。由于思绪茫然,经过布伦内尔达身旁时,他竟然还说了一句"祝您晚安",然后从德拉马齐的身旁走过——他正在把阳台门的帘幕向旁边拉拉,然后甩到阳台上。罗宾逊则紧跟在卡尔后面,一边走一边显然还在梦中,他叽叽咕咕地自言自语道:"一直不断地虐待人家!要是布伦内尔达不一道走,我就不到阳台上去。"然而尽管他口中是这么说,却还是没有任何抵制的举动,乖乖地走了出去,在阳台上,他见卡尔已经在圈手椅上落座,便立即在石头地板上躺下。

卡尔醒来时,已经是晚上了,只见空中群星闪烁,街对面的高楼背后,冉冉升起的月亮吐出光华。卡尔俯视这片没有来过的地区,左看右看,环视了好几遍,沐浴在凉悠悠的沁人心脾的空气之中,他不由得做了好几次深呼吸,然后才意识到自己身在何处。自己真是太不当心了，女厨师长出的主意、特蕾丝的警告、自己的担心，全都忘得一干二净，竟然心安理得地坐在这里，在德拉马齐的阳台上酣睡了半天，仿佛自己的大敌德拉马齐并不在这帘幕后面似的。躺在地上的罗宾逊懒洋洋地一翻身便伸手拉卡尔的脚，可能正是他用这种办法把他弄醒了的，因为他说道："你睡得好死呀，罗斯曼！真是无忧无虑的青春少年。你还要睡多久呀？我倒是可以让你睡下去，但是第一，我睡在地板上也太无聊了，第二我的肚子饿得不得了。请你稍稍站起来一下，我在椅子下面藏了点儿吃的东西，我很想把它取出来。取出来你也可以分享一点儿哟。"

卡尔起身，看着罗宾逊——其实罗宾逊并没起身，而是匍匐在地上向前挪动身体，他伸出两手，从椅子下面取出一个有点儿像存放名片的那类银色小盒子。不过盒子里装着的竟是半截黑香肠、几支细细的香烟、一个打开了然而却是满满的油水浸泡的沙丁鱼罐头，还有一把多数已被压成了一团的糖果。此外又找出了一大块面包，一只同香水瓶类似的小瓶子——看来里面装的并不是香水，因为罗宾逊显出十分得意的神态指指小瓶，并且仰望着卡尔咂了一下嘴巴。"你瞧瞧，罗斯曼，"罗宾逊一边说一边把沙丁鱼一条接一条地塞进嘴巴里吞下去，时不时还用一条毛线围巾擦去手上沾的油，这围巾显然是布伦内尔达忘在阳台上的，"你瞧瞧，罗斯曼，就该这样收藏食物，如果你不想饿死的话。你要知道，我在这里是受排挤的。要是你一直被人当作一条狗来对待，那么最后你就会真的自以为是条狗啦。不错，有你在这里，罗斯曼，至少我有个人可以对话。在这个家里没有人同我说话。我们相互嫉恨。全都怪这个布伦内尔达。她当然是一位了不起的女人。告诉你——"他示意卡尔把头低下去，以便对他说悄悄话，"有一次我看见她一丝不挂。啊呀呀！"他回忆起那令人愉快的一幕，便开始对卡尔的腿又掐又打，卡尔急了，喊了一句："罗宾逊，你这家伙疯了。"他抓住他的手并推到一边去。

"罗斯曼呀，你这家伙真还是一个乳臭小儿哟，"罗宾逊感叹道，他从衬衣里面把一柄用绳子吊在脖子上的匕首掏出来，取下套子，用匕首切香肠，"你该学的东西太多了。你到我们这里来可以说是找对了门。你坐下吧，你想不想吃点儿？现在你看着我吃，可能也有胃口了吧。你也喝点儿怎么样？你也真是的，啥也不要。而且你也不爱讲话。不过，只要有个人同我一道在阳台上就行了，不管是谁都无所谓。我可是经常到阳台上来打发时光。这使布伦内尔达感到很开心。她总是要找些理由出来，不是觉得冷，就是感到热，要么就是要睡觉，或者要梳头，有一次她要解开胸衣，有一次她又要穿胸衣，总之是要把我赶到阳台上来。有的时候她也是说什么就真的做什么，但是大多数时候她却是照旧躺在长沙发上，纹丝不动。以前我经常把门帘拉开一条缝往屋里瞅，但是有一回我这样偷看便挨了打，德拉马齐用鞭子把我的脸抽打了好几下——你看见我这里有鞭痕吧？——我很明白，他并不愿意打我，而是布伦内尔达逼他这么干的，从此以后我就再也不敢偷看了。于是我就躺在这里，在这阳台上，除了吃喝就没有别的乐趣啦。前天晚上我独自一人躺在这里，那时我的身上还穿着我那套精美的衣服，可惜这套衣服在你的旅馆里丢掉了——这群狗东西！竟然把人家贵重衣服从身上硬扯下去了！我前天就这么孤独地躺在这里，从栏杆的缝隙中向下面望，感到一切都令人悲伤，我便开始号哭起来。此时，我没有立即发现，布伦内尔达身穿红裙——这裙子是她所有的衣服中与她最般配的一件——偶然走出来，到我躺着的阳台上，她看了我几眼，最后问我：'罗宾逊乖乖哟，你哭什么呀？'然后她撩起自己的裙子，用下摆的镶边擦我的眼睛。要不是德拉马齐喊她，她一听见便马上回屋里去了，不知道她还会干出什么事来哩。当然我那时心里想的是，现在可轮到我啦，于是我隔着门帘问了一句，我可不可以进屋里去。你猜布伦内尔达是怎么回答的？'不可以！'便是她的回答。'你想干什么？'她还这么反问了一句哩。"

"他们这样子对待你，为什么你还要待在这里呢？"卡尔问道。

"对不起，罗斯曼，你问得可不聪明哟，"罗宾逊回答道，"即使他们对待你更加凶狠，你也会在这里留下不走的，况且他们对我也并不怎么凶嘛。"

"不会，"卡尔说，"我肯定要走的，只要可能，今天晚上就走。我才不待在你们这里呢。"

"你有什么办法，比如说，今天晚上就走得脱呢？"罗宾逊问道，他用匕首把面包里的软心子掏出来，细心地去蘸沙丁鱼罐头盒里的油，"如果根本不准你进屋里去，你又有什么法子跑脱呢？"

"为什么不许我们进去？"

"只要没有响铃，我们就不可以进去。"罗宾逊说，他拼命张大嘴巴，津津有味地咬着面包，同时用一只手掌像个储油杯一般凹着，接住从面包上往下滴的油，然后时不时用还未吃光的面包去蘸手掌里的油，"这里一切都变得越来越严格了。最初只有一幅薄门帘,虽然也看不透,但是晚上却看得出人影。布伦内尔达觉得不舒服,于是我就只得把她的一件戏袍改成门帘,替换那旧门帘挂起来。这样一来就看不透啦。还有,先前我总可以问能不能进去,人家便根据具体情形回答我'行'还是'不行',可是后来,或许是由于我滥用了这种特权,问得太多了吧,布伦内尔达受不了啦——她虽然肥胖,体质却十分虚弱,经常头痛,双腿的痛风也总是要发作——于是便禁止我问了,而是当我可以进去时,便让桌上的闹钟响铃。这铃声很响,像我这种人都能从睡梦中醒来——有一回我弄了一只猫到这里陪我玩,它却被闹铃响声吓跑了,一去不复返。你听嘛,今天还没有响铃——一旦铃响了,那就不仅仅是意味着我可以进去,而是必须进去——要是哪一次很久都不响铃,那可能就要等很久很久啦。"

"是呀,"卡尔说,"但是适用于你的规定,并不一定适用于我吧。一般来说,这类规定只对愿意顺从它的人有效。"

"不过,"罗宾逊高声说道,"为何这对于你来说是无效的呢?不用说,对你也是有效的。你就安安心心地同我一道在这里等到铃响吧。然后你再试试,看你究竟能不能够跑脱。"

"你到底是为了什么不离开这里?仅仅因为德拉马齐是你的朋友或者胜过朋友吗?这样子算得上是一种生活吗?难道在这里比你们当初想去的巴特福德日子更好过?或许比你的朋友们去的那个加利福尼亚更好吧?"

"是呀,"罗宾逊说,"谁能预料到这种情况嘛。"在他继续讲下去之前,他又说了一句:"祝你健康,亲爱的罗斯曼。"他边说边就着香水瓶喝了一大口。"当时我们被你那么卑鄙地抛弃,因而陷于十分糟糕的困境。开头几天我们根本找不到工作，况且德拉马齐也不想工作，否则他是能找到工作的，他总是让我一个人去找工作，而我却没有运气。他只是瞎逛，但是有一天，差不多已经是夜晚时分了，他只拿回来一只坤包，这包倒是漂亮，用珍珠连缀而成的，但是里面却分文没有——现在他已把这只包送给布伦内尔达了。然后他说，我们不如挨家挨户去乞讨，说不定也能弄到一些需要的东西，于是我们便去乞讨，而为了给人留下比较好的印象，我便在人家的住宅门外唱歌。德拉马齐这个家伙总是有运气——当我们在第二家门外站下——这是底层的一家，很富有——我们在门口刚对厨娘和仆人唱了几句，就走来一位太太，这住宅便是她的，她就是布伦内尔达，她要上楼梯。也许是她的衣服把身体捆绑得太紧了，简直无法往上爬。但是看起来她真是漂亮啊，罗斯曼！她身穿白极了的长裙，拿着一把红色太阳伞。她真是招人眼馋。她真是令人垂涎欲滴。啊呀呀，啊呀呀，她真美。这么一个尤物！真令人难以相信，世上怎么会有如此美丽的女人？自然那厨娘和仆人立马向她跑过去，差不多把她架起来了。我俩一左一右站在门口，以此地人的方式向她致敬。她由于仍然气喘吁吁的，便站了一会儿，此时，我也不知道是怎么回事儿，由于肚子很饿，我的神志也不很清醒，而在近处看她，她显得更加漂亮，又胖又肥，她的身体裹在一件独特的胸衣里，处处都是紧绷绷的——过一会儿我可以从箱子里把它找出来给你看看——总之，我忍不住摸了一下她的屁股，很轻很轻，你要知道，就只是这样摸了一下。当然，一个乞丐摸富婆，那是绝对不能容忍的啰。虽然这一摸几乎算不上是真正的摸，但毕竟是接触了一下嘛。

要不是德拉马齐当即扇了我一个耳光,使我不得不马上把手收回来护住自己的脸,还不知道这事的结局会有多么糟糕哩。"

"瞧你们都干了些什么鬼名堂哟,"卡尔说道,这个故事令他着迷,他便一蹲也在地上坐了下来,"她就是布伦内尔达吗?"

"可不是嘛,"罗宾逊说,"她正是布伦内尔达。"

"你不是曾经告诉过我,她是个歌星吗?"卡尔问。

"她当然是歌星,是个大牌歌星哩。"罗宾逊一边回答一边用舌头把口中的一大块糖撸来撸去,有时还要用手指把从口里挤出来的糖块又塞进去,"不过当时,我们自然不知道她是个歌星,我们只看出来,她是一位又有钱又漂亮的太太。她仿佛并不知道发生了什么事情,也许她什么也没有感觉到,因为我实际上只是用手指尖挨了她一下。但是她一直凝视着德拉马齐,而他也回报她一束直端端的目光——他已经击中了目标。接着她便对他说:'你进来一下。'她一边说一边用太阳伞向屋内指了一下,要德拉马齐先进去。当她和他双双进去之后,仆人们便把门关上了。他们忘记了我还在门外,我当时想,肯定不会把我关在门外很久的,于是便在楼梯上坐下,等待德拉马齐出来。但是片刻之后开门出来的并不是德拉马齐,而是那个仆人,他给我端来满满一碗汤。'这是德拉马齐想到我了。'我心里不出声地对自己说。我喝汤时,仆人还在我的旁边站了一会儿,他告诉我有关布伦内尔达的一些情形,这时我才明白了,这次拜访布伦内尔达,对于我们具有多么重要的意义。因为布伦内尔达是个离了婚的女人,有一大笔家产,是完全独立的。她那过去的男人,一个可可加工厂的老板,虽然还一直爱着她,但是她对他却是彻底地不理不睬。他常常到她这里来，总是穿着精致的服装，好像来参加婚礼似的——我这么说字字都是真的，我认识他本人——而仆人尽管收了他的高额贿赂，也不敢问布伦内尔达是否愿意见他，因为他曾经问过几次，但是布伦内尔达每次都是手上有什么就把什么扔过去砸他的脸。有一次刚好手上拿着装满开水的大暖瓶，便用它打掉了他的一颗门牙。瞧，罗斯曼，这个女人多么凶狠呀！"

"你怎么会认识她的丈夫的？"卡尔问道。

"他有时也要上来呀。"罗宾逊说。

"上来？"卡尔吃惊地用手轻轻地拍了一下地板。

"你可以感到吃惊，"罗宾逊又说，"就是我自己当时听到仆人讲这些情形，也感到吃惊哩。你想想吧，每当布伦内尔达不在家时，那位老公都要让仆人领自己进入她的房间，总要拿走一些小东西当作纪念品，总要留下一些极贵重极精致的东西送给布伦内尔达，而且严禁仆人告诉她是谁送来的。然而有一次他送来的东西——按仆人所说，而且我也相信是实话——是一件价值连城的瓷器，却不知布伦内尔达是怎么看出了来历的，她立即把那瓷器摔在地上，使劲用脚又是踩又是踢，不仅吐口水，并且做出了一些难以启齿的行径，害得仆人清扫残渣碎片时差点儿呕吐出来。"

"那男人到底干了什么对不起她的事呢？"卡尔问。

"我根本不知道原因何在。"罗宾逊说，"但是我认为，并没有什么特别了不起的原因，至少是连他本人也不知道是什么缘故。有时我也同他谈过此事。他每天在那边街道拐弯的角落等我，我去了就得告诉他有什么新情况，要是我一时去不了，他就要在那里等半个钟头，然后才离去。这是我的副业收入的一个很充沛的来源,他听了我讲的消息总是大大方方地付很多钱,但是自从德拉马齐知道此事之后,我就得把收到的钱全部交给他,所以我也很少去见他了。"

"但是他究竟要干什么呢?"卡尔问道,"到底要干什么呀?难道他不知道,她不愿意见他吗?"

"是呀。"罗宾逊叹息道,他点燃一支香烟,挥舞着手臂把烟雾扇到空中。接着他像是下了一个什么决心似的说道:"这与我有何相干?我只知道,假如他可以像我们这样在阳台上睡,他肯定愿意为此付一大把钱。"

卡尔站起来,倚在栏杆上,向下面街道观望。月亮已经看得见了,但是月光却还不能射进小胡同的深处。白天空空如也的小胡同,此时人头攒动,特别是在各家的门口,所有的人都在缓慢地移动着,男人们穿的衬衫,妇女们穿的浅色衣裙,由于周围阴暗而颇为突出,男男女女都裸露着脑袋。周围的许多阳台上挤满了人,按照自家阳台的大小,有的人家在电灯光的照耀下围坐在小桌边,没有小桌的便坐在椅子上排成一排,要不就是把一个个脑袋从窗口伸到外面去。男人们两腿分开坐着,双脚从栏杆的缝隙伸出来,他们看的报纸几乎垂落到地上。要不就是玩牌,看起来没有人吭声,但是要用力拍打桌子。而妇女们的怀里则堆满了针线布头,她们忙着做针线活,只是间或向自己的周围或者下面的街道瞥上一眼。邻居阳台上有一个身体虚弱的金发女人,她连连不断地打呵欠,同时翻着白眼,还一直用她手上的正在缝补的内衣内裤蒙住自己张开打呵欠的嘴巴。就连最小的阳台上,也有孩子们在追逐嬉戏,使得父母们觉得很烦。在许多房间里面都打开了留声机，播放出歌声或者乐曲，不过没有人特别注意倾听，只是间或有某位一家之主打个招呼，接着就有人跑进室内，换张唱片。可以看见有的窗口中相互依偎的情侣毫不动弹的身影，在卡尔正对着的一个窗口，便站着一对男女，年轻的男子弯着胳膊搂住姑娘，还用手按着她的胸部。

"你认识住在旁边的邻居吗？"卡尔问道，此时也站起来了的罗宾逊由于冷得发抖，便把床单和布伦内尔达的被子都裹在了身上。

"几乎一个也不认识。这正是我的处境中最糟糕的一点，"罗宾逊一边说一边把卡尔向自己的身边拉，以便同他说悄悄话，"否则我眼下也就没有什么可以抱怨的了。布伦内尔达为了德拉马齐，把自己所拥有的一切都卖掉了，带着她的全部家当迁居到这座郊区公寓楼里来，这样她就可以把自己的一切都奉献给他，而且谁也不会到这里来骚扰她，同时，这也是德拉马齐的愿望呀。"

"她把仆人们都辞退了吧？"卡尔问道。

"正是如此。"罗宾逊说，"在这间房子里，哪还有地方安顿仆人嘛？那些仆人都是一些讲排场的大爷。有一次德拉马齐当着布伦内尔达的面，干脆对一个这样的仆人扇了一阵耳光，要把他打出去，追着他打了一下又一下，直到把他打出家门。当然其他仆人全站在他那边，他们联合起来在门外吵闹，德拉马齐便出去（我当时并不是仆人，而是食客，不过我却同仆人们站在一起）问他们：'你们要干什么？'最年长的那个仆人，名叫伊瑟多尔的，开口说道：'您没有资格同我们谈，我们的东家是仁慈的夫人。'你肯定感觉到了，他们对布伦内尔达极其尊敬。可是布伦内尔达对他们却毫不关心，而是跑出来当众同德拉马齐拥抱，当时她还不像现在这么又肥又重,她吻他,唤他'最亲爱的德拉马齐'。'把这些畜生赶出去呀',这就是她的最后一句话。畜生,指的是仆人们,你想想看,他们的脸上会是什么表情。接着她把德拉马齐的手拉过去,让他把手伸进她挂在自己腰间的钱包里,德拉马齐便从包里摸出钱来分发给仆人们,布伦内尔达自己只是站在那里,让自己腰带上挂的钱包敞开,看着他掏出钱去分发。德拉马齐一次又一次把手伸进去掏,因为他分发时根本不数钱是多少,也不听仆人们讲要多少钱。最后他说:'因为你们不愿意同我讲话,所以我只以布伦内尔达的名义对你们说:卷起你们的东西滚吧,马上给我滚蛋。'他们就是这样被辞退了。后来又经过了几番法律程序,有一次甚至还传唤德拉马齐出庭哩,不过我不知道法庭审理的详细情形。只是当仆人们刚刚离去,德拉马齐便对布伦内尔达说:'现在你就没有仆人啦?'她回答说:'不是有个罗宾逊吗?'接着德拉马齐便一边说一边拍了一下我的肩头:'那么好吧,你就当我们的仆人吧。'然后布伦内尔达拍拍我的脸——要是有机会,罗斯曼,你也让她拍拍你的脸吧,你一定会觉得舒服极啦。"

"你就是这样变成了德拉马齐的仆人吧?"卡尔像是作总结一般反问道。

罗宾逊听出了他这句话里所包含的替自己感到遗憾的弦外之音,因而回答道:"我是仆人,不过知道的人很少。你瞧,连你也不知道吧——尽管你在我们这里已经待了这么久。你不是看见了,我昨天晚上去你们旅馆时身上穿的是什么吗?这是最最精致的服装,仆人能穿着这样的服装到外面去逛吗?问题只是我不能经常出门,我得随叫随到,操持家务真有做不完的事情。单枪匹马应付许多工作，真是心有余而力不足啊。你不是已经看见了，我们的房间里到处都堆放着许多东西，凡是我们大搬家时没有卖掉的，通通运到这里来了。当然也可以送人，但是布伦内尔达什么东西都不肯送给别人。你想想吧，要把这些东西搬上楼，工作量多么大啊。"

"我的上帝哟，罗宾逊，难道这些东西全是你自己扛上来的？"卡尔大声说道。

"不是我又是谁？"罗宾逊说，"帮工倒有一个，可是那个家伙很懒，重活儿我都不得不一个人干。布伦内尔达在下面守着搬家车，德拉马齐在上面把东西各就其位，而我就楼上楼下跑个不停。这样子干了整整两天，时间特别长吧，对不对？但是你根本不知道这房子里究竟有多少东西，所有的箱子都装得满满的，箱子背后塞满了东西，一直堆到天花板那么高。要是多雇几个人来搬运，这所有的活儿要不了多久就可以干完，可是布伦内尔达除了我谁都不信任。这确实很好，可是当时把我这辈子赖以生存的身体健康都给搞垮了，而除了自己的健康之外，我是一无所有的呀。现在只要我有些劳累，我的身上这里、这里、这里都要痛。难道你相信，假设我身体健壮，旅馆里的那些冷血动物——别的你能称呼他们什么呢？——能有本事打败我吗？但是不管我得了什么重病，我对德拉马齐和布伦内尔达都是只字不提，只要身体许可，我将一直干活儿，干到动弹不了为止，到那时我就躺下去等死，到了那一步，就已经没救了，那时他们才会发现，我是一直不停地带病干活儿，侍候他们直到累死为止的呀。罗斯曼啊，"最后他说道，边说还边把卡尔的衣袖拉起来揩自己的眼睛，停顿了一会儿才把话说完,"难道你不觉得冷吗——你只穿一件衬衣站在这里。"

"去你的吧罗宾逊,"卡尔说道,"你动不动就要哭。我不信你真的病得这么厉害。你看起来很健康嘛。但是因为你总是睡在阳台上,所以你就常常胡思乱想。也可能有时候你确实觉得胸部刺痛,我也有嘛,人人都有。要是所有的人都像你这样,为了任何一件区区小事都要哭,那么所有阳台上的人肯定都得哭的。"

"这我可比你清楚。"罗宾逊说——说着说着他又用自己身上裹着的被子的一角抹眼泪,"住在旁边那位替我们做饭的女房东家里的大学生,最近有一次当我送餐具回去时,他对我说:'听着,罗宾逊,您生病了吧?'由于他们禁止我同别人讲话,所以我只是把餐具放下便打算走。而他却向我走过来说道:'您听见了没有,您干活不要过分拼命了,您生病了呀。''我是病了,但是请问,我不这样又该怎么办呢?'我反问了他这么一句。'这可是您的事儿。'他说完这句话便转身而去。其他那些坐在餐桌旁的人哄堂大笑——在这里,处处都有我们的敌人,所以我情愿避而远之。"

"那么,你相信的是那些把你当傻瓜来摆布的人,而不相信那些真心希望你好的人。"

"但是我得弄清楚,我的身体究竟怎么样了呀!"罗宾逊先是一蹦而起,紧接着又哭起来。

"你其实并不知道,你得的是什么病。你应该找个正正经经的工作,而不是在这里当德拉马齐的仆人。因为按照你刚才讲的和我亲眼所见的,我可以断定,你在这里所从事的并非服务工作,而是受人奴役。这是任何人都承受不了的,我相信你也无法忍受。

而你却认为,你是德拉马齐的朋友,不应当离开他。如果他不明白你过的是什么苦日子,那就是他的不对了,那你在他的面前可以说是连最小最小的义务都不必承担了。"

"难道你真的以为,罗斯曼,如果我不在这里侍候他们,我的身体就可以恢复健康吗?"

"肯定。"卡尔说。

"肯定?"罗宾逊又问了一遍。

"完全肯定。"卡尔微笑着说。

"那么我立刻就可以开始恢复健康啦。"罗宾逊凝视着卡尔说道。

"你这是什么意思?"卡尔问道。

"因为现在你要接替我在这里干活呀。"罗宾逊答道。

"这是谁告诉你的?"卡尔问道。

"早就有这个打算了。已经就此议论过几天了。之所以提及此事,是由于布伦内尔达骂我,责怪我没有做好家里的清洁工作。当然我是承诺过,尽快把家里的一切整理就绪。可是这活儿干起来实在累人。比如在我目前这种身体状况下,我不能爬上爬下仔仔细细把屋里处处都打扫干净,并且还得挪动家具,我一个人干得了吗?况且不管你干啥,动作都必须很轻很轻,因为布伦内尔达几乎不离开房间,你又不能打扰她。虽然我答应了,要把一切收拾得整齐清洁,可是实际上我并没有做到。布伦内尔达发现了这种情形,便对德拉马齐说,再这样下去是不行的,必须雇一个帮工来。'德拉马齐呀,我不愿意,'她说道,'你有朝一日责备我没有把家务管好。我自己又劳累不得,这你是明白的,而罗宾逊呢,精力也不够,起初他可是朝气蓬勃的,处处都考虑得很周到,而现在他却疲乏无力，多数时间蹲在角落里不肯动弹。但是像我们这样的房间，堆放着这么多东西，总不可能自动地保持整洁有序呀。'接着德拉马齐便开始考虑，究竟有什么办法。我们这样的人家，自然不能够随便雇一个人进来，即使试用一下都不行，因为四面八方都在盯着我们。但是因为我是你的好朋友，又听伦尼尔说过，你在旅馆里处境不佳，于是我便把你推荐给他们。德拉马齐立刻表示同意，尽管你当时那么粗暴地对待他。能为你做这样的好事，我当然是很高兴的啰。因为这个职位是专为你而设置的，你年纪轻轻，身强力壮，心灵手巧，而我是再也没有什么利用价值了。只是我要告诉你，如果布伦内尔达不喜欢你，我们就不能用你，那你就还算不上是被录用了。你只需要努力干活，使她对你产生好感就行了，其他的事就让我来替你操心吧。"

"要是我在这里当仆人，你又干什么呢？"卡尔问道，此时他感觉心里轻松多了，因为罗宾逊先前告诉他的消息在他的心灵上所造成的震撼已然逝去。德拉马齐不过是要我当仆人而已，想来也并无恶意——如果他真的怀有恶意，这个肚子里藏不住话的罗宾逊肯定会向我透露的——要是真的没有恶意，卡尔便敢于在今天夜里就告别而去。总不能强迫一个人接受某个职位嘛。先前卡尔曾经顾虑重重，担心自己被旅馆辞退以后，不能尽快找到一个既能保障自己不至于挨饿，又不是更加微不足道的适当职位，而与现在这些人打算安排给他的令他极为反感的职位相比，他倒觉得其他任何职位都更好，哪怕是找不到饭碗，忍饥挨饿，也比接受这种职位强。他根本不想对罗宾逊作解释，使他理解自己，特别是此时此刻，罗宾逊的内心里充满了由卡尔接替自己挑起重担的希望，他怎么可能理解卡尔的心思呢？

"我首先就要——"罗宾逊边说边做了一个愉快的手势——此时他的胳膊正支在阳台的栏杆上，"把一切向你交代清楚，让你知道我们储存了什么东西。你受过教育，肯定字也写得很好，你可以马上做出一份我们所拥有的全部物品的清单。布伦内尔达早就想要一份清单了。如果明天上午天气好，我们就请布伦内尔达到阳台上去坐，咱俩便可以在屋子里收拾清点，只要轻手轻脚地干，就不会打扰她。因为罗斯曼呀，首先你得注意不要打扰她。千万别打扰布伦内尔达哟。什么响声她都听得见，很可能因为她是歌星，她的耳朵灵得很。举例来说，你要把放在箱子背后的烧酒桶滚出来，当然会有响声，因为酒桶很重，况且处处都是乱七八糟的东西，哪能顺顺当当地把桶推出来嘛。又例如布伦内尔达看起来是静悄悄地睡在长沙发上，她在抓那些围着她飞来飞去的讨厌的苍蝇。你以为她并没有理会你在干什么，你便继续把酒桶向前滚。她依然是安安静静地躺着。但是某一个瞬间，完全出乎你的意料之外，而且尽管你弄出来的响声极其微弱，她却忽然一下子坐起来，两只手在长沙发上噼噼啪啪地拍打，灰尘飞扬，活像浓雾一般，把她整个人都笼罩住了——自从搬到这里以来，我从来没有掸过沙发，我有什么办法嘛，她一直躺在沙发上不挪窝呀——她怪声大叫起来，像个男人似的狂吼，一个小时又一个小时地喊下去。虽然邻居们不准她唱歌，但是总不能禁止她喊叫嘛，她非喊不可。不过现在这种情况已很少发生了，我和德拉马齐都变得极其小心谨慎了。这样高喊大叫对于她自己也是很有害的。有一次她竟然由于狂喊而昏倒了，当时因为德拉马齐正好外出不在家，我不得不到隔壁去把那个大学生请过来，他从一个大瓶子里倒出一些液体，喷洒在她的脸上，居然还见效了。不过这液体的气味难闻得不得了，直到现在，你把鼻子凑近沙发，还能闻到这种气味哩。那个大学生像这里所有的邻居一样，肯定是敌视我们的，你对这些人全都要当心，不要同其中的任何人来往哟。"

"罗宾逊你这个家伙，"卡尔说道，"这种侍候人的工作如此艰难，而你却把它当作一个好职位推荐给我。"

"你不要发愁嘛，"罗宾逊说，他闭着双眼摇摇脑袋，仿佛要把卡尔的忧虑都甩掉一般，"这个职位也有其他任何职位都无法提供给你的好处哩。你有机会一直贴近像布伦内尔达这样的太太，有时你和她睡在同一个房间里，你可以想象，这将会给你带来各种各样的快乐哟。你会得到丰厚的报酬，钱有的是嘛。我作为德拉马齐的朋友，什么都没有得到过，只是当我外出之时，布伦内尔达才会给我点儿钱。不过对你当然是要付钱的，像付给另一个仆人似的。你也没有别的身份嘛。然而对于你最为重要的还是，我将使你的工作十分轻松。一开始我当然什么都不会干，以便恢复身体健康，但是只要我一有好转，你就可以指望我出力啦。直接伺候布伦内尔达的劳务我要留给自己——那就是梳头穿衣服之类德拉马齐不管的事情。你只需要清扫整理房间，负责采买，干那些比较费力的活儿就可以了。"

"不，罗宾逊，"卡尔说，"你说的这一切都诱惑不了我。"

"罗斯曼呀，你可别不识抬举哟，"罗宾逊凑近卡尔的脸说，"你可千万不能掉以轻心而错失良机。你在哪里找得到这么好的职位呢？谁认识你？你认识谁？连我们这两个男子汉，尽管见多识广，经验丰富，当时东奔西跑了几个星期也找不到工作。在这里找工作谈何容易——可以说是比登天还难哟。"

听见罗宾逊竟然说出如此有板有眼的一番话来，感到十分意外的卡尔不禁点点头表示认可。不过对他而言，罗宾逊所说的这一套都不起作用，他绝不能留在这里。在大城市里，肯定能找到一个适合于他的小小职位，他很清楚，所有的酒店饭馆都是通宵客满，众多的客人需要服务，而在这方面，他已算是经过了训练，他将会迅速地而又不引人注意地融入某种营业活动中去。正好在对面那座楼房的底层，就有个小馆子，从里面传出来撼天动地的音乐声。正门只用一幅黄色的大门帘挡住，有时刮来一阵风，门帘就向外飘起，扑扑扑地舞动着。除此之外，这胡同里的其他房屋当然寂静得多了。大多数阳台都是黑灯瞎火的，只有远处闪现着东一点西一点孤零零的灯光，不等你看清楚，那里就有人站起来，拥挤着返回房间里去，此时便有个男人——这个最后离开阳台的人——把手伸向电灯开关，他对胡同上下又看了一眼，跟着便把灯关了。

"现在已是夜晚啦，"卡尔心里自言自语，"要是我在这里再待一会儿，就将成为他们之中的一员。"他转身要把门帘拉开。

"你要干什么？"罗宾逊问道，他站在卡尔和门帘之间。

"我要走，"卡尔说，"让我走，让我走！"

"你不能打扰他们，"罗宾逊叫喊起来，"你究竟想干什么呀？"

他用手抱住卡尔的脖子，以自己的体重吊在卡尔的身上，还用两条腿夹住卡尔的腿，一下子便把卡尔扯到地上。但是卡尔先前在电梯员中间发生格斗的时候也学了几个招式，于是用拳头顶住罗宾逊的下巴,不过并没有怎么用劲,因为怕把他弄伤了。而罗宾逊却无所顾忌地用自己的膝盖猛然顶了他的肚子一下,接着便用双手护着自己的下巴,大声号叫起来,引得邻居阳台上一个男子用力拍了几下巴掌,要他们"安静"。

卡尔在地上一声不响地躺了一会儿,等待罗宾逊狠狠顶他的肚子所造成的疼痛感消失。他只把自己的脸转向那门口所挂着的纹丝不动的沉甸甸的门帘,显然房间里面是黑洞洞的。房间里好像没有人,也许德拉马齐同布伦内尔达出去了,卡尔已经完全自由了。罗宾逊的行为真像是一条看家狗,现在终于摆脱他了。

这时,却从下面小胡同里很远的另一端传过来一阵阵擂鼓和吹喇叭的声音。许多人零星的呼喊声很快汇集成一片又吼又叫的混响。卡尔转头向外,看见所有的阳台上又有人露面了。他缓缓抬起身体,却还无力完全直立,只能沉重地倚靠在栏杆上。下面的人行道上,年轻人的队列正在大踏步向前行进,他们伸着胳膊,手中拿着帽子,向后扭转着脸。行车道上还是空无一人。几个人用高杆举着灯笼晃动着,淡黄色的烟雾包裹着灯笼。一排一排的吹鼓手队伍刚好走进光亮之处,卡尔见他们人数众多,感到十分惊奇。此时他听见自己的身后有响声,一回头便看见德拉马齐正把沉重的门帘撩起,接着布伦内尔达从黑暗的房间里走出来,身穿红色长裙,外面披着一件尖角高耸的斗篷。她很可能没有好好梳理头发,只在向上拢起的长发上,戴了一顶深色的女式小帽,帽子下面,东一束西一缕露出头发的尾端。她的手上拿着一把打开的小折扇,但是却没有扇动,而只是把扇子贴在自己的身上。

卡尔紧贴着栏杆把自己的身体移动到一边,为这二位让出位子。肯定不会有人强迫他留在这里,即使德拉马齐试图把他留下,布伦内尔达也会答应他的请求,立刻放他走的。她简直见不得他,他的眼睛已经使她害怕啦。但是当他刚向门口移动了一步时,她却发现了,便开口问道:"小家伙去哪里?"卡尔看见德拉马齐严厉的目光,便停住了脚步,布伦内尔达把他拉到自己的身边。"你不想看看下面的游行队伍吗?"她一边说一边把他推到自己的前面紧靠着栏杆。"你知道这是干什么吗?"卡尔听见她在自己的背后说话,他下意识地动了一下,想要摆脱她的挤压,但是没有效果。他忧伤地看着下面的小胡同,似乎他的忧伤的根源就在那里。

德拉马齐先是抱着手站在布伦内尔达的身后,随后他跑进房间里去为布伦内尔达取出来一架观看歌剧的望远镜。下面尾随鼓乐队伍出现的是游行的主队。在一个巨人的肩上,坐着一位先生,从这么高的楼上看下去,除了他那闪着微光的秃顶之外,其他什么也看不见,他一下又一下地把自己的圆柱形大礼帽高举过头,向人们致意。围在他身边的人群举着的,显然是标语牌,从阳台上看,这些标语牌是雪白的;标语牌的排列方式很有讲究,它们在这位先生的前后左右,依照严谨的组合方式,形成一个标语方阵将他围住,他高高地突起在标语方阵的中心。由于一切都在移动,这个标语方阵便一直松松垮垮地变动着,又时时调整而后重新归于整齐。在这位先生的周围,挤满整个小胡同的人群,形成了一个更大的圈子,虽然夜色昏暗,看不清楚游行队伍究竟有多长,反正这位先生的追随者肯定是人数众多,他们全都拍着巴掌,慢板唱歌一般呼喊出很可能是他的名字——一个很短然而听不清楚的名字。在人群中均匀地分布着几个人,他们用汽车的大探照灯射出特别明亮的光柱,沿着胡同两侧的楼房缓缓地上下移动。在卡尔所站的高度,强光倒没有什么影响,但是在下面较低的阳台上,看得见那些被强光扫射的人们,急忙抬起双手挡住眼睛。

布伦内尔达请求德拉马齐向邻居阳台上的人打听,这场游行集会的主题是什么。卡尔有点儿好奇,也想听听人家将会如何回答他,或者人家是否会回答他。而事实上,德拉马齐问了三遍也无人回答。他弯腰把上半身伸出栏杆之外,看起来很危险,布伦内尔达由于邻居不予回答而气得跺脚,不过倒是没有怎么用劲,只是卡尔感觉到她的膝盖在顶撞自己。最后总算听到了回答,但是正好此时,在这有人答话的挤满了人的阳台上,却爆发出一阵哄堂大笑。接着,德拉马齐朝着那阳台高喊大叫了几句,他的声音大极了,要不是眼下整个胡同里充满了嘈杂声,肯定周围的邻居们全都会吃惊地倾听这里在吼什么。无论如何,他的喊叫确实取得了效果,那个阳台上的大笑声,不太自然地,然而却是很快地就平息了。

"明天我们这个区要选出一位法官,下面他们抬着的那个人便是一个候选人。"德拉马齐一边说一边不慌不忙地返回布伦内尔达的身边。"真怪!"接着他高声说道,同时亲亲热热地拍了几下布伦内尔达的背,"现在我们简直弄不明白,世界上究竟发生了什么事情。"

"德拉马齐呀,"布伦内尔达说道,此时她的话题又转向了邻居们刚才的举止,"我太想搬走了,假如搬家不是这么劳累的话,但是很可惜,我的身体吃不消哟。"她一边烦躁不安地唉声叹气,一边却拉扯着卡尔的衬衣,卡尔尽可能不引人注意地把这一双肉鼓鼓的小手一次又一次推开,他并不需要使多大的劲儿,因为布伦内尔达所想的并不是他,她的脑海里翻腾着的是根本与他不相干的念头。

不过,卡尔自己也很快就把布伦内尔达忘记了,任由她把双手的重量压在自己的肩上——因为街上发生的事件吸引了他的全部注意力。依照走在候选人前面的频频做手势的一个男人小组的指挥,队伍在那小馆子门外出人意料地停住了——这个指挥小组紧挨着候选人,他们的交谈肯定具有特别的意义,因为四面八方的人都把脸朝着他们,倾听他们的交谈。这一组决策人中的一位,抬起手做了一个手势,他既是向群众也是向候选人示意。群众随即安静下来,坐在巨人肩上的候选人几次试图立起来,又几次跌坐下去,接着他开始发表简短演说,在演说的过程中,他举起自己的圆桶形大礼帽,飞快地摇晃着。这情形人们看得很清楚,因为在他演说时,所有探照灯的光束都射向他,使得他置身于一团雪亮的光球的中心。

然而此时,人们又发现了很有意思的现象——原来整条街都卷进了事件之中。在这个候选人的同党们所占据的阳台上,人们加入了呼喊他的名字的合唱,像机器一般整齐地拍着自己伸出栏杆的手。而在另外那些甚至更多的阳台上,响起了更大声的对唱,不过起初并没有产生出统一的效果——他们是不同的候选人的追随者。接着在胡同里亮相的这个候选人的敌对派全部联合起来,发出一片整齐的喧嚣声,甚至还有许多留声机重新开启,大放音乐之声。在各个阳台之间,也爆发了政治辩论,在夜幕笼罩之下,人们的情绪更加激昂。大多数人都是穿的睡衣,外面只披了一件大衣，妇女们则用大披巾裹着身子，而在大人们不怎么注意的时候，满脸惧色的儿童们东一个西一个纷纷爬到阳台周围的框柱上，他们本来已经上床睡觉了，此时却越来越多地从黑洞洞的房间里跑出来。间或有些特别激动的人朝着敌对派扔东西，根本看不清究竟是何物，有时候击中了目标，大多数却掉到地上，常常引起胡同里的人群狂吼怒骂一阵。每当下面那些领头的人对杂乱的叫喊声感到厌烦时，便示意鼓乐队介入，他们立即竭尽全力吹奏出仿佛没有尽头的嘹亮的鼓乐之声，压倒一切嘈杂的人声，一直冲上楼顶，而且总是转瞬之间便使嘈杂声响戛然而止——这真令人难以置信。接着，胡同里那些在这方面显然是训练有素的群众，唱起了本派的党歌，歌声打破了仅仅保持了片刻的普遍的安静。在探照灯光芒的照射下，看得见他们一个个张大的嘴巴。他们一直唱，直到那些在这段时间里又恢复了神志的反对派们，从楼上所有的阳台和窗口，以十倍响亮的声音吼将起来，压倒了下面的党歌声——此时，这一度占了上风的歌声，至少从楼上已经完全听不见了。

"这场面你喜欢吗，小家伙？"布伦内尔达问，她紧贴在卡尔的身后，扭来扭去地用望远镜尽可能通观全景。卡尔只是点头作答而一声不吭。他此时无意之间察觉，罗宾逊热心地向德拉马齐叽叽咕咕地报告什么情况——显然涉及他自己的表态，而德拉马齐对罗宾逊的话却仿佛并不重视，因为他总是一再地用左手把罗宾逊推向一边——他的右手正搂着布伦内尔达。"你不想用望远镜看看吗？"布伦内尔达一边问一边拍拍卡尔的胸膛，表示问的是他。

239

"我看得很清楚。"卡尔说。

"你试试嘛,"她说,"你可以看得更清楚呀。"

"我的视力好,"卡尔回答,"我什么都看得见。"他感到,她把望远镜凑近自己的眼睛,这其实算不上是什么亲热的表示,反而是对自己的烦扰——实际上她此时说出来的,除了"你"这个字像唱歌一般合着韵律以外,其他的都包含着胁迫之意。事实上,当望远镜罩住卡尔的眼睛时,他犹如瞎子似的什么都看不见了。

"我什么都看不见了。"他说完便想把望远镜推开,但是她却把望远镜抓得紧紧的,他的头贴在她的胸间,既不能向前又不能左右动弹。

"但是现在你能看见了吧?"她一边说一边拧着望远镜的调节旋钮。

"不,我始终还是什么都看不见。"卡尔一边说一边在心里想道,不知不觉之间,自己就真的替罗宾逊减轻了负担,因为现在布伦内尔达的喜怒无常是对着自己发泄了。

"那你究竟要怎么样才看得见呢?"她边说边拧着调节旋钮——此时她所呼出的重浊气流,冲击着卡尔的整个脸面。"现在呢?"她问道。

"看不见,看不见,就是看不见!"其实此时卡尔真的看得出一切物象了,虽然还很不清晰。

不过尽管如此,他还是高声否定。但是正好这时德拉马齐亲了一下布伦内尔达的脸蛋,以至她拿望远镜的手便不由自主地放松了一些,于是卡尔趁她不怎么注意,降低了自己的目光,从望远镜的下方投向街道。不久之后,她就不再坚持自己的意愿,而是自己用望远镜观看了。

从下面的小馆子里走出来一个男招待员，他站在门口来来回回急急忙忙地问领袖们要喝什么。看得见他伸长脖子向酒店里面看，要把招待员都唤出来，越多越好，显然是在为这么大一支游行队伍人人都在露天里喝上一杯而做准备。与此同时，那位候选人却并没有中止演说，而那个只为他一个人服务的巨人扛着他，总是在他讲完几句话之后旋转一小圈，以便各个方向的听众都能听见他的演说。候选人常常把身体缩成一团，他连连舞动着一只空手和另一只手上的帽子，力图使自己的讲演能够打动听众。但是有的时候，经过一个几乎有规律的间隔时间之后，他的心里忽然产生出一闪之念，便猛一下子张开双臂纵身向上，他不再是只对一部分听众，而是对全体听众讲话，他仰面对着楼上直至顶层的居民演说，但是显而易见，即使是在最低的几层楼上，也没有一个人听得清他讲的是什么，当然，就算听得清楚，也无人愿意听，因为每个窗口每个阳台都至少被一位高喊大叫的演说者占据了。在这个时候，几个男招待从馆子里抬出来一张大小如台球桌面的木板，上面摆放着斟满了酒的亮光闪烁的酒杯。领袖们组织招待员们分送酒杯，让听众们排着队从馆子门口走过领酒喝。但是，尽管一直不断地把酒倒进板上的酒杯里，却还是应付不了听众的需要，于是便让一批柜台小招待员站成两列，一右一左从板下钻过，向离得远的听众送酒去。候选人当然停止了演说，他也利用这点儿时间，使自己恢复精力。巨人扛着他，转移到离听众和刺目的灯光都远一些的地方，缓步走动着，只有他的最亲近的几个追随者在那里陪伴他，仰着头与他对话。

"瞧这个小东西,"布伦内尔达说,"他只顾在这里看呀望呀,简直就忘记了自己身在何处啦。"她突然用双手捧住他的脸——这使卡尔猝不及防——转过来朝着自己,于是便同他四目相视。但是这样只延续了一眨眼的工夫,因为卡尔立即把自己的脑袋从她的双手中摇脱,他极其恼怒的是,在这里他们不让他有片刻的安静,所以他很想到街上去,就近观看正在发生的一切,因而便拼命挣扎,意图冲破布伦内尔达的控制,他请求道:"多谢您,放我走吧。"

"你就待在我们这里吧。"德拉马齐一边说一边仍旧目不转睛地望着楼下,只是伸出一只手来,表示不许卡尔走。

"不要这样嘛,"布伦内尔达边说边推开德拉马齐的手,"他不是已经留下来了吗?"她把卡尔挤得更紧地靠在栏杆上,他真想和她扭斗一番,使自己挣脱她的束缚。不过即使他成功了,结果又会怎样呢。他的左侧是德拉马齐,右侧的罗宾逊此时也站了起来,他是名副其实地被扣押起来了。

"你应该感到高兴的是,没有把你撵出家门。"罗宾逊说,他的一只手从布伦内尔达的臂膀下伸过来拍拍卡尔。

"撵出家门?"德拉马齐说,"人们不会把一个逃跑出来的贼撵出家门就了事的,而是要把他交给警察。要是他不安静下来,明天清晨我们就这么办。"

从此时此刻起,卡尔对下面的闹剧再也不觉得有什么兴趣了。只是因为布伦内尔达把他紧紧箍住,他无法挺直身体,不得不弯腰将上半身向栏杆外面伸出一点儿。他满腹忧虑,用惶惑的目光观望着下面的人群。他们大致二十个人聚集为一组,来到馆子门口，抓起桌上的酒杯，转身对着那位此时正忙中偷闲的候选人举杯致意，呼喊一句党内的祝词，随即把酒一饮而尽，然后将空杯子咚咚作响地——不过在高处却听不到声响——放回桌上，以便让位给新到来的由于等得不耐烦而吵闹不休的下一组人。按照领袖们的吩咐，一直在馆子里面演奏的小乐队此时来到门外，他们的大型吹奏乐器在黑压压的人群中闪光，但是他们所奏出的音乐声，却几乎完全消失在周围的一片吵闹声中。此时在胡同里，至少在馆子所在的这一侧，拥挤着一大片人群。他们是从上方——也就是卡尔早上乘车而来的方向——涌流下来的，从下面大桥方向也有人群跑上来，连这两边楼房上的人们也被吸引下去，他们要亲自介入这动乱事件，男人们从楼下的大门蜂拥而出，在阳台上和窗户里留下的，几乎只是妇女和儿童们。此时，奏乐和招待饮酒已经达到了目的，聚集的群众已经足够多了。一位沐浴在两个探照灯的光圈里的领袖示意停止奏乐，又吹了一声响亮的口哨，便看见那个刚才走到一边去的巨人，沿着追随者们让开的通道，又急急忙忙扛着候选人赶了回来。

候选人一到馆子门口，便重新开始演说，探照灯光交织成一个小小的光团，将他罩住。不过，此时一切都比先前更难办了，扛着他的巨人已经毫无自由移动的余地，听众们拥挤得太紧了。最亲近的追随者们先前千方百计加强候选人的演说效果，而现在他们要费更大的力气才能在他的近旁稳住阵脚，总共有二十个人拼了九牛二虎之力才得以使扛他的大汉站稳。但即使如此，这个强壮的大汉也无法随意移动半步，更不要想有什么可能通过原地转身、向前推进或者倒退的办法对听众们施加影响了。听众如潮水般涌来,也不按什么计划,一个紧挨着一个,再也没有人能够站得稳。由于吸纳了新到来的民众,对立派的人数显然大大增加,扛着候选人的大汉被长时间地困在馆子门外,但是现在他显然是毫不抵制地任凭群众推挤着自己沿胡同上下移动,候选人依旧不停地讲着,不过谁也听不明白,他是在阐释自己的竞选纲领呢还是在大声呼救,如果大家没有搞错,已经又冒出来一位对立派的候选人,甚至是好几位,因为看得见左一个右一个在突然亮起来的灯光照射下,又有被群众抬起来的脸色苍白双手握拳的男子开始发表演说并且赢得了许多人的喝彩声。

"这是怎么回事呢?"卡尔转身朝着看守自己的人,神色紧张而困惑不解地问道。

"这小东西真是激动到了顶点。"布伦内尔达对德拉马齐说,她扳着卡尔的下巴,将他的脑袋往自己的怀里拉。但是卡尔哪愿意任人摆布,况且胡同里所发生的事件,确实使他更加无所顾忌了,于是他便使劲晃动,搞得布伦内尔达不仅把他松开了,而且还向后倒退了两步,因而彻彻底底放开了他。

"现在你已经看够了,"她说道,显然他的行为激怒了她,"滚进去,铺床,准备睡觉了。"

她伸手指着房间里面。这正是几个钟头以来卡尔极想去的方向,他一声不吭,毫无抵触之意。此时刚好从下面胡同里响起一阵玻璃破碎的哗啦声。卡尔不由自主地一下子纵身奔到栏杆边,以便再向下匆匆观看一眼。对立派的冲击——也许是一次决定性的冲击——奏效了,而追随者的探照灯,先前以其强光照射着,至少使集会的主要过程得以在全体公众眼前进行,并且使一切都能控制在一定的范围之内，此时却被同时砸碎了，全部探照灯都被砸碎了，只有不稳定的公共照明灯照射着候选人及其追随者，而这些灯由于突然扩大了照射范围并且光线极其微弱，结果周围犹如全黑一般。与此同时，人们还可以说，候选人所站之处的昏暗景象，之所以更令人迷茫而惶惑，一个并非不重要的原因，便是由于正好在下方，也就是大桥方向，响起了高亢洪亮而节奏整齐的歌声，并且越来越近。

"我没有告诉你，现在你该做什么了吗？"布伦内尔达说道，"快去，我现在困了。"她又补了一句，然后双臂向上伸个懒腰，这一来，她的胸部显得比平常更高了。始终搂着她的德拉马齐，便拉着她一起走进阳台角落。罗宾逊也跟着他俩走过去，把他吃剩的还留在那里的食物推到一边去。

卡尔必须利用这个有利时机，现在已经没有时间去观察下面的动静了，只要到了楼下，他就可以对街上发生的动乱看个够，比在这上面看得更仔细。于是他两个纵步便穿过了淡红色光线照射着的房间，但门却是锁着的，钥匙被取走了。现在得把钥匙找到——然而要在如此杂乱不堪的房间里寻找一把钥匙谈何容易，况且卡尔所能利用的极其宝贵的时间又是这样的短暂。若是开得了门，现在他本来已经到达了楼梯间，便可以直奔楼下而去了。此时别无他法，他只好到处寻找钥匙！在所有可以打开的抽屉里找，在乱七八糟堆放着各种餐具餐巾和开始做而没有完工的刺绣衣装之类的桌子上找。在一张安乐椅上，有一堆杂乱的旧服装，也把他吸引过去了——即使钥匙在这堆东西里面，也根本无法把它找出来。最后他又倒在长沙发上，真的闻到了那种令人作呕的怪气味，他摸遍了长沙发的每个角落每个褶皱。后来他不再东寻西找了，站在房间中央发呆。肯定是布伦内尔达把钥匙系在自己的腰带上了——他在心里这么自言自语着——她的腰间挂了那么多东西。找了这么久完全是白费工夫。

于是卡尔像盲人一般摸到两把餐刀，把它们插进对开门的两扇之间，一把在上一把在下，便于利用上下错开的两个着力点。不料刚开始用力，刀尖就断了。他别无他法，刀尖断了以后，插进门缝，正好可以承受更大的力。于是他双臂向外双腿叉开，竭尽全力使劲扳刀把子，他呼哧呼哧地喘气，同时严密地注意着门的响动。这门不可能坚持很长时间，他很高兴地注意到，锁舌松动的声响已能听清。此时的动作应该是越慢越正确，绝不能让锁舌猛然弹开，那样会惊动阳台上的人，必须使锁舌缓缓松开，所以卡尔极其谨慎地干着，双眼越来越凑近门锁。

"瞧哇。"此时他听见了德拉马齐的声音。那三个人全站在房间里，在他们的身后，门帘已经关拢，卡尔肯定是没有听见他们进房间里来的响声，见此情景，他的双手一松，便脱离了刀把子。但是他根本来不及作任何解释，或者是表示歉意，因为德拉马齐气得怒不可遏暴跳如雷，正向他猛扑过来——德拉马齐身上系睡袍的绳子已经解开了，此时随着他的飞腾，绳子便在空中画出了一个巨大的形象。卡尔在这一瞬间避开了德拉马齐的攻击，他本来可以把刀从门缝里抽出来自卫，但是他没有这么做，而是弓腰腾空而起，冲过去抓住德拉马齐睡袍的宽领——这睡袍比德拉马齐的身材长多了——向高处猛一提，接着再向上拉，一下子便成功地按住了德拉马齐的脑袋，德拉马齐万分惊恐，起初是不辨方向地瞎抓一气，过一会儿他才把拳头砸在了卡尔的背上，但是收效不大，而卡尔为了保护自己的脸，便埋头去撞击德拉马齐的胸部。卡尔经得起对方拳头的打击，即使他因疼痛而蜷曲着身体，即使对方击打的力量越来越强，他也能承受对方的打击，因为他已经胜利在望了嘛。他的双手按着德拉马齐的脑袋，大拇指正按在他的双眼的上方，他就这样把德拉马齐推向那一片横七竖八堆放着的家具，同时设法用自己的脚尖去拨他的睡袍绳子，想把他的脚缠住，以便把他绊倒。

但是因为他一直是全神贯注地对付德拉马齐，况且他感到德拉马齐的抵抗越来越有力，这个敌手的躯体越来越强硬地顶住自己，所以他实际上已经忘记了，自己所要对付的并非只有德拉马齐一个人。不过他很快就省悟到这一点，因为罗宾逊在他的身后扑倒在地上，大叫大喊地把他的双脚扳开，这一来他的脚就突然失灵了。他"哎哟"一声便放开了德拉马齐，德拉马齐倒退了一步。而布伦内尔达此刻两腿分得很开，双膝微弯着站在房间中央，她身宽体胖，占了好大一块地儿，目光炯炯地观看着斗殴。仿佛是亲自参加格斗一般，她急促地呼吸着，目光追逐着三个男子，还把自己的拳头缓缓地向前推。德拉马齐把衣领翻下去，现在他的眼睛又可以自由观察了，而此时当然也不再是搏斗，只能说是惩罚了。他抓住卡尔的衬衣的前襟，几乎把卡尔提了起来，出于鄙视，他的眼睛并不看着卡尔，他用力把卡尔扔向几步之外的柜子。卡尔被狠狠的撞击弄晕了，最初的瞬间里，他还以为这背上和头上的刺痛是因为挨了德拉马齐的拳头，而不知道是由于自己的身体撞在柜子上所引起的。仿佛有一团黑雾飘过来蒙住了他的颤动的双眼，"你这个混蛋！"在这一团黑雾中他听见了德拉马齐的咒骂之声。他极度衰竭地蜷缩在柜子前面，再也无力动弹，但是在他昏迷过去的那一瞬间里，他还听见德拉马齐说了一句："你等着吧。"——不过在他听起来，这句话的声音很低很低。

当他苏醒过来时，发现周围一片漆黑，看来还是深夜时分，从阳台那边的门帘下方，微微闪烁的月光射进房间里来。听得见三个睡觉的人平静的呼吸声，其中数布伦内尔达的声音最大，她在睡眠中的呼吸也像说话似的，呼哧呼哧地上气不接下气；不过很难判断他们三个各自睡在何处，因为他们三个人的呼吸声混在一起，在整个房间里回响着。他把周围探察了一遍之后，才想到了自己，他觉得很吃惊的是，既然感到全身处处都痛得很，怎么就没有想到自己有可能已经被打得皮开肉绽鲜血淋漓了呢？此时他觉得自己的头很沉重，整个面部、脖颈、裹在衬衫里面的胸部，都像是覆盖了一层湿漉漉的鲜血。他得去光亮之处，仔细看看自己究竟怎么样了，说不定被打成了残废，那样的话，德拉马齐肯定愿意把他放走，但是今后他又该怎么办呢，他真的是毫无前途可言了。他想起了大门洞里的那个烂鼻子青年，便用双手蒙住自己的脸又躺了许久。

然后他下意识地转身朝着房门，手脚并用摸索着向那里爬过去。没有爬多远他的手指尖儿就接触到一只皮靴，再上去就是一条腿。这是罗宾逊，除了他还有谁会穿着靴子睡觉？人家吩咐他横躺在门口，以便阻止卡尔逃走。但是他们难道不清楚卡尔的状况？暂时他还根本不想逃走，他只想到有光亮的地方去。如果无法出门，那他只得到阳台上去。

他发现餐桌显然不在昨天晚上所见的那个位置，而长沙发上——卡尔自然是极其小心地靠拢去的——却意外地没有人，倒是在房间中央撞了重重叠叠堆得高高的压得很紧的衣服、被单、帷幕、垫子和地毯之类东西。起初他还以为这只不过是一小堆，好像是他晚上在沙发上发现的那一堆滑落到地上了，但是当他继续往前爬时，却惊奇地发现，这么多东西完全可以装满一辆卡车，看样子白天是装在箱子里，到了夜里才取出来的。他绕着这一堆爬了一圈，很快弄明白了，这全部东西就是一种过夜的床铺，他小心翼翼地摸了一番，终于确信德拉马齐和布伦内尔达正睡在这高高的临时床铺上。

至此他弄清楚了这三个人所在的位置，于是便急忙爬到阳台上。在这帷幕之外，完全是另一个世界，他立即站了起来。深夜的新鲜空气包围着他，月亮的清辉照耀着他，他在阳台上走了几个来回，下面有个男人在清扫人行道，当晚上胡同里喧嚣声震天动地时，一位候选人声嘶力竭的叫喊同千百人的吼声混成一片，根本无法分辨，而此时扫帚扫地的哗哗之声却听得清清楚楚。

邻居阳台上一张桌子的背面朝着卡尔这边，引起他的注意，那里坐着一个人在学习。他是一个年轻人，蓄着一小撮山羊胡子，他看书时嘴唇飞快地动着，还常常用手拧着自己的胡须。他面向卡尔坐在那里，紧挨着一张摆满书本的小桌子，他从墙上取下电灯，把它夹在两本大书之间，刺目的灯光照耀着他。

"晚上好。"卡尔说道，他相信对方已经看见了自己，因为他觉得那个年轻人似乎是看了他一眼。

但是他肯定弄错了，因为那个年轻人根本就没有看见他，他把手挡在眼睛前面,把直射光遮住,想弄清楚究竟是谁突然向自己问好,因为一直看不真切,后来他把电灯举起来,以便把邻居的阳台也照亮一点儿。

"晚上好。"而后他才回了一句。他认认真真地朝这边观望,过了片刻他才问道:"您有什么事?"

"我会打搅您吗?"卡尔问他。

"肯定,肯定打搅。"他随即把电灯放回原位。

他这样说,当然是拒绝同卡尔结识啰,但卡尔却并不马上离开阳台上距离那人最近的这个角落。他一声不响地望着那人读书,只见他有时以闪电般的动作一下子拿起来另一本书,查阅里面的内容,常常在一个本子上写笔记,同时他总是把自己的脸埋得很低,几乎贴在了本子上。

此人可能是个大学生吧?看起来他很像是正在读大学。卡尔在家时——算来这已是很久以前的往事了——差不多也是这样,坐在父母的桌旁做作业,此时父亲看报,或者是为某个协会记账,处理来往信函,母亲则忙着缝缝补补,高举着手把布里的线拉出来。为了不妨碍父亲,卡尔只把本子和笔放在桌上,而他所需要的书,都摆放在自己左右两侧的椅子上。当时那里是多么安静呀!到那个房间里来的外人是多么稀少呀!卡尔很小的时候,总是爱看母亲在临近夜晚时用钥匙把家门锁死。她哪里想得到,卡尔如今竟然走到了这一步,想要用刀子将别人家的门撬开。

以前他求学的目的是多么地振奋人心啊!他把这一切全都忘记了;假如真要在此地继续学业,他的日子将会是极其艰难的。他回忆起自己在家乡时,有一次生病一个月之久——当时病愈之后，为了补上耽误的学业，自己付出了多么艰苦的努力啊！而现在，除了英语商务信函课本以外，他已经很久没有看过书了。

"喂，年轻人，"卡尔突然听见那人喊他，"您能不能站到别的位置去呀？您这么盯住我看，对我的影响太大了。深夜两点钟了，在下也有权要求在阳台上不受干扰地学习吧。您到底有何贵干呀？"

"您在学习？"卡尔问他。

"是的，是的。"那人一边说一边利用学习被打断了的这点儿暂停时间，把自己的书本重新摆放有序。

"那我就不打搅您了，"卡尔说，"我干脆回房间里去算了，晚安。"

那人根本不搭腔，他仿佛是突然下了决心，排除干扰之后，又立即坐下学习，他用右手支着沉重的额头。

刚走近门帘，卡尔一下子想起了自己到阳台上来的原因，他不是想搞清楚，自己究竟怎么样了吗？是什么让他感到脑袋这么沉重？他向上一撸，才发现自己的头上并没有他在黑暗的房间里所担心的什么流血的伤口，只不过缠着一直还是湿漉漉的类似于绷带的布。从那左一片右一片悬挂着的布角可以推断，这包扎布是从布伦内尔达的破旧内衣内裤上撕下来的，肯定是罗宾逊把这玩意儿匆匆扎在自己头上的。只是他忘了把它解下来，于是当卡尔昏迷不醒时，许多水便沿面颊向下流，一直流进衬衣里面，把卡尔吓了一跳。

"您还在那里吗？"那人一边问他一边眨巴着眼睛向这边望。

"现在我真的要走啦，"卡尔说，"我只不过是要在这里看看，因为房间里面太黑了。"

"您究竟是谁呀?"那人说,他把写字的笔放在自己面前那本打开的书上,然后走到栏杆边来,"您叫什么名字?您是如何到他们这里来的?您在这里很久了吗?您想看什么呢?请把您那边的灯打开,以便我能看清您的尊容。"

卡尔照办了,不过在他答话之前,他把门帘拉拢来遮得更严密,以防里面的人察觉。"请您原谅,"然后他低声说道,"我说话得小点儿声。若是里面的人听见了,我又要遭殃了。"

"又要遭殃?"那人问道。

"是呀,"卡尔说,"我晚上同他们大干了一架。我这里肯定还有一个吓人的大包呢。"他用手去摸自己的后脑勺儿。

"你们为什么要打架呀?"那人问道。因为卡尔没有马上回答,他又说道:"您心里对那几位高贵的人有什么怨恨,统统都可以讲给我听。因为我对他们三个都恨,尤其是您的女主人。顺便告诉您吧,如果他们不唆使您敌视我,那才会令我觉得意外呢。我名叫约瑟夫·门德尔,是大学生。"

"我知道,"卡尔说,"他们已经对我谈起过您,但不是坏话。有一次您曾经救治过布伦内尔达太太,是吧?"

"确有此事,"大学生笑道,"长沙发上还有药味吗?"

"有呀。"卡尔说道。

"这倒使我感到高兴,"大学生一边说一边用手指梳理头发,"那么他们为何把您的脑袋打了大包呢?"

"这场争吵——"卡尔一边说一边思考,究竟该怎么讲才能使大学生明了此事的前因后果。但是他只说了半句便打住了,他问道："我是不是影响您学习了？"

"首先，"大学生说，"刚才您已经影响了我，而我又是——很可惜——一个神经脆弱的人，要想定下心来重新进入学习状态，需要很长的时间。自从您开始在阳台上来回踱步以来，我的学习一直无法继续下去。其次，我本来也要在三点左右休息一下，所以您尽管讲吧。况且我也有兴趣听一听哩。"

"事情说起来很简单。"卡尔说，"德拉马齐要我做他的仆人，但是我不想干。我想，最好今晚上就走。而他却不准我走，把家门锁了，我要把门撬开，然后就打了一架。我感到难过的是，现在我还在这里。"

"您在别处有工作吗？"大学生问。

"没有，"卡尔说，"但是我无所谓，只要我能离开这里就行了。"

"您听着，"大学生说，"您真的无所谓吗？"接着两人都沉默了片刻。

"德拉马齐是个坏人，"卡尔说，"我早就认识他了。有一次我同他一道徒步走了一天，后来就再也没同他待在一起，对此我感到很高兴。我干吗现在要给他当仆人呢？"

"世上哪有您这样的仆人，居然还要挑选主人！"大学生说这话时似乎在笑，"您知道吗，我白天当推销员，最低层次的推销员，更确切地说，是蒙特利商店跑腿的小工。这个蒙特利是个十足的混蛋，但是我处之泰然，我唯一感到气愤的是，他们给我的报酬太少了。您不妨把我当作范例吧！"

"怎么？"卡尔说，"您是白天当推销员晚上学习？"

"是呀，"大学生说，"没有别的办法嘛。我已经尝试过许多办法，这种生活方式还是最好的呢。几年前我纯粹是个大学生，您知道，就是白天晚上都学习，这样过日子，差点儿我就饿死了，我在一个肮脏不堪的旧棚屋里就寝，当时穿的那套衣服糟糕透了，连教室我都不敢进去。可这些都是往事了。"

"那您什么时间睡觉呢？"卡尔很奇怪地看着大学生问道。

"嘀，睡觉吗？"大学生说道，"学完以后，我会睡觉的。暂时我靠的是喝黑咖啡。"接着他转身从放书的桌子下取出一个大瓶子，把瓶里的黑咖啡斟了一些在一只小碗里，再把咖啡倒进自己的嘴巴里，就像人们匆匆吞服药液一般，为的是尽可能避免尝到药味。

"这黑咖啡真是好东西，"大学生说道，"可惜您离我这么远，没有办法递给您喝点儿。"

"我不喜欢喝黑咖啡。"卡尔说道。

"我也不喜欢。"大学生笑道，"不过，要是没有它，我可不知道该怎么办了。没有黑咖啡的话，蒙特利一秒钟也不会留我的。我一再提及蒙特利，而他当然想不到，我还活在天地之间哟。我也不敢肯定，假如我不是在商行里的写字台中一直存放着这样的一大瓶，我在那里会捅出什么娄子来，我从来不敢放弃喝咖啡的习惯，不过您要相信，若是不喝咖啡，我很快就会在写字台后面躺下睡着的。遗憾的是，人们都猜到了，他们称我为'黑咖啡'——此类无聊的戏言，对我的飞黄腾达肯定已经造成了不利的影响。"

"那您的学习究竟什么时候结束呢？"卡尔问道。

"进展很慢。"大学生垂头说道。他离开栏杆，又在桌旁坐下；

双肘支在翻开的书上,然后他一边用双手梳理自己的头发一边说道:"可能还要一两年吧。"

"我也想读大学哩。"卡尔说道,仿佛这时两人对话的气氛使他有权要求得到信任——比这个此时闭口不语的大学生已经表露出来的更大的信任。

"哦,"大学生应道,但是不能完全明白,他是又沉湎于看书了呢还是仅仅心不在焉地盯住书发呆,"您该为自己放弃了大学学习而感到高兴哟。我本人这几年来之所以继续学习,只不过是想要善始善终而已。从学习中我很少获得满足感,对未来的美好憧憬更少。以前我有过美好的憧憬!在美国,假博士无处不在。"

"我原来想当工程师。"卡尔又对那位显然已经完全不理睬自己了的大学生匆匆说了这么一句。

"而现在要您当他们的仆人,"大学生说道,他抬眼朝这边望了一下,"这当然使您倍感痛苦啰。"

大学生这句总结性的话,当然表明他误解了卡尔之意,但是说不定卡尔可以利用他的这种误解。所以他便问道:"或许我也能在商行里找到个职位吧?"

这句话又把大学生的注意力从书里面拉了出来,他根本没有想到,自己还能对卡尔的求职助一臂之力哩。"您试试吧,"他说,"或者您最好不要试。就我而言,在蒙特利商行获得了一个职位,这可是我一生中迄今为止最大的成就。假如要我在上大学和这个职位之间进行选择,我当然会选择职位。而我费尽心机想方设法,正是为了避免做这种抉择哩。"

"要在那里找到个职位就这么难呀。"卡尔这句话主要还是说给自己听的。

"啊呀,您想到哪里去了嘛,"大学生说,"在这里,要当个地方法官,比在蒙特利当个守门的迎宾员还容易呢。"

卡尔哑然无语。这个社会经验比自己多得多的大学生,出于卡尔尚不知道的某些原因,对德拉马齐怀恨在心,而对卡尔,虽然他肯定没有什么坏心眼,但是却找不出一句话来鼓励他离开德拉马齐。况且他也根本不知道卡尔正面临着被警察抓住的危险,只有在德拉马齐这里,他才勉强可以算是受到了保护。

"您观看昨天晚上在下面举行的游行集会了吧?是不是?不了解情况的人准以为这位候选人——他名叫罗布特——会有某种当选的希望,或者至少可以得到人们的考虑,对不对?"

"我对政治一窍不通。"卡尔说。

"这可是个缺点哟,"大学生说道,"不过就算您不懂政治,您总还有眼睛和耳朵嘛。那人无疑是既有朋友又有敌人,这您不会看不出来吧。现在您想想吧,依我看,他毫无当选的希望。我偶然得知了关于他的所有情况,因为我们这里有位房客认识他。他并非无用之辈,而且从他的政治观点和过去参与政治活动的情况来看,他正好是本地区法官的合适人选。但是没有一个人认为他能够当选,他将如一般竞选者似的堂皇落选,他将为竞选战花掉他私人所有的那一把美元,除此之外,他什么都得不到。"

卡尔和大学生默默无语地相视片刻。大学生微笑着点点头,一只手揉揉疲乏的眼睛。

"怎么样,您还不去睡觉?"然后他问道,"我也该继续埋头读书啦。您瞧瞧,我还有这么多学习任务哩。"他飞快地把半本书翻了一遍,以便卡尔对等着他去做的功课有个直观的估量。

"那好,晚安。"卡尔说道,同时鞠了一躬。

"您找个时间到我们这边来看看吧,"大学生说道,他此时又坐在了桌子旁边,"当然要在您有兴趣的条件下啰。您在我们这里总能遇到一大群人。晚上九至十点我也有空,可以陪您。"

"您的意思是不是劝我留在德拉马齐这里?"卡尔问道。

"肯定是。"大学生说完便埋头看书了,仿佛这句话根本不是他讲的,就像是一个比大学生的声音更低沉的声音说的,这声音在卡尔的耳朵里延续了很久。他缓步走向门帘,还扭头向大学生望了一眼,此时大学生纹丝不动,淹没在无边无际的黑暗里,静坐在他自己那盏孤灯的光圈之内。卡尔钻进房间里去,三个酣睡者的呼吸混响曲迎面扑来。他沿着墙壁往前移步去找长沙发,找到以后他便伸展四肢静静地躺在长沙发上,犹如这是他睡惯了的卧榻一般。既然这位大学生——这个既了解德拉马齐又熟知当地情况而且还是受过教育的人——劝他留下来,所以他暂时也没有什么顾虑了。他不像这位大学生似的怀着如此高尚的目的,谁也不知道他是否在家乡就能够顺利地完成学业。如果在家乡都可能完成学业,那么任何人也不能够要求他在这个陌生的国度里完成。但是,如果他暂时接受德拉马齐这里的仆人职位,从这个安全港出发,捕捉有利的时机,那么,肯定更有希望找到一个职位,在这个职位上做出点儿成绩,并且由于取得了成就而得到社会的承认。在这一带街上,看起来像是有许多中下层次的写字间,它们需要招聘雇员时,也许不会过于挑剔吧。如果需要,他也乐于当个商行的仆役,不过,受雇于某家商行从事纯粹的文书工作也不是绝无希望，有朝一日他也会成为高级文员，就像他今天清早穿过一个内院时所看见的那位高级文员那样，坐在办公室里，无忧无虑地对着窗外东张西望。当他闭上双眼打算睡觉时，还颇为自慰地想到，自己还年轻，德拉马齐总会放自己走的；这样一个家庭，看起来也是不可能永远存在下去的。但是如果卡尔有朝一日在某个写字间里得到了一个职位，那他除了文书工作以外，其他什么都不想干，也不会像这个大学生一样把自己的精力分散：如果在从事文书工作之初，由于自己事先接受的业务培训太少而可能需要加班，那他也愿意利用夜晚的时间来做写字间的事情。他只为雇用自己的商号的利益着想，承办各种事务，连那些写字间的同事们不屑一顾的事都揽下来自己干。他满脑子里都是这类良好的愿望，仿佛自己未来的上司便站在长沙发旁边，正从他脸上的表情来揣摸他的心思。

卡尔便这么浮想联翩地渐渐入睡了，只是在半睡半醒之时，还听见布伦内尔达响亮的叹息声，她仿佛是正受到噩梦的折磨而在自己的卧榻上辗转反侧。

"起来！起来！"……

"起来！起来！"早上，当卡尔的眼睛欲睁未睁之时，便听见罗宾逊的喊声。虽然门帘还没有拉开，但是柔和的阳光透过缝隙射进来，使人可以猜想，此时已是上午的某个时辰了。罗宾逊目光惊惶，急急忙忙地跑来跑去，一会儿拿着一条毛巾，一会儿提着一个水桶，一会儿拿着几样衣服，每次从卡尔的身旁走过，他都要点点头鼓励卡尔起床，无论手上拿的是什么，他都要举起来让卡尔看，表示他今天是最后一次替他辛苦忙碌了——在这第一个早晨，卡尔对这侍候人的工作当然是一无所知的啰。

但是片刻之后，卡尔便看明白了，罗宾逊究竟是在为谁服务。此时，洗澡这个重大活动，正在一个用两只大箱子作墙同房间内其余部分隔开的空间里进行着。在这个卡尔先前尚未发现的空间里，布伦内尔达正在洗澡，在箱子的上方，可以看见她的头和裸露的颈项——因为她的头发刚好甩到前面遮住了脸——还有颈项下面的一小部分，德拉马齐的手左一下右一下高高举起，他拿着一块向四面八方喷水的洗澡海绵擦洗布伦内尔达的身体。德拉马齐向罗宾逊发出一个个简短的指令。通向洗澡处的过道，现在挡住了，所以罗宾逊便依照规定，通过箱子和屏风之间的狭小缝隙把东西递进去，这样他每次递东西都得伸长手臂把脸转向一侧。

"毛巾！毛巾呀！"德拉马齐喊道。正在桌子下面找什么东西的罗宾逊听见这声命令，不由得惊了一下，他刚刚把脑袋从桌子下面钻出来，便听见了第二声喊叫："水在哪儿呢？真是见鬼了。"同时从箱子上方露出德拉马齐气愤的脸。所有卡尔认为在洗浴和穿衣过程中一般只需要用一次的东西，在这里都要变换顺序多次命令罗宾逊送进去。在一只小电炉上，始终有一个水桶在加热，罗宾逊一次又一次地提着沉重的水桶送进去时，水桶总是在他那远远叉开的两条腿之间晃荡。工作如此繁重，难怪他不是每次都严格地依照命令行事，当有一次又接到命令送一条毛巾去时，他却在房间中央充作卧榻的那一大堆衣物当中，随便抽出一件衬衣，裹成一团从箱子上方扔了过去。

而德拉马齐所承担的劳务也很繁重——或许他是因为他不能独自使布伦内尔达满意，所以才如此神经质地对待罗宾逊，并且由于处在这种神经质的情绪之中，他对卡尔简直就是视而不见。"哎哟，"她猛然大喊一声，连没有参与服务的卡尔都吃了一惊，"你把我弄得好疼哟！滚开！我宁可自己洗，也不愿意受你的折磨！现在我的胳膊又抬不起来了。你这么狠心地整我，搞得我太难受了。肯定把我弄得满背紫斑吧。当然你不会告诉我啰。你等着吧，我会叫罗宾逊来看看的，不然就叫我们的小东西来看。不，不，我不叫他们来看，但是你得温柔一点儿嘛。当心点儿，德拉马齐，我可能是每天早晨都说了这句话的哟，你却一次又一次都不当心。罗宾逊呀，"接着她又突然大叫起来，将一条三角裤举在自己的头上摇晃着，"快来救救我吧，瞧我受的是什么苦，这样子乱整他却称之为洗澡，这个德拉马齐呀。罗宾逊，罗宾逊呀，你在哪儿藏着的吗,难道你也是个无心无肝的东西吗?"卡尔闭着嘴巴不出声,伸出指头对罗宾逊示意,要他过去,而罗宾逊却目光向下自有主张地摇摇脑袋,表示自己更明白她的言外之意。"你是怎么想的?"罗宾逊弯腰对着卡尔的耳朵说道,"她的话可是言外有意的呀。只有一次我真的走过去了,以后再也没有去过。当时他们两个把我揪住,按进浴盆里,差点儿把我溺死了。布伦内尔达把我臭骂了好多天,骂我死不要脸,她反反复复地说:'你现在已经很久没有来看我洗澡了哟。'或者说:'你到底什么时候再到浴室里来呀?'直到我好几次下跪求她,她才停止了这样子奚落我——这事我是不会忘记的。"当罗宾逊讲述这些往事时,布伦内尔达仍在一遍又一遍地呼喊着:"罗宾逊!罗宾逊!你这个鬼东西到底藏在哪里呀?!"

虽然如此,却没有人去救她,也没有人搭腔——罗宾逊坐在卡尔的身旁,他俩沉默不语地看着箱子那边,只见布伦内尔达或者德拉马齐的头时时从箱子上方露出来——而此时布伦内尔达仍然没有停止大声地埋怨德拉马齐。"喂,德拉马齐,"她大声说道,"现在我又是一点儿都感觉不到你在给我擦洗了。你的海绵擦在哪里呀?你给我干活呀!要是我能弯腰起身,只要我能动一动就好了!我就要做示范给你看,擦澡该怎么干。可惜我的少女时代一去不复返了哟,那时我同父母一道住在庄园里,每天早晨都要在科罗拉多河里游泳,在我所有的女友中间,我是最灵巧的一个。而现在呢!你究竟什么时候才能学会给我洗澡,德拉马齐哟,你怎么只是把海绵晃来晃去,你用点儿力嘛,我一点儿感觉都没有呀。如果我要求你不要把我擦伤了,我的意思也并不是想站在这里挨冻呀。要是我实在受不了，我会干脆这样子跳出浴盆跑掉的哟。"

但是她并没有说到做到——就她本身的能力来说，她也根本做不到——听起来好像是德拉马齐怕她冻感冒了，便抓住她，将她按下去浸泡在热水里，因为听见了很响的一声重物落水之声。

"德拉马齐哟，你这个坏蛋呀，"布伦内尔达放低声音说道，"你干了坏事之后就来讨好我，总是讨好我。"接着是片刻的寂静。"现在他吻她了。"罗宾逊抬起眼睛说。

"现在该干什么了呢？"卡尔问道。因为他已经下决心留下来了，便想立刻接手干这侍候人的活儿。他让一言不发的罗宾逊一个人留在长沙发上，自己开始整理床铺，由于那两位在这床铺上睡了一整夜，铺床的衣物之类全都缩成了一团，他想把这一大堆东西抖散，然后整整齐齐地叠好——看来这活儿好几个星期都没有人干过了。

"瞧瞧吧，德拉马齐，"布伦内尔达说道，"我相信他们在拆我们的床。什么事都使人不放心，永远都不得安宁。你对那两个家伙要严加管教嘛，不然他们就会为所欲为的。"

"肯定是那个小东西在卖力气干仆人的活儿。"德拉马齐高声说道。可能他真的准备从洗澡处冲出来，卡尔也把手上拿的东西全都扔下了，但是幸好布伦内尔达说道："不要走，德拉马齐，你不要走嘛。哎哟，水怎么这样烫呀，烫得我如此疲乏无力。你待在我的身边不要离开嘛。"直至此时卡尔才发现，在箱子后面，水蒸气不停地向上升腾着。

罗宾逊吓得抬起一只手蒙在一侧的脸颊上，仿佛是卡尔干了什么坏事一般。"任何东西都得给我保持原样，"又传来德拉马齐的叫声，"难道你们不知道，布伦内尔达沐浴后，总要躺一个钟头吗？这样子侍候人真不地道！等着吧，待会儿我就去收拾你们。罗宾逊，你又进了梦乡吧。你呀你，不管出了什么事，我都要你一个人负责。你得给我把那个小子管住，在这里不准他自行其是。你们总是如此——我们要什么你们偏偏不送来，不要你们干的，你们又十分卖力气。你们给我滚开吧，不叫你们不准回来。"

但是一转眼他又忘记了这一切，因为布伦内尔达仿佛被滚烫的水淹没了似的极度乏力地低声说道："香水！把香水拿来！""香水！"德拉马齐高声喊道，"你们动一动嘛。"行呀，但是香水在哪里呢？卡尔瞪着罗宾逊，罗宾逊瞪着卡尔。卡尔感到，这屋里的一切事务，还得自己来独自掌管。罗宾逊根本不知道香水在何处，他干脆趴在地上，一双手不停地在长沙发底下东掏西摸，但是除了一团团掺杂女人头发的尘土以外，其他什么都没有找到。卡尔先是奔向安在门旁的盥洗台，可是在盥洗台的抽屉里，只找到几本旧的英文长篇爱情小说、杂志和纸币之类，并且所有的抽屉里全都塞得满满的，拉开了就推不进去。"香——水呀，"其间布伦内尔达叹息着，"还要找多久呀？！我今天究竟能不能得到我的香水哟！"布伦内尔达如此不耐烦，卡尔当然不敢对任何一个地方都仔仔细细地搜查，他只能慌慌张张蜻蜓点水一般地寻找。在牙具柜里没有香水瓶，在牙具柜的上方摆着的，全是旧药瓶旧药膏，其他东西反正是已经搬进洗浴处去了。也许香水瓶在餐桌抽屉里吧。但是在去餐桌的途中，由于卡尔一心想着香水，其他什么都没有想，因而与罗宾逊重重地撞了一下——这家伙终于停止了在长沙发下面的掏摸，正在专心致志地猜测香水放在什么地方，所以犹如盲人一般与卡尔相撞。两个脑袋"咚"的一声相撞，卡尔不出声地停住脚步，罗宾逊虽然没有站住，还在向前奔，可是为了减轻剧痛，便喊叫起来，哎哟哎哟地大声嚷了许久，他的声音显出故意夸张的响亮。

"他俩不找香水，却在打架。"布伦内尔达说道，"这样子侍候我，我非生病不可，德拉马齐，完全可以肯定，我将死在你的怀抱之中。我非要香水不可，"她高声嚷道，接着把身体向上腾起，"我一定要香水嘛。不把香水给我送来，我决不从浴盆里起来，我定要在这里面一直泡到天黑。"她用拳头击水，听得见洗澡水飞溅的声音。

但是餐桌的抽屉里也没有香水，尽管里面全是布伦内尔达的洗漱用品，什么粉扑啦，胭脂啦，发刷啦，卷发筒啦，还有许多互相绞缠和粘在一起的小东西，却没有香水。罗宾逊一直在叫唤，同时也在一个角落里寻找着，那里堆放着上百个大大小小的盒子，他一个一个地打开，翻看里面的东西，总是把一半东西，大多是缝补工具和信函之类，掏出来撒满一地，但是仍旧没有结果——他时时朝着卡尔摇摇头耸耸肩表示没有找到。

这时德拉马齐只穿着内衣内裤从洗澡处跑出来，而布伦内尔达却在里面拼命地哭喊。卡尔和罗宾逊不再寻找，一齐盯住全身水淋淋的德拉马齐，他的脸上和头发上也在往下淌水，他高声说道："求求你们现在赶紧找吧。""这里！"他先是命令卡尔找，接着命令罗宾逊，"那里！"卡尔倒是真找，连指定罗宾逊寻找的地方他也要再翻检一遍，但是他同罗宾逊一样找不到香水，罗宾逊寻找时还多次用眼角的余光瞟一眼德拉马齐，德拉马齐则在房间里可以自由行动的范围内跺着脚来回地走动，可以肯定，他特别想把卡尔和罗宾逊都狠狠地揍一顿。

"德拉马齐呀，"布伦内尔达喊道，"你还是来把我揩干吧。那两个家伙肯定是找不到香水的，只会把家里的一切翻得乱七八糟。叫他们马上住手，不要找了。给我马上住手！手中的东西统统放下！再也不许动我的东西了！他们最好是到家门之外去弄一个窝。他们再不停止的话，德拉马齐呀，你就揪住他们的衣领！他们还在那里乱翻吧？刚刚听见又倒了一个盒子。叫他俩不要再捡起来了，让全部东西摆在那里吧，把他们赶到房间外面去！他们一出去，你就把门给我闩上，到我这里来。我在水里泡得太久太久了，双腿都凉了。"

"马上来，布伦内尔达，马上就来。"德拉马齐高声答应着，同时带着卡尔和罗宾逊急忙向门口走去。开门前，他又告诉他俩，顺便把早餐取回来，而且还要想法求人为布伦内尔达借瓶好香水回来。

"你们这里简直是又乱又脏，"在门外走廊上，卡尔说道，"我们把早餐端回来以后，马上就得动手整理清扫。"

"要是我的病不是这么重的话就对了。"罗宾逊说，"而且我受到了这种待遇！"罗宾逊肯定是认为，布伦内尔达把他这个服侍了她几个月之久的老仆人竟然同这个昨天才跨进门来的卡尔一视同仁，毫无差别，这无异于是对自己的伤害。但是他的话并没有打动卡尔，卡尔只是说了一句："你该振作点儿嘛。"不过为了不至于显得对他的绝望心情不闻不问，卡尔又补了两句："你只需要再干今天这一回就行了。我会在箱子后面为你安一个铺位，只要一切大致就绪，你便可以成天躺在那里，任何事情都不必动手，很快就能恢复健康了。"

"现在你也看出来了，我的身体状况太差了嘛，"罗宾逊说完这句话便转脸不看卡尔，仿佛要对本身的病患独自思索一番似的，"但是他们会允许我安安静静地躺着不动吗？"

"如果你愿意，我会亲自同德拉马齐和布伦内尔达谈谈这个问题。"

"布伦内尔达会加以考虑吗？"罗宾逊大叫起来，同时——在卡尔毫无思想准备之时——突然用拳头砸开了一道门，这正是他俩打算去的那个地方。

他们走进一个厨房，看见里面的炉灶上升腾起黑黑的烟雾——这炉灶破损不堪，显然该修理了。炉门前跪着一个女人，正是昨天卡尔在走廊上看见的那一群妇女中间的一个，她用没有戴手套的手把大块的煤加进火里，还把头转来转去地查看火势。同时因为对于一个老年女人而言，这跪着的姿势太不舒服了，她连声叹息着。

"当然啰，又来了这种麻烦事。"看见罗宾逊她便说道。她把手按在煤炭箱上，吃力地站起来，再把炉门关上——炉门的手柄是用她的围裙包住的。"现在已经是下午四点钟了，"——卡尔吃惊地看了一眼厨房里的钟——"你们还要吃早餐？你们这帮家伙！"

"坐下吧，"然后她又说道，"等我有时间了再来侍候你们。"

罗宾逊把卡尔拉到门边的小长条凳子上坐下，悄悄地对他说道:"我们只能听从她的摆布,因为我们得依靠她。我们从她手里租房,她自然随时有权解除租约。而我们却没有办法换房,我们哪有办法把这一切东西运走呢,况且主要是布伦内尔达,她是无法运送的嘛。"

"在这条走廊里就租不到别的房子啦?"卡尔问道。

"没有哪家会接纳我们呀,"罗宾逊回答,"整座大楼里没有一家愿意接纳我们。"

于是他俩便一声不吭地坐在长条凳上等着。那大娘一直不停地在两张桌子和一个大洗涤桶以及炉灶之间跑来跑去。她一边跑一边高声念叨着,听得出来,由于她的女儿身体不舒服,所以全部的事务,包括为三十位房客煮饭,都得由她一个人承担。再加上现在这破炉灶又有毛病,一顿饭半天都做不好,在两口巨大的锅里正煮着又浓又稠的汤,不管大娘如何用大汤勺搅动,舀起来又从高处向下倾倒,那汤总是烧不成功,肯定是这火不好的缘故,于是她索性坐在炉门前的地板上,用捅火棒在火红的炭堆里拨来拨去。浓烟弥漫了整个厨房,她受了刺激便咳嗽起来,有时咳嗽得很厉害,她便拉过来一把椅子,依靠着椅子的支撑一个劲儿地咳嗽,几分钟之久什么活儿也干不成。她时不时解释几句,今天之所以无法供应早餐,是因为她既无时间又无兴趣。而卡尔和罗宾逊二人,一方面由于接受了命令来取早餐,另一方面又没有办法强行索要,因此他俩并不搭腔,依旧一声不吭地呆坐在那里。

在周围的高椅子和矮凳子上,桌面上和桌子下,就连一个角落的地上,都重重叠叠地堆放着房客们用过早餐后尚未洗刷的餐具。在有些小壶里还剩有咖啡或牛奶,有些碟子里还剩有牛油,从一个倾倒的大铁皮盒里滚出来一些饼干。把这些剩余的东西收集起来，就可以配成一份早餐了，只要布伦内尔达不知其来历，她也会觉得这份早餐是无可指摘的。卡尔正在这么考虑着，同时瞥了一眼钟上显示的时间，心想我们在这里已经等了半个钟头，而此时布伦内尔达也许正在发火，她正在敦促德拉马齐准备惩罚我们两个仆役吧。正好此时，那大娘咳完了，她盯住卡尔大声喊道："你们尽可以在这里坐等下去，但是早餐你们是得不到的。两个钟头以后你们才能得到晚餐。"

"来吧罗宾逊，"卡尔说道，"我们还是自己来配早餐吧。"

"什——么？"大娘偏着头喊道。

"请您理智一些吧，"卡尔说，"您为什么不给我们早餐？现在我们整整等了半个钟头，这也太长了。该付的钱全付给您了，而且可以肯定，我们付的比其他所有的房客都要多。我们这么晚了才吃早饭，肯定是给您添麻烦了，但是我们是您的房客，我们习惯于晚点儿用早餐，那您就应当适应我们的习惯嘛。今天由于您的千金小姐生病，您自然是特别地为难，但是如果没有别的办法而您又不给我们新做，那我们就可以用这里残剩的食物自己配早餐嘛。"

但是，这个大娘却并不愿意同任何人友好地协商问题，她认为这些普通早餐的剩余食物对于这类房客也是太好了；然而另一方面，她对这两名仆人咄咄逼人的态度又感到难以忍受，所以她便取出一个托盘，伸过去顶在罗宾逊的身上，这家伙先是露出被弄痛了的表情，过了片刻才明白，大娘是要他端着托盘，以便把找出来的食物放在上面。接着她便急急忙忙地抓了许多东西放在托盘上，但是从整体上看，这更像是一堆弄得肮脏的餐具，而不像是马上就要送上餐桌的早餐。当大娘把他俩往外推而他俩弯着腰，仿佛怕挨骂或者是怕别人推搡自己似的急忙出门时，卡尔便把罗宾逊手中的托盘接了过来，因为他觉得托盘在罗宾逊的手上不够保险。

当他俩在楼道中走了一段路，距离女房东的门已经相当远了时，卡尔才坐下来，把托盘放在地上。他先把托盘弄干净，再将同类食物放在一起，比如把牛奶倒在同一个壶里，把散在各处的剩余黄油刮在一个碟子里，然后消除掉别人用过的所有痕迹，又把刀呀勺呀什么的清理干净，把被人咬过的面包切直，使这全部东西都显得好看一点儿。罗宾逊却认为没有必要这么干，他声称，过去的早餐往往比今天的难看得多，但是卡尔不听他的劝阻，并且对罗宾逊不愿参与感到十分高兴，因为他那一双手实在是太肮脏了。为了让他安分一点儿，卡尔立即给了他几块饼干，又让他去解决先前装满巧克力的一只小碗底部残留的厚厚的一层巧克力，不过他同时告诉他，只给他这么多，以后再也没有他的份儿了。

当他俩来到自家门外时，罗宾逊伸手就要去开门，卡尔却把他拉住，因为还不知道，他俩此时该不该进去。"可以进去了，"罗宾逊说，"这个时候他只不过是在为她理发罢了。"确实，在一直还蒙着门帘没有通风的房间里，布伦内尔达正两腿远远地分开坐在椅子上，德拉马齐则弯腰站在她的身后，勾着头梳理她那短短的可能是乱糟糟地相互纠缠在一起的头发。布伦内尔达又是穿了一件很宽松的裙子，但这次是浅玫瑰色的，也许比昨天那件稍短一些，至少能看见膝盖处白色粗针织长袜的顶端。由于梳头的时间太长，布伦内尔达很不耐烦，她的又厚又长的舌尖在上下唇之间来回游动，有时候甚至大叫一声："哎哟，你这个德拉马齐呀！"便从德拉马齐的梳子下面挣脱出来，而他却不惊不诧地高举梳子等着，直到她又把头仰回来。

"时间拖得太长了，"布伦内尔达的这句话适用于大家，同时又是特别针对卡尔说的，"你得灵巧点儿呀，如果你要人家对你感到满意的话。你可不能把那个好吃懒做的罗宾逊当作榜样哟。在这么长的时间里，你们两个肯定已经躲在什么地方把早餐吃完了吧，我告诉你们两个，今后我决不允许你们这么干。"

这完全是无端的指摘，连罗宾逊也摇头表示不满，他的嘴巴动了几下，不过却没有出声，而卡尔心里明白，对于主人，只有让他们亲眼看见实实在在的工作成果，才能使他们改变对你的看法。所以他从角落里拖过来一张低矮的日本式小桌子，铺上一块布，把端回来的东西摆上去。谁要是看见过这些早餐食物先前的糟糕样子，准会对这一席早餐感到满意。而卡尔却不得不承认，小桌上放的某几样东西，也还没有达到无可指摘的水平。

幸好布伦内尔达肚子饿了。当卡尔摆放这一切时，她喜形于色地对他点头表示赞赏，她常常不等卡尔摆好，便用自己那软绵绵的有可能把桌上的一切东西都压烂的肥手去抓一块来塞进自己的口中，以至于卡尔摆早餐的工作也受到了妨碍。"他干得不错。"她咂着嘴巴说，又把德拉马齐拉到自己身旁，让他在一个矮椅子上坐下，他便把梳子插进她的头发里，准备过一会儿再梳。德拉马齐看见这一席早餐，也变得和蔼可亲了。他俩饿极了，四只手在小桌子上东抓一把西掰一块。卡尔这才明白了，在这里要使人心满意足，就必须每次拿回来尽量多的东西，他回忆起在厨房里还看见各种各样可吃的食物，所以又说道："初次做这种事，我还不懂应该如何摆放这一切，下一次我会做得更好一些。"但是他一边说这些话一边心里想，自己这是在对谁讲话呢——他一心想着要做好这件事而忘了其他。布伦内尔达点点头表示满意，她递给卡尔一把饼干充作奖赏。

续写片段

（1）布伦内尔达出行[①]

一天早晨，其实已经不是卡尔所希望的那么早了，他推着病号轮椅走出楼门，轮椅上坐着布伦内尔达。他们事先商定的是，为了避免引起众人的注意，要在夜间出行，因为白天上街，即使用一张很大的灰色布单遮盖在布伦内尔达的身上，也难免惹人注意。尽管有那位大学生的热心相助——而在这种场合，他的身体显而易见比卡尔虚弱得多——把她抬下楼去还是花费了很长的时间。当两个年轻人抬布伦内尔达下楼时，她勇敢地坚持住了，她几乎没有呻吟一声，还想方设法减轻他们的负担。但是在楼梯上，每下五个阶梯就得把她放下来，以便他们三人都能歇一歇——不这样是不行的。这天早晨天气清冷，过道上寒风瑟瑟，犹如在地窖里似的，然而卡尔和大学生却浑身是汗，休息时他俩都用布伦内尔达亲切地递给他们的布角擦自己脸上的汗水。如此的艰难，使他们花了两个钟头才到达底层，而那辆小推车从晚上起就放在这里等他们下来了。把布伦内尔达抬进推车中又费了些折腾，但

[①] 卡夫卡在1913年1月停止了这部小说的写作，后于1914年的夏秋季再次续写了以"布伦内尔达出行"为题的这一章以及其后的两章，都没有完成，仅有片段。

是到此为止，好歹可以说，这件事情终于大功告成了。由于车轮高，这轮椅车推起来肯定不会费力，唯一担心的只是，它承受不了布伦内尔达的重量而散架。不过这种危险就只有自己去对付了，你总不能带着一辆备用车一道走吧——虽然大学生曾经半开玩笑自告奋勇地表示，要去备一辆车推着随行。接着便是与大学生告别，这场面还相当地热烈哩。仿佛布伦内尔达和大学生之间的全部纠葛都置诸脑后了，他甚至还就过去当她生病之时曾经冒犯过她而表示道歉，但是布伦内尔达却说，一切早已忘到九霄云外去了——这当然比一般的和解还要好啰。最后她请求大学生愉快地接受一个美元，权作对她的纪念——她很费周折地从自己里三层外三层的好几件裙子和外套里把这个美元找了出来。以吝啬闻名的布伦内尔达送给他这么一件厚礼，真可以说是意义重大了，大学生也确确实实显得乐滋滋的，他高兴得将这枚硬币抛向空中。不过，接下来他就不得不在地上寻找这枚硬币了，卡尔也只好帮助他找，最后还是卡尔在布伦内尔达的轮椅车下面找到了。大学生与卡尔之间的告别自然简单得多，他俩只是握着手说了几句，表示确信后会有期，并且他俩之中至少有一个将会干成可惜迄今尚未干成的值得赞赏的事情——大学生认为卡尔有希望干成，卡尔则断定大学生有希望。然后卡尔鼓足勇气握住车把，将车推出了大门。大学生目送他们远去，还一直对着他们的背影挥舞手巾。卡尔频频扭头向他致意，连布伦内尔达也很想回头，不过这种动作对于她来说是太吃力了。为了使她也能作一次最后的告别，卡尔在街道拐弯处推着车子就地旋转半圈，这样布伦内尔达就能看见大学生了，大学生便利用这个机会，特别起劲地挥了几下手巾。

接着卡尔却对她说,现在再也不能耽误时间了,路很远,况且他们本来就比先前预定的起程时间晚了很久才出发。事实上,街上已有车辆和行人走过——尽管还比较稀少。卡尔说出来的话比心里想说的要少,是因为他不愿意多说,但是布伦内尔达是个敏感的人,她却是从另一个角度去理解卡尔的话,便用那灰色布单将自己盖得严严实实的。卡尔对此并不表示反对;这辆手推车蒙了一块灰色的大布单,虽然很引人注目,却远远不会像她不加遮掩地亮相那么惹人注意。他小心翼翼地推着车向前行走;每次快要转弯时,他都要对下一条街观察片刻,必要时他甚至还要把车停下,一个人向前走几步,看看前方会不会遇见什么熟人而陷于尴尬境地,要不他就等一会儿,直到肯定不会碰见熟人了才走,要不就干脆改变路线,走另一条街。由于他事先已经对可以采取的路线仔仔细细地研究了一番,所以即使是这样走走停停,他也没有浪费时间走很多弯路。然而事前预谋时曾经害怕遇到的阻碍,在个别情况下却无法提前发现。这不,在一条街上,突然从一座楼房大门的黑暗角落里冒出来一名警察,他问卡尔,这车遮盖得如此严密,究竟装的是什么呀。此处街面缓缓上升,可以看得很远,而且让人高兴的是见不到一个人影,所以心情特别急迫的卡尔才选择了这条街,不料却撞见了警察。尽管他十分严厉地盯住卡尔看了一阵,但是当他掀开遮盖,一眼便发现了布伦内尔达那捂得热烘烘的神色惊惶的脸时,他却忍不住笑了。"这是怎么回事儿?"他问,"我还以为你的车上堆着十袋土豆嘞,原来却只有一个老婆子?你们前往何处?你们是什么人?"布伦内尔达根本不敢正视警察,而只是目不转睛地盯住卡尔,她的神色表明,她显然不相信卡尔有办法拯救自己。但是卡尔已经有了足够多的与警察打交道的经验，他认为这事并没有什么危险性。"小姐，请您亮一下——"他说，"刚才收到的证书。""哦，好吧。"布伦内尔达说了之后便开始找证书，但是她的找法哪会有结果，倒只能引起别人对她的怀疑。"小姐——"警察的腔调里包含着明明白白的讥讽味道，"是找不到证书的。""找得到，"卡尔镇静地说道，"她肯定有证书，只不过她放得找不到了。"于是他便亲自动手去找，确确实实从布伦内尔达的身后找了出来。警察只是匆匆扫了一眼。"还真有证书哩，"警察笑道，"这样一个小姐也算是小姐吗？那么您呢，小家伙，您是不是专门负责牵线和运送呢？难道您就真的找不到一个好点儿的职业？"卡尔只是耸起肩头而不屑于回答——因为这又是他曾经领教过的那种爱管闲事的警察。"好吧，祝你们一帆风顺。"警察没有得到回答，便只好以这么一句话收场。警察的话里很可能包含了蔑视之意，所以卡尔连一句客气话都不讲，便推着车子继续往前走。不过，受到警察的蔑视总比受到他们的关注好。

没有走多远，他便碰见了一个可能是他迄今为止所遇到的最令人讨厌的家伙。此人过来同卡尔搭讪，他推着一辆载有几个大牛奶桶的车向前行走，非常想知道卡尔的车上用灰布单遮盖着的是什么东西。虽然卡尔推测，他不会与自己走同一条路，然而他却紧靠在卡尔的旁边伴随着一道走，即使卡尔突然急转弯也没有能够把他摆脱。起初他还只是高声询问"你装的货肯定很重"啦，"你没有装好，顶上要掉东西下来"啦，等等。但是片刻之后，他竟然直截了当地问道："你这布下面盖着的究竟是什么呀？"卡尔答道："这同你有何相干？"然而这话更激起了此人的好奇心，卡尔最后只好说道："车上装的是苹果。""这么多苹果哇。"他惊讶地说道，还不停地把这句话重复了几遍。"真是大丰收啊。"后来他又说道。"是的是的。"卡尔说道。但是，也可能是不相信卡尔的话，也可能是故意要惹卡尔生气，他更加放肆了，竟然一边推车走一边开玩笑似的伸手过去想掀开车上的盖布。布伦内尔达哪能容忍这种胡搅蛮缠！卡尔为了保护她，又不想同那人发生争执，于是便把车推进旁边最近的一道开着的大门，仿佛这便是自己的目的地。"我到啦，"他说，"谢谢陪同哟。"那人在门口停下来，满脸惊异地目送卡尔往里面走，卡尔镇静地推着车子，他打算，必要的话，就一直穿过这第一个内院。那人再也无法不相信了，但是为了最后一次满足自己喜欢纠缠别人的欲望，他干脆将自己的车放下，追到卡尔的身后，伸手拉了一下盖布，用力颇猛，差点儿让布伦内尔达亮了相。"让您的苹果透透气嘛。"说完他便跑走了。即使如此，卡尔还是认了，因为这样一来，他总算是彻底摆脱了此人的烦扰。然后他把轮椅车推到院内的一个角落里，这里堆放着几个空的大箱子，他打算在这些箱子的掩护下，对盖在布下的布伦内尔达安抚几句。但是他不得不花很多时间劝慰她，因为她泪流满面，极其认真地恳求他，干脆在这些箱子后面躲一整天，直到天黑再走。也许单凭他一个人是无法说服她的，然而，尽管他的劝说无效，却刚好有人在箱子堆的另一头，把一个空箱子扔到地上，在这空荡荡的院落里，造成震耳欲聋的一声巨响，把她吓得再也不敢哼一声了，赶紧闭上嘴巴，将盖布拉上来蒙住自己，此时卡尔不假思索便决定立即起程离去——很可能她也会对此感到庆幸哩。

虽然街上现在已是越来越热闹,但是这辆车却不像卡尔所担心的那么引人注目了。可能选择另一个时辰进行这种运送更好一些吧。如果今后再次需要进行这类运输,卡尔打算安排在中午时分穿行市区。幸运的是,随后再也没有遇到什么大的麻烦,他终于拐弯进入了这条25号企业所在的狭窄而阴暗的小胡同。那个斜眼的主管站在门口,手里拿着一只钟。"你任何时候都是这样不守时的吗?"他问道。"一路上障碍太多了。"卡尔答道。"那是尽人皆知的嘛。"主管说,"在我们这里,障碍太多是不能作为迟到的理由的。你给我记住了!"现在的卡尔已习惯于对这类指摘不予理睬了——谁不仗恃自己的权力责骂地位更低的人呢?一旦习以为常了,听起来他人的指摘与时钟有规律的嘀嗒声也没有什么两样。但是当他把车推进了门时,里面的肮脏不堪倒着实使他大吃一惊——尽管这种情景也在他的预料之中。如果凑近仔细观察,可以肯定,这种肮脏根本无法清除干净。过道里的石头地面清扫得还算干净,墙上粉刷的涂料并不算太陈旧,人工制作的棕榈树上还没有多少积尘,但是到处都是油光光滑腻腻的,令人望而生厌,看起来仿佛一切东西都没有注意爱护,似乎再也不可能使之恢复洁净的本来面目了。不管到哪里,卡尔总爱考虑有什么地方值得改善,他认为马上动手干是令人十分愉快的事,根本不担心这种举动也许意味着活儿永远干不完。然而在这里,他可不知道该干什么。他缓缓揭去蒙在布伦内内达身上的盖布。"欢迎您的到来,小姐。"主管装腔作势地问候道,毋庸置疑,他对布伦内尔达的印象良好。卡尔满意地看到,布伦内尔达一发现主管对自己印象良好,便立即加以利用。前面几个钟头里的一切恐惧心理此时统统烟消云散了。她……

（2）卡尔看见……

卡尔看见立在街角的广告牌上写着：

> 俄克拉哈马[①]剧团从本日清晨六点到半夜，在克莱顿跑马场招收工作人员！俄克拉哈马剧团召唤你们！只有今天一次机会！一朝错过良机，等于永远丧失！凡自谋前程者，都属于我们！任何人均受欢迎！谁想当艺术家，就来报名吧！我们是剧团，无论什么人都需要，任何人都将各得其所！我们向决定投奔本剧团的人士表示祝贺！不过您得抓紧时间，一定要在半夜之前到达招聘处！夜里十二点整，将全部关门，再也不会打开！谁不相信我们就是大傻瓜！快到克莱顿来呀！

虽然在广告牌前面站了许多人，但是并没有什么人显得很赞许。广告牌太多，再也无人相信了。而这块广告牌上所写的，比一般广告更令人难以置信。它首先是犯了一个大错误，上面只字不提报酬是多少。除非报酬低得不值一提，广告牌上肯定要写明；

[①] 此处原文为"Oklahama"，与美国州名"Oklahoma"相差一个字母，不知是作者无意的笔误还是有意而为之。姑照原文译作"俄克拉哈马"而不译作"俄克拉荷马"。

不应该把最有吸引力的内容忘掉呀。谁也不想当什么艺术家，倒是人人都想干了活儿就得到报酬。

但是对于卡尔来说，广告的吸引力是很大的。"任何人均受欢迎"，这是其中的一句。任何人，那就是说，也包括卡尔啰。他迄今所干过的事情，全都被忘却了，没有人打算对他横加指责。他可以报名，应聘一种并非丑恶勾当的工作，而且还是公开招聘的呢！何况还公开许诺，他也有机会被录取！他没有更高的要求，只不过想最终找到一种体面职业，而此处或许可以成为这么一个体面职业的起点吧。就算广告上所写的都是哗众取宠之词，是骗人的谎话，所谓俄克拉哈马剧团也只不过是一个小小的流动马戏团，但是只要它招人，这就行了。卡尔单把"任何人均受欢迎"这句话而不是广告的全文又看了一遍。

起初他打算步行去克莱顿，但是那需要很辛苦地走上三个钟头，很可能当他赶到那里时，只来得及打听到所有招聘的职位都已经安排满了的消息。不过按广告的内容推测，招聘人数是没有限制的，但是这类招聘广告，没有一个不是这么措辞的。卡尔心里明白，如果不想放弃这个求职的机会，他必须乘车去。他计算了一下自己还有多少钱，结果表明，如果今天不花钱乘车去，还够用八天，他摊开手掌，让这几枚小小的硬币在手心里滑来滑去。一位盯着他观察了好一阵子的先生拍拍他的肩头说道："祝您克莱顿之行一切顺利。"卡尔默不作声地点头作答，依旧在算自己的账。但是片刻之后他下定了决心，把必需的车费分出来，接着便向地铁匆匆跑去。

当他在克莱顿下车之后，立即听见了一片杂乱的号声。这是一片乱糟糟的声响，各种号声互不协调，号手们自顾自地吹着。但是这并没有使卡尔感到困惑，他反而认为这恰恰表明了，这个俄克拉哈马剧团是个大企业。然而当他走出车站大楼，目睹眼前的整个宏大场面时，感到这远远超出了自己的想象，而且他也无法理解，为何一个企业仅仅为了招聘人员，便要耗费如此大量的财力和物力。在跑马场的大门外，搭建了一个长长的矮戏台，台上矗立着几百个妇女，她们的身上裹着白布，背上装着两个大翅膀，扮成天使模样，正在吹奏金光闪闪的长号。不过她们并不是直接站在戏台上，而是每个人的脚下各垫一个墩子，但是由于天使装很长，所以把墩子完全遮住了，根本看不见她们脚下的东西。由于墩子很高，最高的恐怕有两米，因而这些妇女的形象看起来宛如巨人一般，只不过她们的脑袋显得很小，这多少对巨人的形象有点儿影响，连她们那显得很短而又未加束扎的披肩发，不管是在左右两个大翅膀之间还是从侧面下垂，都令人觉得有些可笑。为了不至于显得千篇一律，墩子的高度各不相同，所以有的女号手很矮，比真人的个子高不了多少，而旁边挨着的另一个却高高耸立，不免使人担心，一股轻柔的微风就能把她刮倒。此时，这些妇女都在吹奏自己的号。

但听众却不多。十来个小伙子在戏台前来回走动，同吹号的妇女们的高大形象比较起来，他们显得很矮小，他们一边走一边仰望着她们。他们指点着这个或者那个女号手给自己的同伴看，但是看起来，他们却并不打算加入号队，也不希望被录取。只有一个年纪较大的男子站在略微靠边的位置。他把自己的妻子连同坐在童车里的小孩都带来了。他的妻子一只手扶着童车，另一只手搭在他的肩上。虽然他俩赞赏这演出的场面,但是也看得出来,他们有些失望。他们事先肯定也是期望能够找到一个工作的机会,但是这一大队妇女吹奏喇叭的场面,却令他俩有些茫然。

卡尔同他俩一样感到莫名其妙。他走近那男子的身旁,听了一会儿号队的吹奏,然后说道:"这里是俄克拉哈马剧团招聘处吧?""我想是吧,"那男子说,"不过我们在这里已经等了一个钟头,听到的只是这一片号声。哪里都看不到一块广告牌,听不到一声召唤人报名的呼喊,见不到一个可以打听的人。"卡尔说:"也许是要等更多的人会集过来吧。现在这里确实是人太少了。""有可能。"那男子说完后,他俩都沉默不语。由于号声杂乱,交谈中很难听清对方的话。后来那女的对自己的丈夫悄悄说了一句什么,丈夫点头同意,于是她便高声对卡尔说道:"您能不能到赛马道那边去问问,哪里是招聘处。""可以,"卡尔说,"不过得翻过戏台,从天使们的中间穿过。""这很困难吗?"那女的问道。她觉得对卡尔来说,这很轻松,但是她却不愿让自己的丈夫去跑一趟。"那好吧,"卡尔说道,"我这就去。""您真好。"那女的说,接着她和丈夫都同卡尔握手致谢。当卡尔往戏台上走去时,那些小伙子便聚拢来,从近处观察他。女号手们加大了吹奏的音量,欢迎这第一个求职者。而且有几个女号手见卡尔正从自己脚下的墩子旁边走过,干脆把喇叭从嘴巴前面移开,侧身弯腰,目光追逐着他所走的路线。卡尔看见,戏台的另一端有个男子,烦躁不安地来回走动着,他显然是在等着人来咨询,把他们想了解的都告诉他们。

卡尔正要向他走过去,却听见头上有人叫自己的名字:"卡尔。"原来是一个吹号的天使在叫他。卡尔仰头一看,不禁由于意外的惊喜而笑了起来;原来这是范妮。

"范妮。"他喊道,还把手向上伸了一下表示问候。"你过来呀,"范妮高声说道,"你可不能就这样从我的身旁跑过去哟。"她把裹在身上的白布分开,露出墩子,还有一架狭窄的梯子通到上面。"可以往上爬吗?"卡尔问。"谁会禁止我们握握手呢?"范妮高声说道,她面露愠色,环视周围,仿佛想看看是否真有人向这边走来,禁止她和他握手一般。然而卡尔已经登上梯子,正往上爬哩。"你慢一点儿,"范妮喊道,"不要把咱俩同墩子一起摇倒了。"但是什么都没有倒,卡尔顺利地爬上了梯子的最高处。"你瞧,"他俩相互问好,然后范妮说道,"你瞧我得到的是什么样的工作呀。""这很好哇。"卡尔边说边向周围张望。近旁的女号手们全都发现了卡尔,她们哧哧地笑着。"你差不多是最高的一个嘛。"卡尔说道,他把手伸出去,比试其他女号手的高度。

"当你从车站走出来时,"范妮说,"我一眼就看见了你,但是可惜我这里是最后一排,下面的人看不见我,我又不能喊叫。虽然我吹得特别响,但是你却没有把我认出来。""你们全都吹得很差,"卡尔说道,"让我吹吹看。""那当然可以啰,"范妮边说边把喇叭递给他,"不过你千万不要把合奏搞乱了,那样人家会把我解雇的哟。"

卡尔开始吹号,他原以为这不过是一只粗制滥造的喇叭,只能产生刺耳的噪声,但是现在一吹才发现,这确实是一件能够发出悦耳之音的乐器。假如这些号都具有同样的品质,那就是这些女号手吹奏不得法。卡尔不受其他号手吹出的噪声的干扰,鼓足气吹出一首他有一次在某地一个小酒吧里听过的歌曲。他高兴的是，在这里遇到了一个往日的女友，不但受到了优待，在众人面前表演一下吹号技巧，而且很可能过不了多久便能得到一个好职位。许多女号手都停止了吹奏，洗耳恭听；当他戛然而止时，差不多只有一半的号手还在吹奏，过了一会儿才渐渐恢复了原状，照旧是一片不堪入耳的杂乱之声。"你真是个艺术家，"当卡尔把号还给范妮时，她说道，"让他们录取你当号手吧。""男的也要吗？"卡尔问。"要，"范妮说，"我们吹两个小时，然后男号手来换我们，他们装扮成魔鬼。一半人吹喇叭，一半人击鼓。很了不起的是，全部行头都是很值钱的。我们的服装不是也很漂亮吗？还有翅膀也好看吧？"她低头向下看着自己的服装。

"你认为——"卡尔问道，"我也会得到一个职位吗？""绝对肯定，"范妮说，"这可是世界上最大的剧团。真是太好了，咱俩又将在一块儿了。不过这要看你最后得到个什么职位。因为即使咱俩都被任用了，也有可能相互根本见不到面。""整个剧团真有这么大吗？"卡尔问道。"这是世界上最大的剧团嘛，"范妮重复了一遍，"虽然我自己尚未亲眼见过，但是一些女同事在俄克拉哈马待过，她们讲，剧团大得不得了，差不多可以说是无边无际的。""可是报名的人很少呀。"卡尔说，他对下面那些小伙子和那个小小的三口之家指了一下。"确实很少，"范妮说，"但是你想想看，我们在所有的城市招人，我们的招聘队一直在各处流动，同样的招聘队有许多个呢。""这剧团还没有开业吧？"卡尔问道。"哪里嘛，开了业的，"范妮说，"是个老剧团了，但是一直还在扩大。""我觉得奇怪的是，"卡尔说，"为何来的人不多。""是呀,"范妮说,"真怪。""说不定——"卡尔说,"在天使和魔鬼身上花钱过于大手大脚,不是把人们吸引过来,反而把他们吓跑了。""你竟然能看得出这层意思,"范妮说,"也可能是这样的吧。你去给我们的领队讲吧,或许你这样可以帮他一把哩。""他在哪里?"卡尔问道。"在跑马场里,"范妮说,"裁判席上。""这也使我感到奇怪,"卡尔说,"为何要在跑马场搞招聘呢?""这是为了,"范妮说,"应付蜂拥而至的应聘者,我们到处都要做最大规模的准备。在跑马场里位置很多嘛。招聘处设在平常买赛马赌注的棚子里。据说有两百个不同的招聘台哩。""可是,"卡尔高声说道,"俄克拉哈马剧团有这么多的收入,养得起这么大的招聘队吗?""这同我们有什么相干吗?"范妮说,"不过卡尔呀,现在你还是走吧,免得错过了机会,我还得吹号呢。无论如何都要在这个队里找到个岗位,找到了马上来告诉我。记住,我可是急等着你的消息哟。"

她同他握手,提醒他下梯要当心,然后又把喇叭贴在自己的嘴唇上,但是一直到看见卡尔稳稳当当地站在地上之后,她才真正开始吹起来。卡尔把长长的白布重新拉拢来盖住梯子,恢复原状,范妮点头表示感谢。卡尔一边从各个不同的角度思考刚才所听到的,一边向那人走去——此人早已看见卡尔在上面与范妮交谈,便来到了她所站的墩子附近,正在等他哩。

"您想加入我们剧团吧?"那人问道,"我是本队的人事主管,欢迎您。"他一直保持着微微弯腰上身前倾的姿势以示恭敬,还在原地舞蹈似的扭动身肢,同时玩弄着自己的表链。"谢谢,"卡尔说,"我看过贵公司的广告,我是按照广告上的要求来报名的。""很正确,"他赞许地说,"可是这里并非人人都如您似的能恰如其分地理解我们的广告。"卡尔心想,自己何不现在就提醒他注意,招聘队的招揽手段之所以没有多少效果,很可能是由于过分讲排场了。但是他没有把这句话讲出来,因为此人并不是这个队的领队,况且自己还没有被录取,提改进建议也不怎么合适吧。于是他只说了这么一句:"外面还有个人也在等着报名,他让我先来看看。我可以领他进来吗?""当然可以,"那人说,"人来得越多越好。""他身边还有个女的和一个睡在童车里的孩子。叫他们都来吗?""当然一齐来,"那人说道,他仿佛是由于卡尔多疑而流露出嘲笑的神色,"什么人我们都需要。"

"我马上回来。"卡尔说完便跑回戏台边上。他招呼那对夫妻,大声告诉他们,所有的人都可以过来。他帮着把童车抬上戏台,然后他们一道走过去。小伙子们看见这种情形,相互商量了几句,然后不慌不忙地,直到最后一瞬间还有点儿犹豫,手插在衣服口袋里登上戏台,终于还是追上来跟在卡尔和那一家子的后头。此时正好从地铁车站大楼里又出来了新到达的旅客,他们一看见站满天使的戏台,便吃惊地举起手来指指点点。这至少表明,求职的场面就要开始热闹起来了。卡尔很高兴,自己这么早就来了,恐怕是第一个吧,而这对夫妇却神色惶然地提出种种问题,打听招聘的要求是否很高。卡尔回答说,自己也是什么都还不清楚,不过却获得了一个印象,觉得人人都会被录用,谁也不会被当作例外的。他认为自己应当使人家得到安慰。

人事主管向他们迎面走来,见到来了这么多人,很是满意,他搓搓手,向每个人微微弯腰表示问候,他让所有的人排成一列。

卡尔站在首位，接着是那两口子，然后才是其他人。在排队之初，小伙子们乱挤了一会儿，最后终于安静下来，号声也停止了，人事主管开始讲话："我以俄克拉哈马剧团的名义欢迎诸位。你们来得很早（而此刻已临近中午时分了），现在还不算拥挤，所以应聘手续很快就能办好。当然，肯定你们都把身份证件带来了吧？"小伙子们立刻从衣兜里把证件掏出来，对人事主管挥动着，那男子拍了妻子一下，她便从童车的羽绒被下取出来整整一卷纸，然而卡尔却什么都没有。难道这会妨碍他得到聘用吗？这不是不可能的。不过卡尔凭经验知道，只要你决心坚定一点儿，这类规定是容易绕过的。人事主管把这一排人挨个儿扫了一眼，确信所有的人都有证件——因为卡尔也把手举着，尽管手中没有东西，他却以为卡尔也有证件。

"那好吧，"然后人事主管说道，他吩咐那些小伙子把自己的证件拿好，"你们现在就去招聘处查验证件。你们都看见了，我们的广告中写着的，任何人我们都需要。不过我们自然得了解，你迄今为止从事过什么职业，以便我们把你安排在恰当的地方，使你人尽其才。""这真是一个大剧团吗？"卡尔的脑子里闪过这么一个疑问，他聚精会神地听着。"所以我们，"人事主管继续说道，"在下赌注的棚子里设了招聘处，每个招聘台收一类职业的人。你们中的每个人现在都得向我报一下自己的职业，一家人的就到男子的招聘处去，过一会儿我就领你们去招聘处，在那里先是查验你们的证件，然后考考你们的专业知识——那只不过是很一般的考查，任何人都不必害怕。然后在那里，你们就会马上被录用，并且接到进一步的指示。我们开始吧。这第一个招聘台，写得很清楚，是招收工程师。你们之中也许有位工程师吧？"卡尔报了自己的名字。他认为，正因为自己没有证件，就要争取尽快办完全部手续，而之所以在此处报名，确实也有一个小小的理由，即是他曾经想成为工程师。但是那些小伙子看见卡尔报名，可能是出于忌妒心理，便也报了名——全都报名。

人事主管踮起脚尖，对小伙子们问道："你们都是工程师？"于是他们又纷纷把手放下，卡尔则相反，他坚持要报名。虽然人事主管怀疑地盯住卡尔，因为他觉得卡尔的穿着很不像样子，人又太年轻，根本不可能是工程师，可是他却没有再说什么，也许是由于卡尔给他带来了一批求职者——至少他是这么认为的吧——所以他对卡尔怀着感激之情。他只是做了一个请进去的手势，卡尔便抬腿走进了招聘处，人事主管随即转身对着其他人。

在工程师招聘台，一张方桌的两边坐着两位先生，正在对照审查他们面前的两大本花名册。一位念，另一位便在自己那本花名册里找到所念的名字，加注一个记号。当卡尔走到他们面前问好时，他们立刻放下花名册，把另一本大记录簿拿过来翻开。其中一位——显然只是一个书记员——说道："请把证件拿出来。""很遗憾，我没有带证件来。"卡尔说。"他没有带证件。"书记员对另一位先生说，同时把这句答话写进大记录簿里。"您是工程师吗？"接着那另一位像是招聘台的头儿的先生问道。"现在还不是，"卡尔答得很快，"不过——""行了，"这位先生说得更快，"您并不属于我们这里，请您注意门口所写的。"卡尔紧咬牙关不答话，而那位先生显然是发现了他的神态有些异样，因为他说："不必恐慌。我们什么人都用得着的。"

他从那些在围栏之间无所事事地来回走动的仆役之中喊过来一个吩咐道："把这位先生领到技术人员招聘台去。"这个仆役执行指令简直是一丝不苟,他真的拉起卡尔的手领他走出去。他俩经过了许多专业招聘台,卡尔看见同来的一个小伙子在一个招聘台已被录用了,他正在与那里的先生们握手表示感谢哩。不久卡尔被领进一个招聘台,犹如他事先所预料到的,此处的程序同刚才第一个招聘台的差不多。只是当这里的人听他说只上过中学,便让他去中学学历招聘台。但是当卡尔到了那里,告诉招聘人员,自己是在欧洲上的中学时,人家又声称他不属于本台招收的对象,便让他去欧洲中学学历招聘台。这个招聘台设在最外端,不仅比其他招聘台小,而且还要矮一些。那个领他找招聘台的仆役颇为气愤——领他走了这么久,被好几个招聘台逐出门外,依他看来,这全都是卡尔的过错。他不等这里的问答程序开始,便立即匆匆离去。而这个招聘台也确实是最后一个机会了。

卡尔一看见这里的负责人,就发现他同自己家乡初中的一位教授——说不定他今天还在给学生上课呢——很相像,几乎被吓了一跳。然而这种相像,他一瞬间就明白了,只不过表现在一些细节上,例如宽宽的鼻梁上架一副眼镜啦,像展品似的精心修饰过的淡黄色络腮胡子啦,微微弯曲的脊背啦,总是像开枪一般出人意料地迸发而出的响亮的嗓音啦,这些都使他的惊讶心态延续了好一阵子。好在这里也不需要他聚精会神,因为此处办手续的程序比在别的招聘台要简单一些。虽然在这里也要注明,他没有带身份证件,负责人还称之为无法理解的粗心大意,但是那位在此处掌握实权的书记员却很快就办完了这里的手续。当负责人问了几个简短的问题之后,正打算提出一个更重大的问题时,书记员却宣布,卡尔已经被录取了。负责人转身张着嘴巴盯住书记员,但是这一位却比了一个拒绝讨论的手势说道:"录取。"并立即把这个决定写入登记簿中。

书记员显然认为,身为一个欧洲的中学生,已经有点儿掉价了,所以对任何一个自称是欧洲中学生的人,都可以毫不怀疑地予以相信。卡尔本人对他的这种态度也是毫无反感的,他向书记员走过去,想对他表示谢意。但是还得稍等片刻,人家还要问他姓甚名谁哩。他有些为难,便没有马上回答,他怕讲出自己的真实姓名,怕别人把自己的真名写进登记簿里。要等到他在此处得到一个哪怕是最微不足道的职位,得到某种程度的满意之后,别人才可以得知他的姓名,但是此时不行,既然他已经隐瞒了很久,眼下也不应当透露。所以他只说出了一个在最近几个职位上所用的名字"尼格洛①"——因为他一时也想不出来别的名字。"尼格洛?"负责人问道,他摇摇头,还做了个鬼脸,仿佛认为此时对卡尔根本就不能相信。

连书记员也用审视的目光盯住卡尔看,不过片刻之后,他口中重复着"尼格洛",动手写下了这个名字。"您写的可并不是尼格洛呀。"负责人指摘他道。"是写的尼格洛。"书记员平静地说,他做了一个手势,仿佛是要负责人不必再管后面的事了。他的这种态度,逼得负责人愤然起身说道:"您这可是在为俄克拉哈马剧团招聘。"即使这么说没有用,他也不能做昧心事,于是又坐

---

① 尼格洛,原文 Negro,在英语中意为"黑人"。

下执意说道："他不叫尼格洛。"书记员眉毛高挑，这次是他站了起来，他对卡尔说道："那我现在就通知您，您被俄克拉哈马剧团录取了，现在将有人领您去见我们的领队。"他召来一个仆役，吩咐把卡尔领到裁判席去。

在下面的阶梯处，卡尔看见那辆童车，那对夫妇也正好走下来，妻子抱着孩子。"您被录取了吗？"那男子问道，他比先前活跃多了，那女的扭头看卡尔时，也是眉开眼笑的。卡尔告诉他们，自己刚刚被录取，现在是去见领队，那男子说道："祝贺您。我俩也被录取了，看来这个企业还不错，不过没有办法立刻把什么都搞清楚，反正到处都是如此。"他们彼此道了一声"再见"，卡尔向上走，去裁判席那个方向。他慢吞吞地往上攀登，因为上面裁判员的小隔间里，看来是挤满了人，他不想挤进去。他干脆站住不上了，放眼眺望这个巨大无比的赛马场，它向四方延伸，一直抵达遥远的森林。他极想看一场赛马，在美国他还一直没有机会观看赛马。在欧洲时，他曾经随母亲去过一次赛马场，可是那时他很小，除了他被母亲拉着，从那些不愿意让他们通过的人群中间穿过以外，其他的情形全都记不得了。所以实际上，他还从来没有亲眼目睹赛马的场面。此时在他的身后，有一部机器忽然嘎嘎嘎地响起来，他转身一看，这平常赛马时亮出获胜者姓名的显示牌上，现在越升越高的字幕却是：商人卡拉夫妇与孩子。原来是在这显示牌上将录取人员的姓名通告各个招聘台。

正好有几位先生走下阶梯，他们的手中拿着铅笔和便条，相互热烈地交谈着，卡尔先是紧靠在栏杆上为他们让路，然后才向上攀登，因为此时上面已经不拥挤了。在边缘装着木栏杆的平台——整体看来，这平台犹如是一个狭小高塔的平顶——的一角，坐着一位先生，他的双臂搁在木栏杆上向外伸出，胸前斜挂着一条宽宽的白绸带，上面写的是：俄克拉哈马剧团第十招聘队领队。在他身旁的小桌子上，放着一部电话——估计也是赛马时供人使用的，领队显然是在接见之前通过这部电话获悉求职者的全部个人资料，因为他起初并不是向卡尔提问题，而是对自己旁边另一位双腿交叉、手支在下巴上的先生说："尼格洛，欧洲中学生。"仿佛是表示，他说了这句话之后，对他而言，把腰弯得低低的向自己鞠躬的卡尔已经与自己无关了，于是他便将目光转向下面的阶梯，看还有没有人上来。

但是由于无人上来，他也断断续续地听听那另一位先生同卡尔的对话，不过多数时间是眺望着赛马场，用手指敲着栏杆。他的长长的手指头柔中有刚而又快节奏地敲着，有时竟然吸引了卡尔的注意力——尽管那另一位先生正在认认真真地同他谈话。"您没有工作吗？"那位先生首先问道。这个问题以及他所提出的其他问题全都是极其简单的，根本不涉及什么要害问题，而且他在卡尔回答时也不插问，但是尽管如此，那位先生却很懂得通过种种方式赋予问题以特殊的意义——他不是瞪着大眼睛发问，就是上半身向前微微倾斜着，观察问题所产生的效果，要不然就是低着头倾听回答，有时还要大声重复问题。与他对话的人虽然并不理解他的言外之意，然而仅仅是揣测其可能含有特殊的意义，也会使人变得小心翼翼、惶惑不宁的。这常常使得卡尔很想收回刚刚吐出的答话，想通过另外一个或许能赢得更多赞许的答话来替换，但是他却一直克制住自己，因为他知道，假如把说出的话又收回，将使对方产生多么糟糕的印象，况且这样回答所引起的效果，很可能是难以预计的。不过看起来，人家已经决定了要录用他，意识到这一点他心里倒觉得很踏实。

对于他是否没有工作的问题，他只是简简单单地回答了两个字："没有。""那您最后一个职位在何处？"那先生接着问道。卡尔刚刚要开口回答，那先生却竖起食指重复了四个字："最后一个！"当他问第一遍时，卡尔已经正确理解了问题，所以此时便下意识地摇摇头，并不理会这令人迷惑的四个字，他的回答是："在写字间。"这答话还算得上是符合实际情况的，但是假设那先生要追问，是什么样的写字间，那他就不得不编瞎话了。不过那先生却没有追问，而是提了一个十分容易据实回答的问题："您在那里感到满意吗？""不满意。"不等问话的尾音结束，卡尔便高喊着回答了他。卡尔用眼角的余光一瞟，发现了领队略带微笑的神情，他后悔自己最后一句回答的方式欠考虑，但是因为在他最后一个职位的整个期间里，他心中最大的愿望只有一个，但愿有朝一日遇到另一个老板，向自己提出这个问题，所以他特别想这么大声喊出否定的答复来。

不过这种回答又可能引起不好的后果，因为那位先生可能会接着问他，为何不满意。然而他所问的却是："那么您觉得自己适合于什么工作呢？"这个问题有可能真的掩盖着一个陷阱，因为既然已经录取他当演员，为何还要这么问呢？不过，尽管他有这种看法，他却难以自我克制，很想说自己觉得特别适合于演员这种职业。所以他便绕过这个问题，面对着危险陷阱无所畏惧地说道："我在城里看了，广告上面写得明明白白，任何人都用得着，我便报了名。""这我们知道。"那位先生说完这句话便闭口不语了,这表明,他仍然在等着卡尔回答刚才提的问题。"我是被录取做演员的呀。"卡尔犹犹豫豫地说,是想使那位先生明白,这最后一个问题令人感到为难。"确实如此。"那位先生说罢,又一次沉默下来。"这个,"卡尔开口说道——他刚才自信已经找到了一个职位,此时又觉得没有把握了,"我不知道自己是否适合演戏。但是我愿意尽力而为,想方设法完成交给我的任务。"那位先生转向领队,他俩相对点头,看来卡尔回答对了,他再度鼓起勇气,以立正的姿势等待下一个问题。而下一个问题却是:"你原来想学什么专业呀?"为了准确界定问题的含意——对此那位先生始终极为重视——他又补充了一句:"我指的是你在欧洲时。"此时他把手移开,不再支着下巴,而是做了一个不太明显的动作,仿佛他想借此同时表示,欧洲很遥远,而那时在欧洲所作的计划无足轻重这样两重意思。卡尔答道:"那时我想成为工程师。"

虽然他是很不情愿地这么回答了一句,而且很可笑的是,当他在美国已经遭遇了种种磨难之后,此时竟然回想起自己曾经有过当工程师的志向——即使是在欧洲,难道他真的能够在某个时候成为工程师吗?——然而他此刻也只想到了这样一个回答,所以便脱口而出。好在那位先生对此就像对待任何事情一样,抱着严肃认真的态度。"这工程师嘛,"他说道,"你肯定是不能够马上就当的,或许您暂时适合于从事某种技术要求低一些的工作吧。"

"的确如此。"卡尔说道,他感到极其满意,虽然他一旦接受了这种安排,就意味着从演员的层次下降为技术人员的一分子,但是他相信,自己干这后一种工作确确实实有可能更好。此外,他一再在心里对自己说，干什么工作并不重要，重要的是能够在某个地方干得久。"干重活您的力气够吗？"那先生问道。"够，够。"卡尔说道。接着那先生让卡尔走近些，摸摸他的臂膀。"真是个身强力壮的小伙子哟。"然后他边说边抓住卡尔的手臂，把他拉到领队面前。领队微笑着，点点头，把自己的手递给卡尔，身体却照旧倚在栏杆上并不站起来，他说："那我们就算结束了。到了俄克拉哈马，一切都还要审查的。您可要给我们招聘队争光哟！"

卡尔鞠躬告别，接着还想同另外那位先生告别，但他仿佛是完全结束了自己的工作似的，已经仰着头在平台上来回踱步了。卡尔向下走时，看见阶梯侧面的显示牌上出现了这样的几个字：尼格洛，技术人员。显然这里的一切都是按正规程序进行，倘若此时在显示牌上出现卡尔的真名，他也不会觉得有什么妨碍的。甚至可以说，一切安排是过分地周到了，比如他一走下阶梯，便有一名迎候着他的仆役，把一条布带套在他的臂膀上。卡尔把手臂抬起来看布带上的字，那上面用标准字体印着的是：技术人员。

现在卡尔根本不管人家会把自己领到何处去，他只急于找到范妮，想告诉她，一切都很顺利。然而使他感到惋惜的是，仆役们告诉他，天使们，同样还有魔鬼们，已经出发去下一个招聘地点了，为的是预报招聘队次日到达的消息。"可惜，"卡尔说道，这是他在这个企业里所经历的第一次失望，"天使之中有一个是我的熟人。""您会在俄克拉哈马见到她的，"仆役说，"不过现在还是往前走吧，您是最后一位了。"他领着卡尔沿着戏台的后侧走，戏台上刚才天使们所站的位置已经是了无人迹，只余下一个个空墩子。但是卡尔先前曾猜想，没有天使奏乐将会有更多的求职者来报名，结果看来并非如此。现在戏台前根本没有成年人，只有一些儿童在争抢一根根白色的长羽毛，这些羽毛很可能是从天使的翅膀上掉下来的。一个小男孩高举着羽毛，其他的儿童伸出一只手去把他的头往下按，而用另一只手去抢羽毛。

卡尔指指那群儿童，但是仆役并不看他们，而是说道："您走快点儿吧，录取您花的时间也太长了。人家对您有什么怀疑吧？""不知道。"卡尔惊诧地说——不过他并不相信人家会怀疑自己。世上总是这样，即使是情况十分明朗，也还会有人要替他人担忧。然而，当他俩来到宏大的看台前，发现了看台上那人人喜气洋洋的热闹场面，卡尔转瞬之间便忘掉了仆役刚才所说的话。原来在看台上，一条长长的凳子整个儿地铺上了白布，所有被录取的人坐在下一级的凳子上，背朝着下面的赛马场，正在享用端上来的食物。人人都是又高兴又激动地吃着喝着，正当卡尔不为人所注意地作为最后一个坐到凳子上时，许多人却举杯站起来，其中一人致祝酒词，颂扬第十招聘队的领队，称之为"求职者之父"。有个人提醒大家注意，从此处向那边望，就能看见他——确实看得见离此不太远的裁判席连同上面的两位先生。于是大家都举杯对着那个方向，卡尔也端起自己面前的杯子，不过，尽管大家的呼喊声如此之大，尽管大家想方设法要使那两位先生注意这边，却看不出任何迹象，表明那上面的人注意到了这边的欢呼场面或者至少是正在注意地向这边看。领队仍旧倚在角落的栏杆上，另一位先生站在他的旁边，手支着下巴。

有些失望的人们又纷纷坐下，时不时还有人转身向裁判席那边张望，但是人们很快就转回来专心致志地忙着享用这一顿丰盛的美餐了，其中有卡尔从来没有见过的大鸭大鹅之类。许多叉子插在松脆的禽肉上端过来递过去，仆役们不断地给食客们斟葡萄酒——而食客们几乎毫未察觉，因为他们只顾埋头大嚼着盘子里的东西，红葡萄酒的闪闪红光射进盘中——不想参与交谈的人可以观看俄克拉哈马剧团的照片，这些照片堆放在餐桌的端头，可以相互传看。然而人们并不怎么关注这些照片，结果卡尔作为最末一个，只接到一张照片。但是从这张照片看起来，可以推测全部照片都很值得一看。这张照片上是美国总统的包厢。乍一看，你还以为这并不是包厢而是舞台，它的护栏向外朝着堂座的上空突出得很远。弯弯的护栏上，所有的零件都是用黄金制作的。在一根根犹如用最小巧的剪子镂剪而成的立柱之间，一个挨一个排列着总统们的纪念像，其中一位生着非常非常直的鼻子，双唇努得很高，弯弯的上眼皮下面是一对向下凝视的眼睛。从侧面和空中射来的光束照亮了包厢的周围；在雪白柔光的照射下，包厢前面部分的形状显得清清楚楚，而那沿墙而下并且用绳子系住的红色天鹅绒帷幕之后的部分，由于帷幕的道道褶皱变幻出种种色调，却形成了一幅阴暗的泛着微红光亮的虚渺景象。几乎无法想象出坐在这种包厢里的观众会是什么模样，一切看起来都是如此地凛然傲世。虽然卡尔没有忘了吃喝，但是却盯住放在自己盘子旁边的这张照片看了又看。

看够了这张照片之后，他也很想看看其余的照片，哪怕是再看一张也好，但是他又不愿意去取，因为一个仆役把手按在照片上，以便保证照片的先后顺序不被搞乱，所以他只能时时扫视整个餐桌，看看是否有一张照片又传递过来了。此时他意外地发现了，在那些埋头就餐的人中间，竟然有一个很熟悉的身影，起初他根本不敢相信，可是仔细一看，那人确实是贾科莫。他立即起身，几步便跑到他的身后。"贾科莫。"他喊了一声。这家伙仍旧像过去那样，一受惊便露出惶恐的神色。他停住吃喝站起来，在两条长凳之间的狭小缝隙里转身，用手擦擦嘴巴，看见面前是卡尔，他顿时喜形于色，满脸堆笑地要卡尔到自己的身边坐下，要不就陪卡尔回到他先前的座位上去坐，他俩要畅叙别后经历，要永远相处下去。卡尔不想打扰别人，所以他俩暂时还应该各归原位，反正用餐很快就要结束了，然后他俩自然要永远待在一起的。不过话虽然这么说，他却仍然待在贾科莫的旁边，只是为了再把他仔仔细细地打量一番。忆往昔，那一幕幕多么令人激动哇！女厨师长现在何处？特蕾丝现在干什么？贾科莫本人的外表却是几乎没有丝毫变化，女厨师长当时预言，半年之后他定会变成一个筋骨强壮的美国人，现在看来，这并没有成为现实，他依旧那么瘦，脸颊依旧凹陷如故——此刻他的脸颊倒是鼓鼓的，因为他的嘴巴里包了很大一块肉，他正在设法把肉里的骨头慢慢取出来往盘子里放。卡尔看见他的臂套上印的字，知道他也不是被录取当演员，而是做升降机工人，看来俄克拉哈马剧团还真的是什么人都用得着哩。

但是，出神地端详着贾科莫的卡尔却没有料到，由于他离开自己的座位太久了，当他正打算返回时，人事主管已经来到这里，他站到上一级的凳子上，拍拍巴掌，简短地讲了几句，在他讲话的过程中，大部分人都起立倾听，而那些仍旧吃喝着一时离不开餐桌的人，被旁人推一推之后也不得不站了起来。"我希望，"他讲话时，卡尔已经踮起脚尖匆匆赶回了自己的座位，"对我们招待诸位的这顿饭，你们是感到满意的。一般而言，人们都夸奖我们招聘队的饭菜。可惜我现在不得不宣布用餐结束了，因为将把各位送到俄克拉哈马去的火车，五分钟之后便要发车。虽然这将是一次漫长的旅程，但是你们会发现，你们所受到的关照将是很不错的。我向各位介绍一下这位先生，他将领着你们乘火车去，你们大家都得服从他。"一位瘦削的小个子先生登上人事主管所站的那条长凳，他只是象征性地对大家匆匆弯了弯腰算作鞠躬，便马上开始讲话，同时把手伸出来舞动着，告诉大家应该如何集中，如何排队，如何行动。然而，起初谁也没有听他的，先前曾经发表过即席演说的那一位，用手拍了几下桌子，开始了更长的感谢演讲，尽管刚才已经宣布了，火车马上就要发车，这使卡尔感到极其不耐烦。但是演讲者根本没有注意到这一点，不过人事主管也并没有听他的演说，而是在向领队交代各种旅行事项。演讲者绕着大圈子口若悬河地讲着，一一列举端上餐桌来的每道菜的名字，还要对每道菜评议几句，最后他总结性地高声说道："尊敬的先生们，我们就是如此这般地被吸引进来的。"除了上述两位先生，其他所有的人都哈哈大笑起来——不过他所说的，的确是大实话，完全不是笑话。

为了他这一番演说，人们不得不付出的代价是，赶紧向火车站奔跑。不过这并非很难的事情，因为没有任何人带着行李——卡尔直到此时才发现了这一点——唯一可以称之为行李的是那辆童车，那位做父亲的人，正操纵着这车跑在全队人马的最前头，而童车却像掌握不住了似的忽上忽下地蹦跳着。这一群被人另眼相看的无产者聚合成一队，此时却受到了如此的优待与呵护！旅途领队受命关心他们。不一会儿他干脆自己伸出一只手去抓住童车的把手，扬起另一只手去鼓动全队人员，一会儿他又出现在队尾，催促最后一排的人快跑，一会儿他又伴着队伍并肩向前跑，眼睛盯住队伍中间跑得比较慢的几个人，甩动手臂给他们做示范，教他们跑。

当他们到达火车站时，列车已经准备就绪。车站上的人纷纷指点这支奔跑而来的队伍，听得见有人在高喊："这些人全部属于俄克拉哈马剧团吗？"看来这个剧团比卡尔原来所想象的名气更大——不过他以往从来没有关注过戏剧这个行当。整整一节车厢都是为这支队伍预订的，领队催促大家上车，显得比列车员还要着急。他先是看看每个小间，有时还要安排一下，他自己则最后上车。卡尔偶然得到了一个靠窗的座位，他把贾科莫拉过来坐在自己的身旁。能够紧挨着坐在一起结伴同行，使他们从心底里感到特别的高兴，他俩在美国还从来没有如此无忧无虑地旅行过哩。列车开动时，他俩把手伸到窗外挥动着，坐在对面的几个小伙子彼此撞了一下，觉得他俩的举动十分可笑。

（3）他们乘车……

他们乘车走了两天两夜。到现在，卡尔才体会到美国疆域之辽阔。他不知疲倦地向窗外观看，贾科莫也是一直挤在窗口边往外张望，时间一长，便使得坐在对面沉湎于打牌的小伙子们颇为反感，他们干脆主动把靠窗的座位让给了他。卡尔向他们道谢，因为贾科莫的英语不是人人都能听得懂。随着时间的推移，他们犹如火车上共坐一间的同行者那样，也渐渐变得友好多了。然而友好态度也常常会使人感到厌烦，比如当一张牌掉到地上，他们在地上寻找时，总要趁机使劲地拧卡尔或者贾科莫的腿。贾科莫每次被拧都要吃惊地尖声叫唤，同时把腿高高地抬起，而卡尔被拧之后，有时要回敬别人一脚，不过一般他都是默默地忍受。在他看来，在这个由于窗户洞开而弥漫着前头机车所喷吐出来的煤烟的小间里，不管发生了什么事，同车窗外不断闪过的景色相比较，都可以忽略不计。

第一天，他们乘车经过一道高高的山脉。一堆又一堆深黛色的巨大岩石，扬起嶙峋的尖角直逼列车而来，倘若你弯腰把上身钻出车窗外，想仰望山峰，却是白费力气，根本望不到顶。晦暗狭窄而残缺凌乱的山谷敞开胸怀，乘客用手指点着山谷消失的远方，群山像宽阔的江河一般奔涌而来，恰似丘陵地上湍急的巨浪，裹挟着千千万万朵小小的浪花，列车在桥上驰骋，无数浪花在桥下流泻，近在咫尺的浪花喷发的凉意扑面而来，令人不禁冷得发抖。

译后记

卡夫卡的《失踪者》的初稿，是从他29岁那一年（1912年）的年初开始写作的，先是写出了前几章。但由于当年8月他认识了菲莉丝·鲍威尔，与之谈恋爱而至订婚，便暂时停止了写作。菲·鲍离开布拉格返回柏林之后，卡夫卡于当年9月又重新续写，在一个多月的时间里写完了六章。在同年11月11日写给菲·鲍的信里，他透露了此书的总标题是《失踪者》；其中前六章的标题分别是：一、锅炉工；二、舅舅；三、纽约近郊的乡村别墅；四、向拉姆塞斯行进；五、在西方旅馆；六、罗宾逊事件。同时他还告诉菲·鲍，他写这个故事，是为了摆脱自15岁起便深陷其中的烦恼心境。然后在一年多的时间里，由于他要赶写《诉讼》和《变形记》等作品，便没有续写《失踪者》，直到1914年10月，方着手续写，但也是断断续续地写，只写了几个片段，尔后，他再也没有续写一个字。在其生前，此书未能完整地公开发表，只是在1913年5月，以《锅炉工》之名发表了其中的第一章，且缀以副标题"未完成稿"。

有关专家认为，其实卡夫卡对于《失踪者》事先并无总体的构思，他是想到哪里便写到哪里，从不考虑下一步写什么，故而他自己当时也"还看不到结尾"。

尽管如此，与卡夫卡同辈的以至后辈的同行，都认为《失踪者》真实而生动地展示出了二十世纪初年欧洲的社会动乱场景和其中青年一代的困惑、迷茫、无所适从，这部小说堪称其扛鼎之作。

在卡夫卡于1924年去世之后，其发小马克斯·勃罗德于1927年将这批手稿略作加工交给出版社发表，其书名定为《美国》，从此世人方知卡夫卡写过这样一部作品。而后1983年的校勘版将其更名为《失踪者》，因为这更符合卡夫卡的本意。从此以后，各种版本（包括其英语、法语版）都是以这个书名呈现在读者的眼前。

诚如著名学者、被誉为中国卡夫卡学之奠基人的叶廷芳先生所言："在卡夫卡的作品中……往往晃动着一个熟悉的身影，那分明是作者自己的身影。但这不是报告文学的主人公，而是艺术化了的人物形象：像他，又不像他。原来作者把自己捣碎在里面了！这就不难理解，他的作品何以有着如此入木三分的真实，一种任何写作高手凭经验和技巧都'创作'不出来的真实！这就是卡夫卡的独特性，这就是出身于表现主义而又胜于表现主义的卡夫卡。"此言可谓是一语破的，为我们评价《失踪者》指出了最佳思路。

在二十世纪下半叶的国际文坛上，卡夫卡受到了热烈的追捧，以至卡夫卡学成了一门显学。他令整个世界为其着迷并为其困惑，进而被誉为能与但丁、莎士比亚和歌德相提并论的最伟大的作家。

这部《失踪者》所呈现的，主要是二十世纪初美国社会自由开放的旗幡之下那弱肉强食的场景，其对来自欧洲的一个犹太少年之精神冲击，产生了振聋发聩的效果，无异于是给这个初来乍到者的一顿当头棒喝。我们可以称之为卡尔来到美国上社会大学的开学第一课。

卡尔遭到驱逐，远涉重洋来到美国，既是由于其亲生父母担心爱子无力承受家乡风言风语的冲击，也是怕他继续与家中那个女仆藕断丝连。

现在他来到了遥远的美国，见到了从未见过的舅舅，过上了既优裕无忧而又自由自在的生活。然而好景不长，他再次遭到驱逐——这次他是被舅舅无情地驱逐了。随后他便陷入食不果腹衣不蔽体的泥淖之中，与下流无赖者为伍。他哪里想到，其实舅舅正是有意让他经受磨炼，期望他通过四处碰壁的艰苦奋斗而成长为有用的人才。

但尽管如此，他到了美国之后，与在家乡布拉格一样，还是一个陌生人，仍旧沉浸在孤独的精神世界里面。

幸好不久之后，他在西方旅馆里遇到了好心的女厨师长及其秘书特蕾丝。她俩亦是来自奥匈帝国，对这个尚未成年的小老乡十分同情，故而对他颇为关照，致使卡尔的孤独感略有缓解。

刚开始他借助于女厨师长的人脉当上了电梯员，这是这个即将成年者的第一份正式工作。女厨师长的温情关爱，成为了他不辞辛劳勤奋工作的强大动力。与此同时，更早依附于女厨师长的特蕾丝亦与他结成了患难之交的朋友。看来，有了这两位女性老乡的庇护，他的奋斗前景也许是一片光明。

然而卡尔却突然遭到诋毁，无法自我辩护，还要被开除。连深信卡尔是一个正派人的女厨师长也没有办法搭救他，只能屈从于制度而默认了当权派开除卡尔的决定。

卡尔不远万里来到美国，原是打算上大学的，但是为了生存，他不得不先找个工作，因为他不想靠富翁舅舅的施舍来维持生活。这是西方青年人普遍的成长模式。只有这样，才能有个人的自由。故而丢掉了电梯员的工作，被撵出西方旅馆，他也并不觉得惋惜。

从未离开过欧洲，更没有到过美国的卡夫卡，能绘声绘色地写出这个故事，我们只能佩服其是一位写作天才。

译者所言，权当抛砖引玉，仅供参考而已。

图书在版编目(CIP)数据

失踪者/(奥)卡夫卡著;徐纪贵译.—北京:商务印书馆,2024
(卡夫卡百年典藏)
ISBN 978-7-100-24023-9

Ⅰ.①失… Ⅱ.①卡…②徐… Ⅲ.①长篇小说—奥地利—现代 Ⅳ.①I521.45

中国国家版本馆CIP数据核字(2024)第103129号

权利保留,侵权必究。

卡夫卡百年典藏
失踪者
〔奥〕卡夫卡 著
徐纪贵 译

商 务 印 书 馆 出 版
(北京王府井大街36号 邮政编码100710)
商 务 印 书 馆 发 行
北京雅昌艺术印刷有限公司印刷
ISBN 978-7-100-24023-9

2024年6月第1版 开本850×1168 1/32
2024年6月北京第1次印刷 印张9¾
定价:46.00元